ヴァレリー　芸術と身体の哲学

伊藤亜紗

講談社学術文庫

目次

Ⅲ　身体　207

凡例

＊ヴァレリーの著作は基本的に以下のプレイヤード版の全集および活字版『カイエ』を参照した。引用に際しては略号を用い、巻数と頁数のみを併記した。なお、著作集に含まれていないヴァレリーのテクストおよびヴァレリー以外の著者のテクストからの引用については、そのつど出典元を明記する。

[Œ]：Œuvres, éd. Jean Hytier, Gallimard,《Bibliothèque de la Pléiade》, 2 vols., 1957 et 1960.

[C]：Cahiers, éd. Judith Robinson-Valéry, Gallimard,《Bibliothèque de la Pléiade》, 2 vols., 1973 et 1974.

[C. int.]：Cahiers 1894-1914, éd. Nicole Celeyrette-Pietri, Judith Robinson-Valéry et Robert Pickering, Gallimard, 11 vols. parus., 1987-2009.

＊引用文は原則として拙訳による。ヴァレリーの著作の訳出については以下の既訳を参考にしたが、日本語としての読みやすさを考慮して大幅に手を加えている。

伊吹武彦、清水徹他訳『ヴァレリー全集』、全十二巻、筑摩書房、一九七三―一九七四年。

寺田透、佐藤正彰他訳『ヴァレリー全集：カイエ篇』、全九巻、筑摩書房、一九八〇―一九八三年。

鈴木信太郎訳『ヴァレリー詩集』、岩波書店、一九六八年。

田上竜也、森本淳生訳『未完のヴァレリー』、平凡社、二〇〇四年。

東宏治、松田浩則編訳『ヴァレリー・セレクション』、上下巻、平凡社、二〇〇五年。

＊　引用文中、原文でイタリックの箇所には傍点を付した。頭文字が大文字の語の場合は「　」でくくり、全文字が大文字の語はゴシックで表記した。引用者が強調をほどこすときは、その旨を記した。

＊　引用文中に原語を付すときには、（　）でくくり、それ以外の引用者による補足は〔　〕で、中略は（……）で示した。

ヴァレリー　芸術と身体の哲学

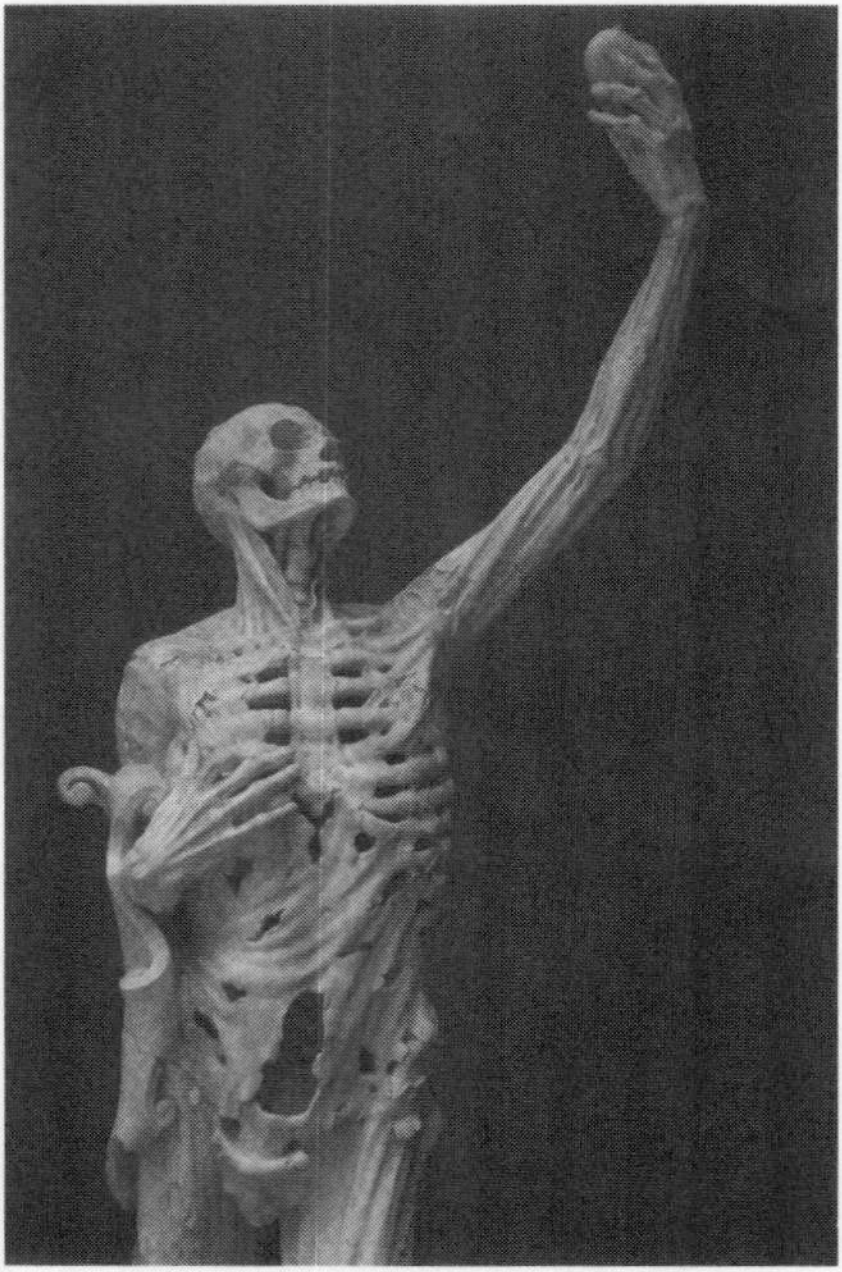

リジェ・リシエ作《ルネ・ド・シャロンの死骸像》（一五四七年頃）の複製　パリ、建築・文化財博物館蔵、著者撮影

序——創造後の創造

ヴァレリーほど引用される書き手はめずらしい。その詩の一句、断章の一文、講演の中で述べられた一言は、いくつもの言語に翻訳されて、雑誌のコラムや新聞記事、小説、哲学論文、手紙、演劇の台詞等々、さまざまな種類のテクストに登場しつづけている。あるときはエピグラフとして文章の冒頭にかかげられ、またあるときは議論を導く問いの役割を果たし、またあるときは結語の位置にすっぽりとはめこまれていたりする。詩人らしい口当たりのいい文句のせいだろうか、引用された言葉は口から口へ伝わる口頭伝承のようにつぎなる「孫引き」を誘発し、こうした引用の連鎖の果てに、もはや典拠が不明になっている場合さえある。もちろんあらゆるテクストが引用の織物であることは言うまでもなく、ヴァレリー自身この意見の積極的な支持者であったわけだが（「ライオンは同化されたヒツジからできている」（E2, 478）、そうだとしても、このちりばめられ具合はやはり群を抜いている。文書や手紙など研究の対象となる資料の総体のことをフランス語でコーパス（corpus）と言うが、この語の原義はcorpsすなわち身体である。日々ヴァレリーのコーパスを前にしている者にとっては、まるでヴァレリーの身体が細かい断片となって世界中の新聞や書物に埋め込まれているように感じる。

なぜヴァレリーは引用されるのか。言い方を変えれば、いかにしてヴァレリーの言葉は、みずからを引用させるのか。それは一種の力である。もとのコンテクストを離脱して、さまざまなテクストに入り込み、増殖する力。この旺盛な「繁殖力」とでもいうべき力は、ヴァレリーがフランス第三共和政を代表する文学者として確固たる地位を築いていたという事実を差し引いてもなお機能する、言葉そのものの力である。ヴァレリーはこの力を使って、作品をつくり、芸術について思考した。それはどのような力なのか。いったいどのような力が、ヴァレリーの詩を、散文を、内燃機関のように密かに動かしているのか。

力が働く様子を、引用の具体的な事例を通してみてみよう。ここ数年、引用の頻度が急にあがっている表現がある。〈ヨーロッパはアジア大陸の小さな岬になるだろう〉という、もともとは「精神の危機」と題されたテクストに見出される表現である。「精神の危機」は、一九一九年にイギリスの雑誌『アシニーアム』に英訳掲載されたテクストであり、手紙の形式をとっているのは、「パリからロンドンへ」という発信者と受信者の空間的な距離を意識したものである。一九一九年においてパリからロンドンに送られた手紙のもつ意味は明白である。同じ連合国として第一次世界大戦を戦い、これまでに経験したことのない規模の人的・経済的な損害によってすっかり疲弊したヨーロッパの二つの国。フランスやイギリスという「かつての真珠」がアジアやアメリカの勢いにおされてその覇権を失いつつあるこの危機を目の当たりにして、ヴァレリーは〈ヨーロッパはアジア大陸の小さな岬になる〉とかなり痛ましい口調で述べたのであった。

一方、わたしがここ数年に新聞紙上やウェブサイトで出会ったこの言葉を引用しているテクストは、この第一次世界大戦後のヨーロッパの惨状に言及するためにヴァレリーを引用しているのではない。二〇〇九年にギリシャの新政権が過去の国家財政の粉飾決算を暴露したことに直接の端を発する、いわゆる「欧州危機」について述べるためにこの言葉を引用しているのである。九十年の時を隔てて、新たなコンテクストを得たヴァレリーの言葉。それが有効性を持っているようにみえるのは、ある引用者は賞讃の意を込めて述べているけれども、「ヴァレリーに先見の明があったから」ではあるまい。ヴァレリーが政治学者や経済学者であったことは一度もないし、余人の及ばぬ千里眼を一方的に見出しては賞讃するこうした態度は、「古典的作家」としての地位をヴァレリーに押し付けながら、その実ヴァレリーの言葉そのものから目をそらすことにしかならない。〈ヨーロッパはアジア大陸の小さな岬になる〉という表現がいまなお有効に感じられるのは、ヴァレリーの言葉が私たちに直接的に作用をおよぼす性質の言葉だからである。そしてその言葉とは無関係に、現代に生きる私たちがたまたま「欧州危機」という、ヴァレリーの言葉のシニフィエとなりうるような具体的な現実のなかにいるからである。

私たちに直接的に作用をおよぼす性質の言葉。ヨーロッパを〈アジア大陸の小さな岬〉と形容することの妙味は、地理的な意味での「事実」（ユーラシア大陸に占めるヨーロッパ地域の割合の小ささ）にもとづいて、国際社会におけるヨーロッパの政治的経済的文化的な影響力の減少についての隠喩を述べているという点にある。これをたとえば〈ヨーロッパは世界というデザート皿のサクランボにすぎなくなる〉と形容したならば、きわめてオーソドックスな隠喩を用いた比喩表現にとどまっていただろう。一般に、隠喩的な理解は字義通りの意味把握が不可能であるときに発動する理解のモードである。しかし〈ヨーロッパはアジア大陸の小さな岬になる〉においては、字義通りの理解と隠喩的な理解が共存しており、むしろ隠喩と事実の重なりこそが私たちを愕然とさせるのである。なぜ愕然とさせられるのか。それは、この隠喩と事実の重なりにおいて、わたしたちの頭のなかにあった隠喩が失効させられるからだ。つまり、「ヨーロッパは大きい」「ヨーロッパこそ世界の中心である」という、この表現に出会うまえにひとびとが漠然といだいていたはずの隠喩が、である。隠喩を否定する隠喩、とでもいうべきだろうか。ヴァレリーはこの表現を用いることによって、私たちの頭のなかにあった「ヨーロッパは大きい」という隠喩的世界像に対し、「ヨーロッパは小さい」という地理的な事実を衝突させ、この攻撃をもって、ヨーロッパの世界的影響力の減少という楽観ぬきの事実について、隠喩的に述べているのである。さらに、「ユーラシア大陸」つまり「ヨーロッパ（Euro）＋アジア（Asia）大陸」を「アジア大陸」と呼び、ヨーロッパ「半島」を「岬」と言い換えることで、ヨーロッパからアジアへという世界の中心の移動を、思考における「視座の転換」としてわたしたちに身体的に実感させている。

ヴァレリーが隠喩を用いるとき、それはしばしば装飾的な修辞以上の働きをしている。ヴァレリーの言葉は、隠喩によって私たちを一気に思考させるようなところがある。それは思考のプロセスそのものを成型するような隠喩であり、そのときに味わうのは、「私」が考えるのではなく、隠喩によって考えさせられてしまうような体験である。思考の結果が隠喩によって表現されるのではなく、隠喩が思考をかたちづくり、前にすすめていく。これは奇妙な事態に思われるかもしれないが、そもそもすべての認識は、それが認識であるかぎり、隠喩的な性格をもつ。なぜなら認識とは、対象から受ける感覚データの純粋な受容ではありえず、何らかの「視座」にもとづく対象の「変形」をかならず含んでいるのだから。先ほどわたしは「隠喩的世界像」という言い方をしたが、正確には、隠喩的でない世界像などないのである。そうした私たちの認識のあり方そのものに、ヴァレリーの言葉はコミットする。「思考する」という意志をもつ人間の能動性すら一気に飛び越えて、読者の思考のプロセスそのものを作ってしまうこの直接性こそ、さまざまな引用者がそれを借りにやってくる、ヴァレリーの言葉がもつ力なのである。

ヴァレリーはこの「直接的な作用」を求めて言葉を磨きつづけたのではないか。もちろんすべての隠喩が先にみた表現と同じ構造をもっているわけではないし、ヴァレリーが隠喩のみにこだわって創作していたわけではない。本論で論じるように、隠喩に限らず、倒置や脚韻、登場人物、語りのモードなど、詩を構成するさまざまな要素の使用法とその可能性についての研究にヴァレリーは精力をそそいだが、それはみなこの「直接的な作用」の追求に収斂するのではないか。そして、この「作用」をもつもののみが「作品」の名に値する、とヴァレリーは考えていたのではないか。

はっきりさせておかなければならないのは、ここで問題にしているのは、ヴァレリーの「文体」ではない、ということである。われわれの関心は、ヴァレリーの言葉のもつ「美的な質」ではなく、その「作用のしかた」にある。この作用は、ひとつの句という細部のレベルのみに関わるものではない。句における作用は、句の集合体、つまりひとつの詩作品が、出版され、世に送り出されてはたすべき作用と、相似的な関係下におかれている。〈ヨーロッパはアジア大陸の小さな岬になるだろう〉といった個々の細部を構成する表現が私たちにおよぼす作用と、作品が読者のもとに送られてはたす作用の同型性。よくよく考えればきわめて当たり前の関係ではある。しかし前者は修辞的で内在的な問い（これはどのような表現か？）であり、後者は社会的かつ存在論的な問い（作品とは何か？）である。ひとつのテクストを無数の興味深い細部の集まりとみなすのか、それともさまざまな力線が交差する社会のなかのひとつの点とみなすのか。これらの観点はまるで二者択一のように扱われ、両者の相似関係はしばしば見落とされてしまう。とりわけヴァレリー研究においては、そもそも社会的・存在論的な問いが、修辞的・内在的な問いにくらべて、きわめて少ししか投げかけられていないという事情がある。

しかし、ただ趣味として詩をつくっていたのではなく、作品としてそれを世に発表し、流通させてきた詩人、ましてや「発表」することに対してきわめて強い反省的意識を持っていた詩人が、みずからの作品の社会的な位置づけと、一句一句の表現のあいだの関係を考えなかったはずがあるまい。別の言い方をすれば、ヴァレリーは、美的な質の良し悪しだけを唯一の基準として詩をつくっていたはずはなく、自分は何のために作品をつくるのか、社会に発表された作品はどんな存在価値をもつのか、といった問いをかかえながら、詩を作っていたはずなのである。

社会的・存在論的な問いと修辞的・内在的な問いとが交差する領域、これを問うのは、「芸術哲学」の仕事である。芸術哲学は「詩学（Poétique）」あるいはヴァレリーの言い方にならっていえば「制作学（Poïétique）」というものとは異なる。詩学や制作学は作品を作る方法の学であり、作るという行為を反省的に分析すればその要件は満たされることになる。一方本書が意図するのは、作るという行為への、社会的・存在論的な問いの、ときに意識的でときに意識せぬ貫入である。「詩学」のように内在的・反省的に創造行為をとらえるのではなく、みずからが行っている行為の価値を問うメタ的な視点との往還のなかで、創造行為が確信に満ちたものとなる、その様相を本書はとらえる。もっとも、ヴァレリー自身は、「芸術哲学」という言葉を使ってはいない。しかしヴァレリーによって書かれたテクストを詳細に読むと、あるいは異なるテーマで書かれた二つのテクストをつきあわせてみると、そこに「貫入」の諸相がきわめて明瞭にあらわれてくるのがわかる。ヴァレリーによってすでに体系づけられた芸術哲学を読み解くのではなく、ヴァレリーのさまざまなテクストにその芸術哲学を読みとること、これが本書の目的である。

ポール・ヴァレリー（Paul Valéry）は、一八七一年に南仏の港町セットで生まれ、一九四五年にパリで没した。父バルテレミーはコルシカ人の税関吏、母はイタリア人でセット駐在のイタリア領事の娘である。この父は早く他界し、それ以降はヴァレリーより八歳年上の兄ジュールが家計を支えていくことになる。ヴァレリーが十三歳のとき、一家は同じエロー県の県庁所在地であるモンペリエに移り住む。ヴァレリーはそこでモンペリエ高等中学、モンペリエ大学と学生生活をすごす。大学は法学部だったが文学への関心はつよく、十九歳のときにはすでにマラルメ宛てに手紙と詩を送り、返事を受け取っている。大学卒業後、二十三歳のときにヴァレリーは単身パリに暮らしはじめる。質素な部屋には数式で埋められた黒板と、十六世紀の彫刻家リジェ・リシエによる死骸像のレプリカが置かれていた（一二頁参照）。ヴァレリーの芸術哲学を明らかにするうえで「身体」を重要なキーワードとみなす本書にとって、このような像が置かれていたことは興味深い。像は二十五歳の若さで戦士したルネ・ド・シャロンという人物の墓碑として作られたもので、現物はフランス北部ムーズ県の教会に安置されている。死骸へと変貌しつつあるさなか、残された筋肉を悠然と動かして自らの心臓を高くかかげているその肉体は、グロテスクというよりは優美さすら感じさせる。生きながら、みずからの死を味わっているかのようだ。

このどこか理科室のような部屋で、ヴァレリーの生涯つづくことになるある習慣が始まった。のちに『カイエ』と呼ばれることになる思索ノートの執筆である。朝まだ暗いうちに寝床をぬけだして机に向かい、数時間のあいだ、一日が始まる前のまっさらな頭に行き来する「将来わたしの考えになるかもしれない考え」を書きとめること。そこには「日記」のような出来事が書かれてはならず、また「わたしの思想」の構築でもなく、断章形式によって、「可能な思想」「自分の形成作用」が展開されていく。およそ五十年もの長きにわたって書き続けられたこのノートは総冊数二六一冊におよび、基本的には私的なものとして書かれたものの（もっとも三十七歳のときにはテーマごとに断章を分類する作業に着手しているが）、現在ではファクシミリ版、活字版ともにアクセス可能となっており、主要な断章はプレイヤード版全集にも収められている。テーマは文学、哲学、数学、物理学、歴史、政治にいたるまで多岐にわたり、いくつかのトピックは繰り返し手にとられ、あるいは過去の断片にあとから書き込みがなされ、ときに図や絵が付与されていることもある。詩や対話篇等の公的に発表された作品とならんで、あるいは活字版の出版以降は作品以上に、ヴァレリーの重要なコーパスとなってきたのがこの『カイエ』の膨大な断章である。もちろん本書の研究にとっても、『カイエ』の読解は非常に重要な位置を占める。

一方、公に向けたヴァレリーの活動は、一九〇〇年頃から一九一七年までの沈黙の期間を隔てて二つに分けることができる。前半はジャンニ・ゴビヤールと結婚するまでの独身時代であり、後半は第一次大戦後のさなか次男フランソワが生まれてからの、「フランスを代表する知識人」として旺盛に活動した時代に相当する。前半の独身時代の活動は、ステファヌ・マラルメやアンドレ・ジッド、ピエール・ルイスらとの交友のなかで、つきあいのある雑誌に自作を掲載するという形が中心である。具体的には、詩『ナルシス語る』（一八九一）や哲学的エッセイ『レオナルド・ダ・ヴィンチの方法への序説』（一八九五）、小説『ムッシュー・テストと劇場で』（一八九六）などが発表されている。一方、後半の知識人時代は、単著の出版と講演活動が中心となる。ヴァレリーを文壇の花形にしたのは長編詩『若きパルク』（一九一七）や詩集『魅惑』（一九二二）、評論集『ヴァリエテ』（一九二四）などの出版であり、また一九二〇年代中頃からは各地のシンポジウムや学会に招待されては旺盛に講演活動を行うようになる。一九二五年にはアカデミー・フランセーズの会員に選出され、一九三七年からはコレージュ・ド・フランスの詩学講座での教授もこなした。われわれの「芸術哲学」に関わる議論が、ヴァレリーの口から多少なりとも体系的に語られるのはこの後半の時期である。とりわけ、種々の講演やコレージュ・ド・フランスにおける講義は、依頼者の要望にこたえながらも、ヴァレリーがみずからの芸術観や作品観を聴衆という目の前の「社会」に向けて語ったものである。つまり『カイエ』においては必要ではなかった「社会を説得する」という契機が生まれたのであり、ここでヴァレリーは、聴衆にある実験をするようにうながしたり、みずからの特異な体験を効果的に援用したり、思考を図式的に整理したりと、さまざまな工夫を試みるようになる。ここで結合させられた抽象的な芸術論と具体的な実験や体験は、しばしば『カイエ』の異なった、というより相互にまったく無関係に思われるトピックを扱う諸断章に由来するものであり、本書の探究にとっても大きな示唆を与えてくれる。すでに述べたように、われわれの目的は、ヴァレリーの芸術哲学を読み解くことではなく、ヴァレリーのテクスト（間）に芸術哲学を読むことだからである。ただし、この時期のテクストのみならず、必要に応じて一九一七年以前のテクストも参照していく。

他の専門家によるヴァレリーの研究の状況についても、われわれの「芸術哲学」との関連においてのみ述べておきたい。ヴァレリーに向けられる問いが、社会的・存在論的なものではなく、修辞的・内在的なものにかたよってきたその理由についてである。

これまでのヴァレリー研究は、ヴァレリーの作品を、なによりもまず「創造」と結びついたものとして理解してきた。無数の草稿を手がかりにひとつの作品ができあがるまでのプロセスを明らかにする「生成研究」はその典型であるし、作品にひそむテーマや頻出するイメージの系譜を明らかにすることも、ヴァレリーという作家についての研究に収斂するという点で、やはり創造との結びつきを重視したものである。これらはいわゆる文学的なアプローチだが、他方には美学的ないし哲学的なアプローチも存在している。しかしこのアプローチも、詩学の復権を主張するヴァレリーの、明晰な反省的意識によってとらえられた創造行為の記述を分析することに力をそそいできた。内在的な視点をとるにせよ、反省的な視点をとるにせよ、作品は「定着された創造行為」であり、その価値は問われるまでもなかったのである。

こうした「作品」と「創造」の結びつきを助長した要因のひとつとして、やはり『カイエ』の存在は大きかったと言うべきだろう。『カイエ』は、「自分の形成作用」の記録たるその内容においても、また書き手の死によって中断されたというその形式においても、まさに壮大な「未完のエクリチュール」である。しかもそれは早朝の数時間という、いわば一日のうちでいちばん「非社会的」な時間に、孤独にこもった状態で書かれている。もっとも、じっさいに『カイエ』を読んでみると、直観に満ちてはいるもののすっきりとした平易な言葉で書き連ねられており、難解な私的言語に挫折してしまうということはない（とはいえ、『カイエ』校訂者の労力を軽んじるつもりはない）。しかしながら、その習慣の「異様さ」が、「未完の作家」「書くことに没頭する作家」というイメージをヴァレリーに付与したことは想像に難くない。つまり、ヴァレリーは作品を世に発表することよりも創造のプロセスをこそ重視したのであり、そうであるならば、作品はまずもって創造行為の記録として読まれるべきだ、と考えられてきたのである。

さらにやっかいなのは、ヴァレリー研究において、創造行為の分析が非常にしばしば「自我」の問題系と結びつけて論じられてきた、という事情である。「書く」とは「自分に向かって言う」ことに他ならず、したがって「自我の二重化」という、ヴァレリーが好んで論じたトピックへと接続されるのだ、と。つまり、外にだす＝表現するという本来は社会的側面をもつはずの行為が、自意識内部の二重化の問題としてとらえられてきた経緯があるのである。これは構造主義を経た後でヴァレリーを読み直す作業の中でとくに強まっていった研究の方向であり、われわれの関心とは異なるものの、主体（の解体）をめぐる執拗な問いとしてヴァレリーの詩学を読む可能性をひらいたことで、ヴァレリーにひとつの思想史的な位置を与えた。この世代を代表する研究者であるセルジュ・ブルジャが、その著作『ポール・ヴァレリー――エクリチュールの主体』のなかで、「口耳（Bouchoreille）」という、あまりにもデリダ的なヴァレリーの造語を用いながら、書くことに伴うこの自我の二重化ないし分裂について論じているのはその典型である。言葉を使用するという行為が不可避的に顕在化させる主体の分裂は、身体を場として起こるものだが、しかし他方で身体こそが、変化するものの基盤にある不変の物体として、わたしの存在をひとつにまとめるものでもあるのだ。ブルジャが強調するのは、こうしたパラドックスに敏感な書き手としてのヴァレリーの位置づけである[1]。

しかし、われわれはあまりにも、ヴァレリーを「書くこと」に閉じ込めすぎたのではないか。確かに、何ができあがるのかもわからないまま無心に作ることは楽しいし、作ることの魔術的な側面や理知的な側面について考えをめぐらすこともまた魅力的だ。しかし、ヴァレリーにはもうひとつのプロジェクトがあった。ヴァレリーはかならずしも「創造に閉じこもる」ばかりの作家ではない。たしかに、出版に対して過剰なまでに慎重な態度を示すことがあったが、それは創造のプロセスに固執したからというより、詩を書くこととそれが「作品」という社会的な存在になることとのレベルの違いに意識的であったことの裏返しに他なるまい。作品が社会に流通して読者のもとにとどくという事実にヴァレリーはきわめて自覚的であったし、この事実について思考をめぐらした結果、みずからの創造性を、この創造以降のプロセスに賭けていたようにさえ見える。別の言い方をすれば、ヴァレリーの創造行為は、書くという狭義の創造が終わったあとの過程をも含むと考えるべきではないのか。もちろんそれは作者の手のおよばない領域だ。しかし、手がおよばないからこそ可能であるような創造もあるのではないか。ヴァレリーの「もうひとつのプロジェクト」とは、そのような創造後の創造に関わるものだ。

その意味では、先にみたヴァレリーの引用の氾濫ぶりも、もしかすると「もうひとつのプロジェクト」がまだ進行中であることの証拠なのかもしれない。すくなくとも、この文章のはじめにわれわれが「直接的な作用」と呼んだものが、いまなお働きつづけていることは事実だ。このプロジェクトにおいては、作品とは「装置」であるとヴァレリーは語っている。そして、この装置の目的は、「身体的な諸機能を開拓すること」であるという。身体的諸機能を開拓する装置？　何やらフィットネスクラブに置いてありそうなウェイト・トレーニング用のマシンのようなものを想像してしまうが、われわれはつまり、ベンチプレスでもするように、作品という「装置」を体験しているということだろうか。そして、それを通じてわれわれは、ヴァレリーによって身体的な機能を鍛えられているのだろうか。さらにヴァレリーは、作品によって身体の諸機能を開拓することは、結局、身体を「解剖」することであると言う。身体解剖をモチーフにした作品ではない。作品がわれわれの身体を解剖するのだ。もちろん作品はわれわれを殺しはしない。内臓や骨が取り出されるのではもちろんない。作品は生きたまままわれわれを解剖する。それはいったいいかなる解剖なのか。いかにして作品が身体を解剖するなどということが可能なのか。これらの問いに答えることが、「芸術哲学」に課された任務である。

本書の構成はきわめてシンプルである。ヴァレリーの「芸術哲学」を明らかにするためにわれわれがとる方法は、ヴァレリーの「作品」論と「身体」論を接続させる、というものである。なぜこの方法が有効なのか、その理由は、第Ⅰ部第一章の終わりで述べる（もちろんそこには、先に述べた「創造後の創造」プロジェクトが関係している）。第Ⅰ部は作品論、第Ⅲ部は身体論にあてられる。第Ⅰ部と第Ⅲ部をつなぐ第Ⅱ部は、時間論である。これは作品がまさに時間的に身体に働きかけ、また身体の機能が時間的に組織されるものであるがゆえに、作品と身体を接続する際の橋渡しとして、時間概念の分析が要請されるからである。

I　作品

第一章　装置としての作品

芸術史において、ポール・ヴァレリーは「純粋詩（poésie pure）」の提唱者として位置づけられている。ヴァレリーがこの言葉をはじめて公に用いたのは一九二〇年のことである。年齢にして五十歳まであと一年。大学までをすごしたモンペリエを離れてパリへと上京し、あこがれのマラルメやルイス、ジッドらとの知己を得て文学者サークルの仲間入りを果たしたヴァレリーは、若くして『ナルシス語る』などの詩や、哲学的エッセイ『レオナルド・ダ・ヴィンチの方法への序説』、小説『ムッシュー・テストと劇場で』などを発表する。しかし一九〇〇年ごろから、少数の例外を除いてテクストを公にしないいわゆる「沈黙期」――「沈黙」といっても詩作の中止ではなくあくまで公開の極端な制限なのだが――に入る。すくなくとも公の文学の世界から見れば、ヴァレリーは二十年ほど「忘れられた」存在だったわけだ。ところが一九一七年、この長い忘却のかなたから、長編詩『若きパルク』の発表をもって、ヴァレリーがふたたび公の文学の世界へと帰ってくる。四十六歳、かなり遅れてやってきた人生二度目のデビューの機会であった。

そこから先は、ヴァレリーはとんとん拍子で出世街道をすすんでいく。四年がかりで完成したこの『若きパルク』は賞讃をもって迎えられ、一九二〇年の詩『海辺の墓地』、過去の作品を集めた詩集『旧詩手帖』、一九二一年の対話篇『ユーパリノス』『魂と舞踊』、詩『蛇の粗描』、一九二二年の詩集『魅惑』、一九二四年の評論集『ヴァリエテ』、と立て続けに詩や対話篇、あるいは評論集を発表していく。一九二〇年代中頃からは、長年個人秘書として勤めていたエドゥアール・ルベイが死去したという経済的理由もあって各地のシンポジウムや学会で旺盛な講演活動を行うようになり、一九二五年のアカデミー・フランセーズの会員への選出、一九三七年のコレージュ・ド・フランス詩学講座教授任命など、社会的な地位という意味でも、まさに「フランスを代表する知識人」としての階段を順調にのぼりつめていくことになる。「純粋詩」の語は、本人が望んだものであるかどうかはさておき、こうした華々しい出世街道のスタートラインにちょうど立ったころのヴァレリーが、あるべき詩の理想を示すために用いたものである。

しかし「純粋」という言葉は、みずからの詩の理想をこの一語に集約してしまうには、あまりに空疎であやふやな言葉ではないだろうか。もっとも、二十世紀初頭においてこの語が学問や芸術の領域において一種「流行語」のような様相を呈していたのは事実である。とはいえ、「純粋詩」という言い方は、たとえば「象徴詩」という言い方が「象徴」をめぐる探究であることを端的に表現しているのと比べると、何をもって純粋とするのかという基準が述べられないかぎり、当の詩の具体的な特徴を何も記述していないように思える。しかもこの語は、その空疎さの反面、潔癖性的な厳しさを、もっといえば攻撃性をすら感じさせる。のちにいわゆる「純粋詩論争」が勃発したのも、この語のもつ空虚さと攻撃性のためだったといっても過言ではあるまい。

なぜ「純粋」であることが芸術にとって価値をもつのか。詩を「純粋」化することでヴァレリーが手に入れようとしたものは何だったのか。ヴァレリーの芸術を語るうえで避けては通れないこの概念について、まずは予備的な注釈をいくつか述べておくことから本論を始めたい。もちろん、これらの問いに対する最終的な答えを手に入れることができるのは、幾重にも重なったその意味の層をひとつずつはがし、あらためてそれらを統合してみようとする、本書の探究がゴールに到達するときだ。ここで述べるのはあくまで、この語がヴァレリーによって提出された際のいきさつと、同時代的なコンテクストに関する事実の確認である。ただし、この予備的な注釈を述べながら、わたしは同時に、本章で行う探究の手順と、その手順をすすめるうえでの注意点についても述べるつもりである。つまり、ヴァレリーの「純粋」の語に関する注釈はそのまま、これから議論をすすめるうえでの但し書きとして理解してほしい。なぜなら「純粋」とは、とりもなおさず対象について語る方法の名だからであり、本書もまた、ヴァレリーの方法にならって、詩について、芸術について語るからである。

方法としての「純粋」

さて、一九二〇年、五十歳を目前にした「二度目のデビュー」の三年後、ヴァレリーははじめて「純粋詩」という語を公に用いた。この行動に二十世紀の芸術らしい「宣言」の身振りと「イズム」としての主張を期待する者にとってはいささか肩すかしなことに、それは、みずからの作品を解説するためではなく、同じ南仏出身の詩人リュシアン・ファブルの詩集にあてた序文のなかで数度、いかなる強調点やイタリックの使用もなしに用いられている。そこではいったいどのような内容が語られているのか。純粋詩とは何なのか。ところが肝心の「純粋」の内容に関して、この序文におけるヴァレリーの記述は、明瞭さを欠いていると言わざるを得ない。「本質」「完璧」「絶対」「極限」といった、それだけでは「純粋」の語と同じように強力だが空疎な語によって、同語反復的な説明がなされるのみなのである。じっさい、このときの「純粋」の語の使用は、ヴァレリーが言うように「たまたま発した」(ŒI, 1456) にすぎなかったのだろう。とはいえ、ヴァレリーはこれ以降も「純粋」を放棄したわけではない。そうである以上、われわれはその意味を明らかにしなければならない。「純粋詩」の内実を最初に明瞭に知ることができるのは、それから七年後、難解な「序文」の内容についてみずから解説をこころみるために書かれた講演の覚え書においてである。それによれば、純粋詩とは、「散文に属する要素がもはや何もあらわれない」(ŒI, 1463) ような理想的な詩のことである。つまりヴァレリーの言う「純粋さ」とは、「散文からの純粋さ」であり、詩から散文的要素の一切を排除することが、ヴァレリーの見据えた詩のすすむべき道だったのである。詩は、散文という隣接ジャンルに対して截然と境界線を引かねばならない。ヴァレリーの主張をこのように理解するならば、ヴァレリーはたしかにこの時代に芸術や学問の諸ジャンルにわたって押し進められていた「純粋化」の流れのなかにいた、というべきである。絵画の領域では、C＝E・ジャンヌレとA・オザンファンがすでにピュリスム〔キュビスムの主観性を批判し、機能が純化された絵画を主張する運動〕を展開していたし、小説の領域では個人的に親交の深かったジッドが一九二五年に『贋金つくり』で純粋小説を実践することになる。

純粋詩とは、散文的要素を排除した詩である。この規定は明瞭だが、しかし空疎であることには変わりない。「純粋」という語によって物事を定義することは、つねに循環をはらんでいる。あるものを、それ自体として純粋であるということはできない。「純粋」という言葉は、「〇〇から純粋な」「〇〇という混じり物のない」という仕方で、あるべきでないもの、つまり自身の外部を否定することによってはじめて成立する表現である。外部を否定するという極めて攻撃的な態度をとりながら、しかしこの攻撃を通じてしか自己を規定することのできないもの。この戦略が循環であるのは明白である。なぜならこれは、当の対象を定義するためにその外部の定義を必要とするという、とうてい不可能な要求をしているのだから。詩を純粋にするためには散文的要素を排除しなければならない、では、そもそも散文とは何なのか？「純粋」とは、端的にいって、対象を指し示すための語ではない。

しかし、対象を指し示すことがないからといって、その語が何かを語ることに参与しえない、というわけではない。対象を直接指し示すことができないという場合もあるはずで、にもかかわらずその対象について語りたいとき、ひとはこうした言葉を用いる。そのようなとき、可能なのはただ排除すべきものをひとつひとつ取り除いていく地道な蒸留の作業である。「純粋」とは、この蒸留作業の積み重ねによって対象を一側面ずつ明らかにしていく、この探究の方法の名なのだ。「純粋」の語によって語られる対象はつねに、これなのだと決定的に指し示される手前の、いわば指し示しの途上にある。語りのそれぞれは、永遠に終わることのない蒸留作業の一回分であり、決定的な対象の獲得ではない。「純粋」は「純粋化」でしかありえない。詩の純粋性も同様である。ヴァレリーが純粋詩というとき、すでにそこにある詩と散文の境界線を尊重すべきだと主張しているのではない。純粋詩はあくまで純化に向かう探究の途上、道半ばであらざるを得ない詩の名である。「純粋詩の概念は、獲得不可能な型の概念、詩人の欲望と努力と能力のイデア的な極限の概念」（Œ1, 1463）なのである。それは詩人の努力をみちびく目標だが、イデアのように到達することはないだろう。「非詩的な要素を全く含まない（pure）ような作品のひとつを、人は果たして構成するに至りうるのか」（Œ1, 1457）。

指し示す方法は、探究の手順であると同時に、語りのレトリックでもある。ヴァレリーは公的にも私的にも、ひとが期待するほど「純粋詩」という語を使っていない。しかしながらヴァレリーはしばしば、純粋という方法によって、つまり彼が「散文的」とみなすさまざまな除外すべき要素を批判するという手続きによって、自身の詩の理想を語る。ヴァレリーが純粋詩の提唱者であるというのは、まさにこの意味においてなのだ。純粋詩が純粋詩たるゆえんは、それが「純粋」というそれ自体として名指すことの可能な性質を持っているからではなく、「純粋」という方法によって探究され、語られる理想だからであること。それは求める対象の名ではなく、対象を求める方法の名であること。これが「純粋」の語に関する最初の注釈である。

本章の議論も、この方法にならう。具体的にヴァレリーが「散文的」とみなす要素は、たとえば「描写」「イメージ」「登場人物」といったものであるが、こうした要素をひとつひとつ蒸留していくかたちで進行する。もちろん、その追訴の手続きはたんに排除すべき要素を列挙するのであってはならない。散文的要素のいくつかは相互に関連しあっている。われわれの議論は、こうした要素間の関連に注目しながら、それらを結びつけているより本質的な問題意識に向かってすすんでいく。

注釈の二点目は、すでに明らかである。すなわち、この語の使用にあたっての、ヴァレリーの政治性の欠如である。「純粋詩」はたとえば「純粋詩運動」のような文学上のムーブメントを起こす意図をもって「宣言」されたのではない。その言葉づかいが強調するのは、すでに見たように「到達することの不可能性」であり、それは「理想」「絶対」と言い換えられ、道行きの困難さが強調される。「純粋」はしたがうべき規範ではない。たとえば美術史家・批評家のクレメント・グリーンバーグは純粋性を規範として提示しているが、その際に彼が強調するのは、到達することの困難さではなく歴史的な必然性である。過去から現在にいたる芸術的実践の流れを、ひとつの強力なベクトルによって「歴史」化するこうした態度は、きわめて政治的なものだ。ヴァレリーには、このような政治性は欠如している。

「純粋詩」をめぐるヴァレリーのこうした非政治性を端的に示すのは、この語をめぐって起こった論争（いわゆる「純粋詩論争」）に対してヴァレリーがとった態度である。この論争の直接的な火元となったのは、アンリ・ブレモン神父が一九二五年にアカデミー・フランセーズの年次総会の席で行った講演である。ピエール・トランシェスによれば、ブレモン神父はこの講演において、当時執筆中だった十一巻組の大著『フランスにおける宗教感情の文学の歴史――宗教戦争の終わりから今日まで』の基本テーゼ、すなわち「ロマン主義と神秘主義がともに恩寵という同じ源をもつ」という考えを、文壇で人気を博しつつあったヴァレリーの用語と接続しようとした。[1]詩の純粋性を宗教的な純粋性と結びつけるという、この明らかに拡張されたブレモン神父の解釈をめぐっては、さまざまな応酬がなされ、論争は最終的にアメリカにまで飛び火することになった。

しかし当のヴァレリーはこれに積極的に参戦しようとはせず（ただしヴァレリーとブレモ

ン神父は手紙のやりとりはしており、両者は「無視」しあっていたわけではなかった）、みずからの考えを明確化するのは、ようやく一九二七年になってからのことなのである。しかも、ヴァレリーは純粋詩という語を用いた意図を明確化する一方で、ブレモン神父の主張を否定しはしない。ブレモン神父は一九三三年にピレネー山中で没するのだが、その二年後に行われた、旧居住地を記すプレートの除幕式に出席して、ヴァレリーは次のように回顧している。「私が純粋詩という二語をもっとも単純な意図で書いた」のに対し、「ブレモン神父は、〔純粋詩という〕この表現に、彼の知性のすべてと心のすべてをもって周知の展開を与えたのである」（ŒI, 766）。つまりヴァレリーは、ブレモン神父の解釈を、みずからの意図はさておき純粋詩という言葉が世の中に起こしたひとつの出来事として受け止め、その創造性を積極的に容認することで、論争じたいをいわば他人事にしてしまうのである。

とはいえ、政治的な意図の欠如が、同時代的な風潮からの隔絶を意味するわけではない。すでに述べたように、ヴァレリーはたしかにこの時代に芸術諸ジャンルで起こっていた純粋化の動きの中にいたというべきである。一九四〇年に発表された論文で、グリーンバーグは書いている。「前衛芸術は、音楽の例から引き出した純粋の概念によって、ここ五十年の間に、文化の歴史でかつて先例がないような活動領域の純粋性と過激な境界設定を達成した」。芸術における純粋性とは、「特定の芸術の媒体が持つ限界を受け入れること、それもみずから進んで受け入れること」にある。「純粋」詩の場合は、語が何らかの意味作用を持ってしまうという媒体の限界に対して、意味の「可能性」だけを残すという仕方でそれを引き受けた。ひとつの意味のかわりに「可能な意味の無限さ」によって「意識を煽る」ことを目指してきたのである。同じように、絵画にしろ、彫刻にしろ、あらゆる芸術ジャンルは、それが用いる媒体の本性に独自なものがすなわち自身に固有な領域なのだと見定めて、他の芸術の媒体から借りていると思われる効果をことごとく除去しなければならない。グリーンバーグにとって、この絶えざる「自己批判」を通じて純粋性を達成する過程こそ、近代芸術の歴史なのである。(2)

たしかに、潔癖なまでに散文から詩を区別しようとするヴァレリーの態度は、グリーンバーグの述べる近代芸術の流れに従うものである。音楽を理想とした、という点でも符合するものがあるといえる。とはいえ、ヴァレリーの芸術観にグリーンバーグの説明とは明らかに相容れない部分があるのも事実である。というのもヴァレリーは、詩と散文の対比をダンスと歩行の対比に重ねたり（ŒI, 1371）、建築に音楽を見たりと（ŒII, 101）、個々の芸術ジャンルの個別性・固有性というよりは、それらのアナロジカルな関係にこそ関心を抱いていたからである。個々の表現形式の分析＝ジャンルの分別という等式は、ヴァレリーにおいては成立しない。ヴァレリーがこだわっていたのは、詩と散文の区別というより「詩的なもの」と「散文的なもの」の区別であり、ヴァレリーの芸術観において「詩的なもの」はジャンルの垣根を超えてすべての芸術作品が持ちうる特質なのである。

一九二七年の講演の覚え書でも、ヴァレリーは明確に述べている。「詩的な感じは、言語手段とは全く異なる手段、たとえば建築や音楽といった手段によっても喚起されうる」(ŒI, 1459)。なぜジャンルを超えることが可能なのか。それは「詩的なもの」が、詩的言語という詩固有の媒体に由来する何らかの特性を指すのではなく、作品体験のある質を指し示す言葉だからである。「その状態は、私たちの内的、身体的、心的配置と、私たちに印象を与える状況(現実的なものであれ観念的なものであれ)とのあいだのある一致から、自然かつ自発的に生じる」(ibid.)。純粋詩とは、ジャンルを問わずこの特殊な状態を生み出す作品がもつある特性についての「分析的概念」(ŒI, 1456-1457)である。

「純粋」の語をめぐる最後の注釈は、この点、すなわち、ヴァレリーの芸術論のもつ本質的な超ジャンル性である。たしかにヴァレリーの思考は、散文的な要素を徹底的に排除しようとする点で、詩に関してはグリーンバーグ的純粋主義者であるといえる側面をもっている。しかしジャンルとしての「詩」への関心の背後には、ヴァレリーが「詩的」と呼ぶある普遍的な作品体験の質への関心があり、単純なジャンル分離主義とはいえない側面を持っているのである。もちろん、ヴァレリーの芸術についての記述は詩をめぐるものが圧倒的に多い。本書でも基本的には詩を中心にあつかっていく。しかし、表面的にはジャンルとしての詩について語っているようにみえるときでも、その背後にはつねに「詩的なもの」という超ジャンル的な関心があることを忘れてはならない。そして、ジャンルとしての「詩」ではなく

「詩的なもの」の探究であるからこそ、その思考は、時間論や身体論といった哲学的な領域にまで広がっていくのである。

以上三点が具体的な議論に入るまえに確認しておきたかったことがらである。繰り返しになるが、これは本章の議論をすすめるうえでの但し書きでもある。もういちどまとめて記しておこう。(一)「純粋」とは、対象を探究し語る方法の名であるということ。(二) 純粋詩という言葉を使うヴァレリーに政治的意図がなかったということ。(三) 詩という言葉の背後にはつねに超ジャンル的な関心があるということ。

ヴァレリーとブルトンの描写批判

では具体的な作業に取りかかろう。最初に「蒸留」される項目は、「描写」である。まず手がかりを求めたいのは、アンドレ・ブルトンが「シュルレアリスム宣言」(一九二四) のなかで行った、ヴァレリーへの有名なコメンタリーである。宣言の冒頭付近で、想像力がいかに抑圧されているかについて論じ始めたブルトンは、小説の文体を問題にする。とりわけ「書き出し」について語りながら、ブルトンはヴァレリーのある発言を引き合いにだす。「ポール・ヴァレリーはかつて小説について、自分に関する限り〈公爵夫人は五時に出かけた〉と書くことはやはり受け入れられない、と私に向かって断言したが、このような考えは彼にさらに名誉を与えるものである」(3)。

ここでブルトンは、「公爵夫人は五時に出かけた」式の、一般的にはよく見られる書き出しに嫌悪を示すヴァレリーに対して、自身の小説観に重なるものを見出している（ブルトンが問題にしているのは、「書き出し方」ではなく文体一般である）。ただし、あらかじめ二人の関係の結末を述べておくならば、ブルトンとヴァレリーは決して「同志」になることはなかった。両者が共有していたのは問題意識のみであって、同じ問題に対して二人はそれぞれ別の解決を見出すことになるのである。ヴァレリーの見出した解決はブルトンにとっては容認しえないものであったし、それはヴァレリーにとっても同様だった。右に引用した箇所につづいてブルトンは早くも「だが彼は約束を守っただろうか？」[4]と嫌疑を口にしているし、ヴァレリーもまた一九二七—二八年のカイエで「廃棄物による救済」（C2, 1208）にすぎないとシュルレアリスムを厳しく批判している。

ここで両者が共有していた問題意識、それが文学における「描写（description）」に対する嫌悪なのである。まずはひきつづきブルトンの言葉を引用しよう。

登場人物に関するいかなるためらいも、わたしを免れさせない。金髪にするか、どういう名前にするか、夏にもっていくか？（……）それにあの描写ときたら！　なにひとつ、これの無価値さにくらべられるものはない。こんなもの、カタログ的なイメージの積み重ねにすぎないし、作者は、ますます勝手にふるまい、好機を逃さず自分の絵葉書を何枚かわたしにそっと手渡し、ありふれた常套句について私を作者に同意させようとするのだ。[5]

描写とは、対象を視覚的に提示する技法である。この直後に『罪と罰』からの引用があることから、ここでブルトンが念頭においている「描写」の作家とはドストエフスキーに代表されるレアリスムの作家である。ブルトンははっきりと断言していた。「わたしはレアリスムの態度をひどく憎んでいる」[6]。それが批判されるべき理由は、描写すなわち登場人物や場面の設定は、しょせん作者が勝手に選んだにすぎないにもかかわらず、描写を通じて作者は自分を売り込みつつ「わたし＝読者」の同意を得ようとしてくるからである。

ヴァレリーもまた描写を嫌悪する。「わたしは決して風景や登場人物、場面、事件に専念しはしない（……）。わたしは自分が見たものを書くことには嫌悪を覚える」（CI, 309)。ヴァレリーが描写を批判するとき、念頭においているのはむしろ同じ国内のレアリスムや自然主義の作家たちであるが、前の世代に対する反発の身振りとして、描写をある種の「踏み絵」として位置づけている点は共通している。その構図は、ヴァレリーが詩を散文と区別しつつ自身の立場を明らかにするときにも踏襲される。「描写の有無」は、両者を分けるもっとも重要なポイントのひとつなのである。「詩は（……）、あらゆる散文からは根本的に区別される。とりわけ、詩は、現実のイリュージョンを与えることをめざす出来事の描写と語りとは截然と対立する。つまり物語や人物描写や場面その他現実生活の再現に真実らしい力を与えることをその目的とするときの、小説や短編の物語に対立する」(ŒI, 1374)。つまり描写は、一方でレアリスムに対しての、他方でジャンルをかけて描写を発展させた小説に対しての、二重の踏み絵として機能するのである。

描写は、「現実」ではなく「現実のイリュージョン」「真実らしい力」の生産に関わる。しかしヴァレリーにとって、そうしたものは、結局「あやまった現実」(ibid.) でしかない。それは、現実を再現し、現実の振りをするように見せかけて、現実のうちの「恣意的で表面的な」(ŒI, 1472) ものを取り入れているにすぎない。ヴァレリーにとって描写は、二つの意味で恣意的である。第一にそれは、作者の恣意的な選択の産物である。〈公爵夫人〉は〈品のある既婚女性〉でありえたかもしれないし、〈五時に〉は〈朝方に〉に、〈出かけた〉は〈戸をあけた〉にすることもできたかもしれない。つまりソシュールの範例概念に相当するような代用可能な語群のなかから、作者は恣意的に一語を選んでいるにすぎない、と言うのである。この恣意性を暴くために、ヴァレリーは、犠牲になった選択肢の一覧表を提示することを夢想する。「分節ごとに、多様性を提示するような作品を一度は作ってみるのもおもしろいだろう。つまり、精神のなかでは現れるが、そのうちただひとつの、テクストの中で与えられている連続体が選択されることとなる多様性を、である」(ŒI, 1467)。

描写はまた、それが喚起するイメージの点でも恣意的である。たとえば「レモン色の帽子」という描写に対して、作者が想定するものと、個々の読者が想定するものは、多かれ少なかれ異なっているはずだ。個人的な記憶や文化的な背景の影響を排除して、完全な伝達を行うことなど不可能である。「最高の描写も決して人が観察したものを復元せず、物事を見なかった第三者が形成しうるものを復元する」（C1, 309）のみなのだ。この二つの意味での恣意性については、ブルトンも指摘していた。描写は、「カタログ的なイメージの積み重ね」にもかかわらず「同意を得ようとしてくる」のである。

二つの意味で恣意的であるにもかかわらず描写が好まれる背景には、文学におけるイメージの役割の肥大化があるとヴァレリーは言う。描写は小説が発展させた技法だが、ヴァレリーの診断によれば、こんにちにおいては散文のみならず詩にもイメージ的な要素が多く紛れ込んでいる。「多くの近代人がイメージを追い求め、（……）詩をイメージもしくは隠喩に限定するまでになっている」（C2, 1090）。しかしそれは「真の詩の原理を発見できない無力さ」（ibid.）のあらわれにすぎない。描写は、視覚を媒介として、「恣意的」なものを「現実」と見せかける技法なのである。それはイメージの力によって読者を圧倒し、無力にするだろう。散文はブルトン同様ヴァレリーにとっても、読者に「信仰、信じやすさ、自己の破棄」（C2, 1206）を要求するものなのである。詩は、「現実のイリュージョン」「真実らしい力」に関わるべきではなく、そうである以上、描写を行うべきではない。

イメージ的なものの排除である点で、描写を批判することは、ある意味ではきわめて「この時代らしい」身振りであるといえる。というのも、ジャック・ランシエールが論じるように、一八八〇年代から一九二〇年代の時期に、「イメージから解き放たれた芸術」を目指そうとする動きが、文学のみならずさまざまな芸術ジャンルで顕著になったからである。(7) ランシエールは、その動きには主に二つの形態があると言う。そのうちヴァレリーやブルトンの「描写批判」に関わると思われるのは、「直接的に理念を実現しようとする芸術」を目指す動きである（ランシエールのあげるもう一つの形態は、イメージによる隔たりを消去して非―芸術へと生成変化する、未来派や構成主義の動きである）。

具体的にはカンディンスキーの絵画やロイ・フラーの踊りがこれに該当するが、彼（女）らは、イメージを不要な媒介物とみなし、ただ運動や対比として、理念が実現する瞬間に観者を立ち会わせようとする。重要なのは、ランシエールが指摘するように、こうした動きが、芸術内部の探究の深まりの結果生じたものであるというより、ある「危機」を背景に持つということである。その「危機」とは、社会的・商業的なイメージの増大に芸術が抵抗できなくなり、イメージを介して芸術の中に非―芸術が混入しつつある、という一九〇〇年前後の芸術をおそった危機である。ヴァレリーが「あやまった現実」という言い方で描写を批判する語調のなかにも、この「危機」はおそらく響いているはずである。つまりそれはたんに「現実の誤解」だから批判されねばならないのではなく、まさに「現実に作動しているイリュージョン」に関わるものであるから警戒されねばならないのである。

さりげない点だが、のちの議論のためにここで注意を喚起しておきたいのは、ブルトンにしろヴァレリーにしろ「描写」ということでまっさきにあげているのが登場人物の身体的特徴である、ということである。歴史的に見ても、この指摘は一定の妥当性をもつものであるといえよう。というのも小説の始まりとも言われるロベール・シャールの『フランス名婦伝』――小説の起源をどこに設定するかという問題はここでは措く――が、「ポルトレ」の伝統をうけつぎながら、さまざまな人物の身体的特徴をまさにカタログ的に記述するものであったからである。(8) 小説という文学ジャンルが登場人物の描写から派生したとすれば、まさにヴァレリーが行っていたように、描写への批判は根本的には小説への批判なのであり、より具体的には登場人物の扱い方に対する批判という形をとることになる。そうであるならば、描写を批判する以上、ヴァレリーは登場人物に対する新しい扱い方を提示しなければならないはずであり、ヴァレリーの登場人物の扱いを明らかにすることによって、私たちは、ヴァレリーの詩の理想的なあり方を明らかにすることもできるはずである。このような仮説にもとづいて、本論では第I部第二章の冒頭でヴァレリーの登場人物の扱い方について考察する。そこではラシーヌが手がかりを与えてくれるだろう。

いかに描写を乗り越えるかという問いに対するヴァレリーの解決策を見るまえに、ブルトンの解決策を簡単に見ておこう。ブルトンが描写の代替物として見出したもの、それは大きく分けて二つある。ひとつは文体に関して、分析医のような「観察所見」のスタイルを用いること、もうひとつは「写真」を使用することである。自伝的でありながらこの二つの手法を合わせて用いることによって「反文学的」な様相を呈しているテクスト、それが一九二八年に発表された『ナジャ』に他ならない。ブルトンは『ナジャ』に寄せた序文「遅れて来た至急便」のなかで次のように述べている。

『ナジャ』についてもまた、この作品がしたがっている二つの主要な《反文学的》要請のうち、そのひとつのため、とくに同じことが言えるだろう。豊富な写真図版は、一切の描写を除去することを目的としている――『シュルレアリスム宣言』において、突如むなしさに襲われたあの描写というもの――わけだが、それと同時に、語りのために採用された調子は、医学的な観察所見、とりわけ神経精神医学における観察所見のそれを真似たものである。そうした観察所見の調子は、診察や尋問が明かすことのできるあらゆるものの痕跡を、それを報告するにあたっては、文体に関する最小のわざとらしさをも抱え込まずに、保持しようとする。(9)

ここで特に着目したいのは、描写の代用物としての写真の位置づけである。つまりブルトンにとって、言語による描写が、ひとつの対象（たとえば主人公の少女）を視覚的に提示するにあたって、作者の恣意的な選択の結果としてのイメージの集積（髪はブロンド、目の色はブルー、くちびるは……）しか提示しえないのに対し、写真は、いかなる選択もなしに、一気にその対象を読者の目に提示することができるのである。しかも写真は、提示されたその対象物が作者の創造物ではなく、現実に存在した事物であるということを保証してくれる証拠品としても機能する。写真を通じて、読者は対象を作者からではなく現実から受け取るのである。こうして写真は、レアリスムの抱える問題を一気に解決しながら、テクストと現実を結びつけるメディアとして歓迎される[10]。

ヴァレリーにおける写真の位置づけはしかし、ブルトンのそれとはほとんど正反対といっていいものである。ヴァレリーは写真の登場という歴史的な一点に注目し、写真こそレアリスムの生みの親だと主張する。写真は、「あらゆる視覚的認識の価値の再検討[11]」を人々に促した。見ていなかったものを見よ、と写真は促す。この要求に応じるのが「描写の文芸」としてのレアリスムである。「写真が出現したそのときには、描写的ジャンルが「文芸」に侵入し始めていた。散文と同様に韻文においても、生活の景観と外的様相とが、著作中にほとんど過大な場所を占めた[12]」。「「写真術」と共に、そしてバルザックの足跡に従って、レアリスムがわれらが「文芸」に顕著になる[13]」。しかしヴァレリーは、言葉が記録するものと写真が記録するものは、そもそも質的に異なるものであるはずだと主張する。「わたしに物語られたしかじかの事実は写真にとることができたのだろうか？[14]」。ブルトンにとって描写の代用品として機能しえた写真は、ヴァレリーにおいては文学が本来追究すべき現実とはまったく別の現実に関わるものとして切り捨てられるのである。

読者のまなざし

ではヴァレリーは、いかにして小説的な描写を乗り越え、どのような方向を目指すのか。いくつか必要な寄り道をしながら、この問いに対するヴァレリーの回答をさぐることを通じて、その理想とする詩のあり方を明らかにしていこう。

ここであらためて想起しておきたいのは、描写が批判されるべき理由として、「現実のイリュージョン」を作り出すべく、読者に「信仰、信じやすさ、自己の破棄」を要求する、という点があげられていたことである。この理由に関して注目すべきことは、作品の質と同時に、その質が成立するために必要な読者像について語っている、ということである。つまり描写批判は、ヴァレリーにとって、どのような読者像を設定して書くか、つまり作品を発表するにあたって読者をどのような存在として想定して振る舞うかという作者の倫理の問題でもあるのである。ひとりの文学者として「信じやすい読者」の存在を前提にして書くこと、またそうした読者を大量生産することは、ヴァレリーにとって倫理的に許すことのできない行いだった。別の言い方をすれば、「信じ込ませるために書く」という行為につきまとうやましさ、恥ずかしさをヴァレリーは決して看過することができなかった。そしてこのやましさや恥ずかしさに鈍感でなければのうのうと描写などできないはずであり、ひいては小説など描けないはずだ、と言うのである。

「信じやすい」かどうか以前に、そもそも読者の存在を前提にして書くこと、「読まれる」ことを前提にして書くことからしてヴァレリーは認めたがらない。このことを端的に示すのが、一九一七年の長編詩『若きパルク』が出版された際のいきさつである。すでに述べたように、一九〇〇年以降ヴァレリーはいわゆる「沈黙期」に入り、少数の例外をのぞいてテクストを公にすることがほとんどなかった。そんななか、一九一二年にガリマール社の社長ガリマールと友人のアンドレ・ジッドがヴァレリーを訪れ、これがきっかけとなって五年後の『若きパルク』出版にいたるのである。このときのガリマールとジッドの訪問について、のちにヴァレリーは公開されたテクストで次のように振り返っている。

わたしはあらゆる文学から遠く離れ、読まれるために書くあらゆる意図もなく、従って読む人々に対して平穏に暮らしていたのだが、そのとき、一九一二年ごろ、ジッドがガリマールと一緒になって、わたしが二十年前に作った詩や、その当時のさまざまな雑誌に載ったいくつかの詩を集めて出版したいと求めてきた。

わたしはすっかりびっくりしてしまった。このようなわたしの心に生き残っているものに何も訴えず、心に引きつけるものを何も呼び覚まし得ないそのような提案など、わたしは少しも考えてみることさえできなかった。

(Œ1, 1464)

ヴァレリーのここでの意図は、一九〇〇年頃からの、みずからの文壇からの隠遁ぶりを強調しつつ、『若きパルク』の出版が自らの自発的な意志によって企画されたものではなく、あくまで偶然外部からもたらされた提案をきっかけにしてしぶしぶ外圧の要求に応える形で実現した、といういきさつを公開することである。このいきさつは確かに事実であろうが、しかしうがった見方をすれば、これは一種の「アピール」とも読める箇所である。つまりこれは『若きパルク』の外部から『若きパルク』の位置づけやテクストの性格を指定することをねらった、操作的な注釈と読むべきではないだろうか。ヴァレリーのなかには、自己演出的な意識が多少なりともあったかもしれない。おそらく、「読者のまなざしを意識しない」という主義は、「読者のまなざしを意識しないという自己意識」というジレンマを本質的に抱えざるを得ないのだろう。いずれにせよ(事実にせよ、演出にせよ)、読者に読まれることを前提せずに書かれたものを読者が目にするという「偶然」が成立するためには、作者のもとを訪れる「依頼者」の存在が不可欠である。じっさい、ヴァレリーは自分の作品がいかに生涯を通して依頼者の動機によって出版されてきたかということをしばしば語っている。(15)つまり作家としての消極性を読者に繰り返し印象づけているのである。(16)

ではレアリスムが行っているように「読者のまなざしを意識して書く」とき、どのような好ましからざることが起こるのか。ヴァレリーの診断によれば、いまやほとんどすべての文学が読者を意識して書かれているというが、そこにはどんな事態が発生しているのか。ヴァレリーによれば、「主題」と「表現」の両面における歪みが、こんにちの文学には見られるという。

まず「主題」の歪みに関して、ヴァレリーが憂慮するのは新聞の影響である。新聞は部数をかせぐために新奇な「事件」ばかりを取り上げ、「トピック」を次から次へと創造する。小説もまた、冒険や犯罪など読者の歓心を買うような極端な出来事のみを描こうとする。両者はともに「大衆」を読者として書かれた文章である。「ほとんどすべての文学は大衆的である。作品の大多数が、その主題として、異常な事件、危機的な様相、――情熱、犯罪、奇妙な行動――等々極端なこと――を持ち、それらはものごとのありふれた成り行きには惹かれない精神を捉え、興奮させるようなものである、という意味で」(C2, 1214)。そして小説は、ありふれた普遍的な出来事を排除する傾向がある。「物体の落下は文学的な事実ではない」(ibid.)。

補足しておくならば、新聞記事と小説の質的な類似には、単なる「時代の風潮」以上の必然的な理由が存在する。それは「新聞小説」の存在である。新聞の紙面の一番下の段に小説を掲載するというスタイルは、十九世紀前半以降に大流行し、有名どころではデュマ、ネルヴァル、バルザックといった人気作家を生み出した。まだ文庫一冊の値段が労働者の平均日給の二日分以上（約七フラン）という値段であったから、新聞小説とともに、文学は文字どおり「大衆化」したのである。こうした新聞小説がそれまでの書き下ろし小説と決定的に異なるのは、それが連載である、ということである。連載という形式、つまり毎回「次」を期待させなければならないという形式が、極端な主題の選択による「見せ場」と「宙づり感」の演出をおのずと要請していった。(17) ヴァレリーも、バルザックらの作品が単行本としてではなく新聞への連載として発表されたという事実を重視していたようであり、じっさいにいくつかの作品を、わざわざ図書館に出かけて当時の新聞紙面上で読んでいる。大衆小説にかんする上のような発言は、メディアの特質を自身で経験したうえでなされている (C2, 1221)。

さて、もちろん他方には、極端な出来事だけでなく、「物体の落下」と同じくらいありふれた出来事を書く小説も存在していた。ただしヴァレリーはそこでも、別種の「読者への意識」が働いており、そこに二つ目の歪みが生じる、と論じる。一つ目の歪みについて小説と類比的に捉えられるのが新聞であったとすれば、二つ目の歪みは演劇との類比によって浮かびあがる。キーワードは「演劇化」である。「文学がありふれたものごとを扱うときには、巧妙なやりかたでそれに演劇化された、詩的にされた価値を付加しなければならない」(C2, 1214-1215)。「演劇化」とはつまり内容をいかに「演出」するかという書き方に関わる問題である。具体的な作家の名をあげながら、ヴァレリーはさらに論じる。

どれだけ多くのものを書く人間が、ただ書くという事実が書くことを禁じてしまうあらゆることに、気づいていないことか!

とりわけ、書くことじたいへの、適用じたいと矛盾し、適用じたいが裏切るような話題。目に見える技と配慮をもって、私は途方に暮れた者だ、不幸の極みだ（パスカル）と言うべきではない。（……）スタンダールは、シャトーブリアンと同じくらいあるいはそれ以上に、こしらえ上げられている。自然でありたいという気取り。だが私たちは彼が読まれ、有名になりたがっていることを知っている。それは変わらない点である。

書くこと、それは舞台に登場することである——俳優は自分が喜劇役者ではないと宣言してはいけない。人は喜劇役者であることから逃れはしない。（C2, 1218）

本当に途方に暮れているのなら、その心情について技と配慮を持って表現したりはしないはずだし、自然にふるまっているように見られたいと意図することはすでに自然なものではない。人はつねにものを書く気分でいるわけではない。書くことなどとてもできないときもある。つまり書くという行為をすることが、書くことなどできない状態に自分がいることを記すことを原理的に排除しているはずなのに、多くの人が演劇化によってそれを語るのである。内容とは矛盾する密かに払われた努力のあとが見えるとき、その語りの調子は読者を意識したわざとらしい演出にしか見えないだろう。演劇との類比については、特にそれが時代のモデルであった十八世紀の作家について論じる際により具体的な関連が主張される。たとえば「公衆の前での告白」をしたルソーはもっとも文学者的で、「露出の父」（C2, 1224）とまで罵倒される。いずれにせよ物書きは、実際はそこにはいない観客である読者を意識して演技する滑稽な喜劇役者であり、公にむけて書くとは、多かれ少なかれ舞台にのぼって「演じる」ことなのである。

伝達の構図批判

このようにヴァレリーの考えによれば、新聞小説のように興味をひきそうな新奇な主題をとりあげるにせよ、語るに足らないありふれた主題を演劇化して語るにせよ、公に向けて書くことは読者を意識して振る舞うことと不可分である。だが通常、公に向けて書く者は、そのことを隠蔽する。書く行為が「誠実」なものであったように見せかけるのである。ルソーが自身の著作を「告白」と銘打ったことはその典型であり、それは演技を隠蔽する演技に他ならない。つまりヴァレリーに言わせれば、公に向けて書くことには、「誠実さ」ではなく「誠実さの効果を狙った配慮」という不誠実がつきまとっているのである。

芸術（そして「文芸」）における《誠実さ（sincérité）》はつねに誠実さの効果に対する配慮が深く入り込んでいる。それは必ず、よりよく為したい、より活動的にしたい――意気消沈させたい、――あるいは少ない技が多い技よりも効果を持つことがあると気づいたときには、最大の仕事を最小の仕事で置き換えさえしよう、という意図のもとに選ばれた、固い方針である。

要するに、人は作者でありかつ誠実であることはできない。出版され他人に読まれることを知っている物事について、《自分自身のために》書くことはできない。（C2, 1220）

「誠実さ」は「効果を狙って演じること」の対義語であるが、誠実さの度合いこそが表現の価値を決定する指標であるために、あらゆる表現されたものに「誠実さの効果」が蔓延している。「誠実さ」は、他人に向けた振る舞いの倫理であるが、それが成立するために他者がいてはならない、というジレンマが、文学のみならず、芸術一般を覆っているのである。重要なのは、「誠実さ」が作品を作者へと結び付ける論理でもある、ということである。言い換えれば、「誠実さ」は作品の評価を自身の名誉に結び付けようという作者の欲望のあらわれに他ならないのである。

「効果を狙って演じる」という作者の振る舞いは、ブルトンが「遅れて来た至急便」のなかで用いていた言葉を再び引用すれば「わざとらしさ（apprêt）」であり、ヴァレリーがしばしば使う言い方では「気取り（préciosité）」ということになろう。ブルトンにおいて、そうした「わざとらしさ」や「気取り」は、神経科医の観察所見の書き方に倣うことで排除することが可能だとされていた。しかしヴァレリーにとって、それはどうにも逃れようのないと思えるほどに、気になってしまうものである。「もっとも通常の言語も極度の《気取り》

からできている」(C2, 1198)。気取っていないと見えるものも、気取りの有無を判定するのは「ただ慣れのみ」(ibid.) にすぎない。ヴァレリーにとって他者のまなざしを排することは不可能であり、「ひとりでいる」とは畢竟「他人とともにいる」ことに他ならないのである。表現をしようとする者に、この複数性はつねにつきまとう。

しかしそうであるならば、解決の道は、この他者を排除するのではなく、むしろ適切に設定することによって、複数性を表現の条件として積極的に受け入れていくことにこそあろう。複数性を隠蔽し、ただひとり自分のために書いたかのように振る舞うところに「誠実さの効果」があるのであって、むしろ積極的に複数であろうとするならば、それは真の誠実さに通ずる道を開くことになる。「誠実であること、それは、自分自身といるあり方――つまり、ひとりでいるあり方を、他人といるものとして、自己に課すことだということだ」(C2, 1213)。信じやすい存在として想定された「他者」ではなく、今ここにいる自己を、自らに反論する可能性をもった他者を想定して書くこと。ヴァレリーの求める誠実さは、「自己に閉じこもって孤独のうちに制作せよ」という命令ではないし、「最も内的な存在が作り出すものをそのまま提示せよ」という要求でもない。ヴァレリーにとって重要なのは「他者といるように自分自身といる」ということであって、他者の視点が排除されるどころかむしろ積極的に必要とされるのである。この他者の視点は、ものを書く際には不可欠な判断の審級でもある。アンチ・ロマン主義者であったヴァレリーはしばしばこの点を強調する。「その仕事のあいだ、精神は「自身」から「他者」になったり戻ったり絶えずしている。そしてその最も内的な存在が作り出すものをその第三者の判断の特殊な感覚によって修正するのである」(Œ1, 1345)。

複数であることを積極的に書くための条件として引き受けること。よろしい。そうした「心構え」を持つことは表現者として重要である。自己の複数化という問題は、いってみれば「きわめてヴァレリーらしい」テーマである。失恋のショックのさなか、感情的危機に対する知的な防衛策として「自己意識化」の方法を発明した二十歳の夜を、生涯にわたって自己神話化していたヴァレリー。膨大な『カイエ』の総体を、不断の自己意識化、自己観察の記録とみなすこともできるだろう。研究者たちが、書くことと自己複数化の問題をめぐって多くの言葉を費やしてきたことは、序で述べた通りである。そうした研究の関心は、ヴァレリーをいわばひとつの症例、すぐれたサンプルとみなしつつ、書くという行為をめぐる原理的な考察に向かった。書く行為は不可避的に自己の分裂という事態をもたらすが、この分裂に敏感な書き手の「証言」として、ヴァレリーのテクストが読まれてきたのである。

しかしもういちどわれわれの問い、ヴァレリーの問いを思い出そう。表現することにつきまとう「気取り」と「誠実さ」をめぐるジレンマは、複数化する自己の様相を見つめながら書くという「心構え」をもつだけで、果たして乗り越えることができるのだろうか。この心構えじたいを否定するつもりはないし、それが書かれたものの質に影響することも認める。

しかし「誠実さ」か「気取り」かの判断がつねに相対的なものでしかありえない以上、「気取りではないのか」という疑いは質によっては乗り越えられない問題としてどこまでもつきまといつづけるはずだ。すでに示唆したように、『若きパルク』についての事後的なコメントも、「誠実さの効果に対する配慮にすぎない」という、みずから用意した刃で切り捨てられる可能性を十分に持っている。そうであるならば、このジレンマを乗り越えるためには、書かれたものの質を向上させる努力だけでは本質的な解決策にはなりえない。表現のシステムとでもいうべき原理的な部分にまで切り込んで、新しいパラダイムを作り出さなければならない。読者が、意識的にせよ無意識的にせよ、作者の誠実さの度合いを測ってしまうような作品のあり方じたいを問い直さなければならない。

ひるがえって考えてみれば、作者の振る舞いに誠実さをみるにせよ、気取りをみるにせよ、そのような問いが発せられている時点で、作者から読者への一方的な「伝達」の構図が前提とされている。「作者だけが知っている何らかの内容を作者が読者に伝える」ということの伝達の構図においては、作者から一方的に内容を受け取る側である読者は、語りにくいこと、つまり読者の存在を意識しては語れないことをこそ求める。「誰にでも話している話」よりも「誰にも話したことのない話」のほうが受け手にとっては情報的価値が高いと感じられるのである。ヴァレリーが「誠実さの効果に対する配慮」を批判するとき、その根底には、この「作者から読者への一方的な伝達」という構図じたいへの批判がある。根本的に必要なのは、「誠実さ」と「気取り」のジレンマをめぐって意識レベルの格闘を行うことではなく、伝達の構図に代わる新しい作者と読者の関係を創造することなのではないだろうか。

　詩人は決して、自分の感情や思想を読者に「伝達」するのではない。言語は、伝達のための道具ではない。グリーンバーグはこれを詩の格闘すべき「媒体の限界」とみなしたのだが、これはこの文脈で、つまり言語の意味作用の問題ではなく、作者と読者の関係の問題として理解すべきである。ヴァレリーは言う。「すべての詩は、真で唯一の対応する意味を持ち、作者の何らかの考えと一致し、それと同一のものだ、と主張することは詩の本性に対する誤りであり、詩にとって致命的なことである」(ŒI, 1509)。「詩にとって致命的」とはとりもなおさず「詩を散文にしてしまう」ということだろう。散文は「伝達」を目的とする文学であり、それゆえ「散文は理解されるや否や消滅する」(ŒI, 1510)。ヴァレリーのあげる例。たとえばわたしが「火をください (*Je vous demande du feu*)」と言ったとする。散文であるならば、このフレーズは「火を渡す」という行為によって置き換えられ、フレーズじたいは消えてしまうだろう。「あなたは私に火をくれる。あなたは私を理解したのだ」(ŒI, 1324)。つまり、フレーズが発信者の意志を「伝達」するための媒体となったのである。一方、「火をください」というたまたま口にしたフレーズのもつ響きや抑揚が、詩人の気に入ったとしよう。彼はその数語を繰り返す。「フレーズがひとつの価値を帯びた。それはその価値を有限の意味を犠牲にすることによって帯びたのである」(ŒI, 1325)。この例が意味しているのは、同じフレーズが散文にも詩にもなるということ、両者を区別するのはそれがやりとりされる発信者と受け手の関係の違いなのだ、ということである。もっとも、同じフレーズを何度も舌の上でころがす詩人の振る舞いは、目の前の受信者を拒絶しているようにも見える。しかし、拒絶を含むとしても、この受信者が詩の読者となるとき、そこにはある種の関係が成立しているとヴァレリーは言うだろう。詩が生まれるのは、作者と読者が「伝達」ではないしかたで結びつくときである。詩の創造とは関係の創造である。そのとき、どのような関係が創造されているのか。

この関係のもとでこそ、ヴァレリーの「大きな目的」は達成される。「大きな目的」とはすなわち、詩を発表し、流通させ、読者のもとにとどける、社会的かつ存在論的な目的である。たしかに、ヴァレリーの詩において、伝達という「小さな目的」は否定されている。しかしそのことがただちに、言葉のもつ形式的な側面、すなわち音楽的な響きやリズムを磨き上げることのみへの関心に結びつくわけではない。もしその道を徹底しようとするならば、つまり言葉から意味作用を完全に剥奪しようとするならば、ヴァレリーはダダイストにならなければならなかっただろう。たしかにヴァレリーは言葉の形式的な側面を磨き上げることに心を砕いたが、それは言葉を「小さな目的」から解放し、「大きな目的」へと接続するためである。言葉は伝達の媒体ではもはやないが、だからといって言葉が意味から解放されるわけでも、目的から解放されるわけでもない。伝達の構図に代わる詩人と読者の関係とはどのようなものか。その新たな関係のもとで達成される詩の「大きな目的」とは何なのか。

消費＝生産者としての読者

「伝達」に代わる、作者と読者のあるべき関係。ヴァレリーはそれを、〈生産者（producteur）〉―〈作品（œuvre）〉―〈消費者（consommateur）〉という三つの項から成る図式で説明している。この図式は、『カイエ』の中でどちらかといえば曖昧な仕方で記述されてきた思考が、三〇年代に頻繁にその機会を得るようになった講演において、はっきりと図式の形で発表されたものである。いったん図式の形をとった後は、ヴァレリーはさまざまな講演や公のテクストでこれに言及している。なぜ図式は二つではなく三つの項から成るのか。なぜ作品の創造と受容を説明するのに、作者ではなく〈生産者〉、読者ないし受容者ではなく〈消費者〉という市場経済の用語を用いなければならないのか。これらの問いに答えるべく、以下この図式について詳しく見ていこう。

まず、〈生産者〉〈消費者〉という市場経済の用語を用いることに関して。それはまさに、文学の流通においても、商品一般の流通においてと同じように、「生産者と消費者は本質的に切り離された二つのシステム」（ŒI, 1346）だからである。ヴァレリーにとって作品は、生産者＝作者のメッセージを消費者＝読者へと「伝達」するコミュニケーションの媒介項ではありえない。あるのは作品を前にした生産者と作品を前にした消費者というまったく切り離された二つの事実のみである。この二つの事実を同時に分析しうる客観的な視点など存在しえない。「作品を生産する精神の観察と、その作品の何らかの価値を生産する精神の観察を、同一の状態、同一の注意のもとに結びつけることは不可能である」(ibid.)。

項が三つでなければならない理由ももはや明らかだろう。ヴァレリーにとって作品とは、〈生産者〉と〈消費者〉を結びつけつつ、しかし両者のあいだに割り込んでそれぞれを別のシステムとして成立させる媒介=切断項なのである。消費者は、作者の代弁者としての作品の内容を受動的に受け取るのではもはやなく、作者から切り離されたところで作品に向き合い、積極的にそれを消費する。つまりこの三項図式が意味するところは、作品が「関係する二つの活動のあいだの直接的な連絡の不在」(ibid.)を要求するために、「消費者が生産者になる」(Œ1, 1347)ということである。ヴァレリーは伝達の構図を書き換えながら、読者をその受動的な位置から解放する。作者が生産するのはあくまで作品であって価値ではない。いまや作品の価値の作り手は読者である。描写が前提としまた強化する伝達の構図が読者に「信仰、信じやすさ、自己の破棄」を要求していたのに対し、この三項図式が読者に要求するのは、「積極的な協力」であり、受動的な承認よりは「抵抗」(C2, 1206)なのである。

こうして読者は作者とではなく作品と向き合い、その価値を積極的に作り出す消費者となる。この考えを突き詰めていけば、作品の価値は消費の文脈次第ということになろう。消費者が属する時代や社会状況が違えば、作品の価値もまた変わる可能性はおおいにありうる。ヴァレリーもその可能性を認めている。それは「創造的な誤解」(Œ1, 1346) であって、作品とは消費者にとって「ある活動の起源」(Œ1, 1348) である。個々の読者が行う消費＝生産活動こそが重要である。「文学的操作が対象を生み出すのであって対象によって文学的操作が生み出されるのではない」(C2, 1104)。

　こうした読者の活動の相関物としての作品の価値の位置づけは、のちの構造主義の流れのなかで提唱された「テクスト」概念を思わせる。じっさい、六〇年代のテクストをめぐる議論のなかで、ヴァレリーの名はしばしば召還される。たとえばウンベルト・エーコは、『開かれた作品』第二版（一九六七）の序で、「詩学の歴史についての論文集」たるこの著作が行う研究は、ヴァレリーが詩学という言葉に与えた意味を取り戻すことになるだろう、と述べている。というのも、ヴァレリーは詩学という言葉で「なんらかの消費活動を予測した上である対象を構築しようとするような生産活動の諸様態について述べている」が、この著作は、「作品の当初の企図」と「結果」の「不均衡」をこそ明らかにしようとするからである[18]。

　たしかに読者の活動に創造的な価値を付与したという点では、ヴァレリーの考えと「テクスト」の概念の間に一定の類縁性はあるといえる。しかしながら、ヴァレリーにとって前述のような「創造的誤解」は、あくまで解釈における不可避の副産物という位置づけにとどまることに注意しなければならない。ヴァレリーにとって読者の活動とは、単純な意味の「解釈」ではなく「行為」と呼ばなければならない何かなのである。「精神の作品は、行為において しか存在しない」(ŒI, 1349)。読者の生産＝消費活動は、まずもって「行為すること」なのである。ヴァレリーの理想とする生産＝消費活動において、読者は、行為なくしては、作品を消費したことにはならない。そしてこの生産＝消費活動としての行為を通じて読者が到達するのは、ある普遍的で非―意味的な価値であり、この価値とはすなわち、われわれがまだ明確にしえていない、「大きな目的」の達成によって獲得される価値である。テクスト概念が、読者による解釈の多様性に創造的な価値を認めたとすれば、ヴァレリーにおいては、個々の読者がその行為を通じて普遍的な価値に到達するのである。

いったいヴァレリーが消費者の「行為 (acte)」と呼んでいるものは何か。これは当然のことながら作品の「大きな目的」とも関係することがらであり、いまただちに完全な答えを得ることはできない。「詩的なもの」や「散文的なもの」のシニフィエが実に多層的であるのと同じように、「行為」の内実もまたさまざまなレベルを内包している。ここではさしあたり、「行為」のもっとも表面的な意味、すなわち「朗読」の重要性について指摘するにとどめておこう。

ヴァレリーにとって「紙のうえに書かれた詩はひとつの書き物にすぎない」(ibid.)。詩を消費する行為とは、まずもって「詩を読む」こと、それも「声に出して読む」ということである。「ひとつの詩は、在る声と、やってくる声と、やってこなければならない声とのあいだの、連続的なつながりを要求し、またそれを駆り立てる、ひとつの発話である」(ibid.)。紙の上の詩はいわば音楽でいうところの楽譜であり、それは演奏＝朗読の仕方を指定する、行為の指示表のようなものである。[19]「詩の意味作用は、詩に特徴的な音韻上の制度を定義する間や障害物、強弱やアクセントがこめられたその速度を持つ話し方に従う」(C1, 212)。朗読を強調することは、十九世紀以降の都市における急激な知覚様態の変容と、それに伴うリテラシーの低下に対する、ヴァレリーなりの抵抗でもあった。ヴァレリーによれば、いまや「ひとは眺め、もはや読まない」(C2, 1183) 時代である。これは「ポスターや新聞」などの情報媒体によって引き起こされた変化であり、ヴァレリーが「電報主義(télégraphisme)」とも呼ぶ、瞬時にその内容を理解しうる「速さ」を至上の価値とするような傾向である。「統辞法や語の選択、音楽」は無視され、空間的に配置された数語を「眺める」ことで、じっくりと「読む」ことに替えてしまうのである (ibid.)。「朗読」は、瞬時の「眺め」に対する抵抗としての「遅さ」でもあった。だからこそ、「暗誦」は禁止されなければならない (Œ1, 1350)。ヴァレリーの時代にとって、朗読はその重要性をことさらに主張されねばならない行為だったのである。

身体的諸機能の開発

作者と読者の営みを、二つのともに生産的な営みとして区別する媒介＝切断項としての作品。伝達の構図に代わる構図としてヴァレリーのかかげたこの三項図式は、図式としてはきわめて明快である。しかし、それをいかにして実現するのか、となるとまた話は別である。図式は無時間的だが、現実は流通に先立つ制作という時間的な順序から自由になることはできない。もちろんこの図式を読者に対する啓蒙として、つまり「消費＝生産者たれ」という命令として提示することはできる。しかし、この図式においては読者のみならず作者の位置もまた更新されており、この「作者＝生産者」の再定位と連動して「読者＝消費者」もまた再定位される以上、図式の主張は、まずもってヴァレリー自身をその対象としているはずだ。伝達の構図から三項図式への移行は、作者であるヴァレリーを起点としなければならない。つまり伝達の構図をみずからの消費のシステムとして要求するような作品を、ヴァレリーは作らねばならない。必要なのは、作者が、作品を手段として、作者と読者のあいだに、生産者と消費者のそれと同じような関係を作り出すことである。作品を、この三項図式を生み出す核としてプログラムすることが必要なのだ。それはいったいいかなるプログラムなのか。修辞的・内在的な問いと社会的・存在論的な問いの交差する領域としての芸術哲学をうたう本書のこころみは、これを明らかにすることなしには完結しえない。

作者からも読者からも自律しつつ、しかしその外部に「大きな目的」をもつ。作品のこの微妙な位置づけを端的に言い表しているのが、「装置（machine）」というヴァレリーによる詩の規定である。「詩とは、しかじかのものと想定している人々の上に、ある効果を作り出す装置」[20]（CI, 215）である。「装置」という言葉のもつニュアンスと、ヴァレリーの三項図式のあいだの符合を確認したい。装置とはまさに、人の手を離れて自律的に――というより自動的に――作動する構成物である。さらに装置は、決められた特定の働きを遂行する。「装置」の側からみれば、「効果」とはつまりこの「働き」のことだろう。詩がもつ働きとは、すでに見たとおり「読者を行為させる」ということである。この働きをまっとうするために、装置はさまざまな仕掛けを持つ。たとえば「倒置」は、第二章において詳しく見ることになるが、ヴァレリーにとっては修辞である以上に読者を「行為」に導くひとつの「仕掛け」なのである。詩人の仕事は、まさに技師のように、そうしたさまざまな仕掛けの具合を工夫しながら、もっとも働きのよい装置を組み立てることにある。詩の完成度とは装置の働きの完成度なのだ。こうした作品のあり方は、創造の行為じたいを目的化し、作品をその産物とみなすロマン主義的な考えとは截然と対立する。作品は「生み落とされる」ものではなく、厳密に計算され、構築されなければならない。「わたしはつねに芸術と、自然発生的な産物をしっかり区別してきた」(ibid.)。

　急いで付け加えておかなければならないのは、「効果」や「装置」という表現に見え隠れする、ヴァレリーが、そしてマラルメがともに高く評価していたポーの「構成の原理」の影響である。ポーは、その「構成の原理」において、求める「効果」をまず設定し、そこから演繹して詩に必要な内容や調子を配合し、組み立てる、という詩法を主張し、自作『大鴉』

を例にとってそのプロセスを説明してみせた。ヴァレリーは若い頃からボードレールの紹介したポーに傾倒しており、マラルメに送った最初の書簡で、「偉大なるエドガー・アラン・ポーの巧緻な教えに深く貫かれている者」(Œ1, 1582) と自己紹介するほどであった。ヴァレリーはポーの理論をいたって真面目なものと受け取っており、とりわけ詩作のプロセスを言語化しようという野心において、大きな影響を受けている。しかし、装置の働きによってもたらされる読者の「行為」というアイディアや、それによって達成される「大きな目的」は、ポーにはない、ヴァレリーの独創である。「装置」に託された「大きな目的」とは何なのか。ヴァレリーの言葉に丁寧に寄り添って、その内実を明らかにしていこう。以下は、一九三七年に雑誌『ルヴュ・ド・パリ』に掲載された「ある詩の回想の断片」と題されたテクストからの引用である。これまでの議論を総括するような内容なので、やや長めに引用する。

それゆえわたしは、「文学」よりもむしろ、何も再現せず、何の振りもせず、まったく現実に働く (actuelles) 私たちの諸特性のみを用いる諸芸術のうちに満足を見出し、想像的生活を営む私たちの能力やそれに安易に与えてしまう偽の正確さに頼ることはしないだろう。これら《純粋な》様式は、観察可能な現実から、現実の提供するあらゆる恣意的なものや表面的なものを借り入れてしまう、登場人物や出来事に熱中することがない。というのも模倣しうるのは、恣意的なものや表面的なもののみであるから。《純粋な》様式は逆に、あらゆる指示作用や記号のあらゆる機能から解き放たれた、私たちの感性のそれぞれの力の価値を開拓し、組織し、組み立てるのである。こうしてそれじたいに還元されたとき、一連の感覚はもはやクロノロジックな順序を持っておらず、次から次へと起こる固有の刹那的な順序を持つのである。（ŒI, 1472）

すでに見たように、「描写」を旨とする文学、つまり小説等の散文は、「現実のうちの恣意的なもの」に頼った「偽の現実」にしか関わることができない。散文の読者に求められるのは、「偽の正確さ」で満足する信じやすさだ。一方、描写を排除する《純粋な》様式が関わるのは、「私たちの特性」、それも「まったく現実に働く私たちの特性」である。いわば、再現の対象としての現実ではなく、私たち自身という現実にそれは関わるのである。読者＝消費者が、自身の感性を用いて作品の価値を生み出す生産者となるとき、彼／彼女はみずからの感性がこれまでにない仕方で組織されるのを感じるだろう。ただし、ここでヴァレリーが「感性」という言葉で論じようとしているものは、一般的なこの言葉の用法からすると、いささか特殊なものである。詩に関わるものである以上、それが「目」や「耳」といった器官的対応物を持つ五感の機能を指しているのではないことは明らかだろう。ヴァレリーは感性を、わたしたちの世界に対する反応の仕方を刻々と変化させる、諸力の身体的な配置としてとらえる（この点に関しては第Ⅱ部で詳しく論じる）。「感性のそれぞれの力」という言い方がされているが、これは「感性のもつ能力」という意味ではなく、感性というものがそもそもある仕方で配置され組み立てられた諸力である、と理解すべきである（「能力〈faculté〉」ではなく「力〈puissance〉」の語が使われている）。要するに、詩が関わるのは、力の配置のありようであり、力が配置される場としての身体である。読者を行為させることを通じて、ヴァレリーは、身体を活性化させ、身体を場として展開される諸力の価値を「開拓し、組織し、組み立て」ようとしたのである。これが、装置としての作品がもつ「大きな目的」に他ならない。ヴァレリーは作品による身体の開拓を、「解剖」という言葉でも語っているが、この点については第Ⅲ部で検討しよう。

あらためて強調しておけば、本論にとってとりわけ重要なのは、「再現の対象としての現実」から「私たち自身という現実」への転向が、身体の発見に通じるということである。ヴァレリーによれば、ヴァレリーの理想とする詩と散文のあいだには、その読者のあいだに「容易に観察される身体的特徴」（ŒI, 1374）の差異が見出されるという。まず、小説の読者について。小説の読者は「想像的生のうちに没入して」おり、「彼はただ精神のうちのみに在り、動き、行動し、悩む」（ibid.）。そのあいだ、「彼の身体はもはや存在しない」（ibid.）。小説の読者はみずからの身体を忘れ、物語世界に没入してある登場人物の味方をしたり、喜んだり、悔しがったりする。「彼はもはや自分自身ではなく、外的な諸力から分離された一つの脳髄にすぎないのである」(ibid.)。

他方、詩の読者はどうか。

> 詩は、詩の読者に魂の従順、従って身体の棄権を要求するような、あやまった現実を課したりはしない。詩は存在全体に広がらねばならない。つまり詩はリズムによって読者の筋肉組織を刺激し、それが活動全体を高揚させる読者の言語能力を解放ないし解き放ち、深いところで読者の存在全体を秩序づけるのである。というのも詩は、人間がその力のどれをも遊ばせておくことのない強い感情によって捉えられたときに現れる、ひとりの生きる人間の統一と調和、並外れた統一を誘発ないし再び作ることを目指すからだ。
>
> (Œ1, 1374-1375)

小説の読者がただ精神のみに生きる「あやまった現実」を課せられるのに対し、詩を読む人は身体を持つその存在全体が、詩によって秩序づけられている。どの力も遊ばせておかない、つまりすべての力が巻きこまれる状態とは、いわば詩によって支配され、自らを作り変えられているような事態だろう。それゆえ、ヴァレリーの詩のプログラムにおいて読者が行う「行為」とは、単なる能動的な行為とは異なる。それは「装置」によって促された能動性であり、ある種の「拘束」を、「捕虜状態」を伴う能動性である。

逆に言えば、そのような受動と能動の境界が曖昧になるような次元においてようやく、「能力の価値の開拓」ということは起こりうるのだ。「私たちが私たちの自由を作品に譲り渡す代償として、作品はそれが私たちに課す捕虜状態への愛と、直接認識に伴うある種甘美な感情を私たちに与えてくれる」（Œ1, 1355）。装置としてすぐれた詩とは、読者の諸力を活動させ秩序づけるよう巧みに構成されている詩である。「私たちはあまりに見事に所有されているのに自分自身が所有者であると感じる」（ibid.）。そのとき、「行為」は完全なものとなる。「詩は私たちの運動機能のより豊かな領域において展開され、それは私たちに完全な行動により近い参加を要求するのである」（Œ1, 1375）。ここでいう「完全な行動」が、もはや朗読のような目に見えるそれとしては語りえない次元を含んでいるのは明らかだろう。目には見えないが身体の能力に関わるような行為、それが《純粋な》詩の促す行為である。

そして、この「目には見えないが身体の能力に関わる」という次元を説明するために、ヴァレリーは、本書の第Ⅲ部のキーワードである「生理学的」という言葉を用いる。「要するに、詩の行動と通常の物語の行動の違いは、生理学的な次元にある」（ibid.）。ヴァレリーにとって、詩人であるとは自分なりの生理学を実践することであった。たとえば、詩『若きパルク』について、ヴァレリーは、それを試みた唯一の詩人と自負しながら、その意図に含まれる生理学的な側面について語っている。すなわち「わたしは、生理学的な感覚をたどるという関心のもとにとどまろうとした」（C1, 289）。ヴァレリーにとって詩とは「詩として表現された（……）生理学的生」（CI, 285）に他ならなかったのである。

「生理的」ではなく「生理学的」という言葉の使用が端的に示すように、「読者」とひとくちに言っても、ヴァレリーが扱うのは、名前をもち特定の文化的背景を背負った生身の人間としての読者ではなく、科学がその対象とするような普遍的で抽象化された人間としての読者である。ヴァレリーが「能力の価値の開拓」と言うとき、それは個々の人間の能力ではなく、人間という生きものがもちうる能力の開拓を意味している。もちろん、普遍的で抽象化されているといっても、読者がその行為を通じて獲得するものである以上、「能力」は個々の読者の身体によって実際に感じられるはずのものである。

これまで、ヴァレリーがいかに散文的な伝達の構図をのりこえ「読者」という存在を活動の対象としたかについて見てきた。ここであらためて確認しておかなければならないのは、「読者」に焦点をあてるといっても、どのような関心からそれをとらえるかによって、取り出される側面はおおいに異なる、ということである。たとえば、社会的な参加をうながすための作品であれば、読者は倫理的な存在として想定されるだろう。ヴァレリーの場合は、生理学が対象とするような身体としてイメージされた読者である。先に述べたテクスト概念とヴァレリーの作品の位置づけを分けるのも、まさに想定する「読者」の違いである。ヴァレリーは人間の身体的諸機能という普遍的なものを問題にするがゆえに、「創造的誤解＝読みの複数性」は「不可避の副産物」にすぎないのである。

このようなヴァレリーの作品観をふまえれば、「作品」論と「身体」論を接続するという、ヴァレリーの芸術哲学を明らかにするために本書が採用した方法も、納得していただけるだろう。

ヴァレリーにとって詩=作品は、読者を「行為」させ、身体的諸機能を開拓するという「大きな目的」を持った「装置」であった。このような装置を組み立てることをめざすヴァレリーにとって、詩を作る実践は、単なる「言葉をあやつる作業」ではなく、人間の身体の機能の仕方を探究することにつながっていく。ヴァレリーにとって、詩への関心と身体への関心は実践的にも理論的にも密接につながっており、切り離すことができない。本書が作品論と身体論を接続させようとするのは、まさにヴァレリーの理論がそのような構造を持っているからである。

第二章　装置を作る

さて本章では、前章での分析をふまえて、ヴァレリーにおける「詩」および「詩をつくること」というこれまでさんざん論じられてきたテーマを、「装置」という観点から具体的に分析してみたい。詩を装置として分析するということは、「読者を行為させる」というその働きが発揮されるためにどのような仕組みや仕掛けが用意されているか、という点に注目するということであり、装置を作ることとして詩作を分析するとは、自然発生的な産物として詩を生み落とすこととはどのように違うのかという点に注目するということである。

ただし、ひとえに詩といっても、それはレベルの異なるさまざまな要素から構成された複雑な構築物である。そうである以上詩の仕掛けも、そのそれぞれのレベルにおいてさまざまな仕方で用意されている。また、そうした仕掛けのなかには、ヴァレリー自身が『カイエ』等において明示的に言及しているものもあれば、そうでないものもある。明示的に言及されない場合には、関連するテクストを参照しつつも、われわれがあたらしく設定した視点をヴァレリーの作品に投げかけるような批評的な手つきが要求されるだろう。レベルの多様性、そしてヴァレリーによる明示化の程度に配慮した議論が必要である。

まずレベルに関してだが、本章では詩を、さしあたり意味に関わる範囲で三つのレベルに分けて考察する（「リズム」のような形式に関わるレベルについては第Ⅱ部で考察する）。すなわち「単語」、「修辞」、「語りのモード」、の三つである。これは必ずしもヴァレリーが行った区別ではないが、それぞれのレベルにおいてヴァレリーの装置的な思考法をあとづけることで、網羅的ではないにしても重要な視点のいくつかを取り出すことを目指す。

「単語」は詩のもっとも要素的なレベルであり、ここでは代名詞や動詞の働きに関する配慮を分析する。これはヴァレリーによっては明示的に語られてはいないが、ヴァレリーが言語学的な関心から語っている内容を彼自身の詩に適用することで、この視点を取り出したい。ヴァレリーの言語学によってヴァレリーの詩を読む試みである。

「修辞」は単語の配置に関するレベルであり、倒置や脚韻といった詩特有の修辞法についての考えを分析する。これについてはヴァレリーが明示的に語っている。ヴァレリーの思想全体のなかでは詩学に属する領域である。

「語りのモード」についてはとくにヴァレリーが好んだ「一人称による独白」のモードについて分析する。モードの分析は、第一章で描写批判との関連で言及した登場人物の扱いをめぐる分析とも関わる。このレベルに関しては、半分のみ明示的に語られている。語られているのは登場人物の扱いについてであり、ヴァレリーの思想全体のなかでは文学論に属する。残り半分は、私たちがヴァレリーの詩に見出す領域である。具体的には登場人物の名前の付け方や代名詞の使用法などであり、明示的には語られていないが詩には明らかに見出されるこうした仕掛けにも注目することで、前述の登場人物の議論を「一人称による独白」という語りのモードの問題と接続させたいと思う。

議論の順番としては、まず「語りのモード」について分析し、そのあとで「単語」を、そして「修辞」を扱う。そして最後に、こうした複数のレベルを持つ装置を組み立てることとしての詩作行為とはどのようなものか、という点について分析する。

登場人物とその語り

まずは語りのモードに見られる装置性について分析する。先に述べたように、モードの問題は、描写批判との関連で触れた登場人物の扱いに関する、ヴァレリーなりの解決法ともいえる側面をもっている。そこで、まずはヴァレリーの詩における登場人物の位置づけをみたあとで、語りのモードの分析に入ることにする。

ゲームの「駒」

登場人物の問題を考えるうえで手がかりとして参照したいのは、ある時期のヴァレリーにとって詩作の導き手とすら言っていいほどに重要な作家であった、古典主義を代表する悲劇作家、ラシーヌである。ヴァレリーのラシーヌへの傾倒は、大きく分けて二度ある。最初の、そしてもっとも大きな傾倒は『若きパルク』を執筆している時期である。この作品をつくるにあたって、ヴァレリーは学校でさんざん「押しつけられた」ラシーヌの作品を、四十歳すぎになって「再発見」した。当時のヴァレリーにとって、それは自らの抱える問題意識におおいに応えてくれる示唆に富んだテクストであり、逆にまた、『若きパルク』という詩をつくる行為がラシーヌ読解の手がかりとなった。「一四年から一八年の戦争のあいだ――苦心して『若きパルク』をつくった（……）。わたしはラシーヌを理解した、あるいは理解したと思った（……）。あちこち、彼の仕事のなかに、わたしは自分自身の問題のいくつかと類似した問題に対する解決を見出していた」（C2, 1236）。たしかに形式の選択からして、『若きパルク』はあきらかに古典悲劇を意識している。すなわちアレクサンドラン〔一行が十二音節ある定型詩〕で書かれているのである。この時期のヴァレリーの「ラシーヌづけ」はよほどのもので、子供たちに『アタリー』の一部を暗誦させたばかりか（Œ1, 1632）、独自に音符までつけていた（C1, 246）。

この最初のラシーヌへの傾倒については、先の引用にもあるとおり、「戦争」という時代状況を無視することはできない。序でとりあげた手紙形式のエッセイ「精神の危機」が発表されるのはちょうどこの頃である。ここでヴァレリーが「精神」と呼ぶのは、ヨーロッパのそれである。「ヨーロッパという狭い地方は、何世紀にもわたって階級分けの首位を占めてきた」（Œ1, 996）。その優位を支えるのは、「活発な熱心さ、激しくそして利害ぬきの好奇心、想像力と論理の厳格さの幸福な混合、悲観主義ではない懐疑主義、あきらめではない神秘主義」といった特徴をもつ「ヨーロッパ精神」(ibid.) であった。ところが、次第にアメリカや日本といった非ヨーロッパ諸国に、ヨーロッパが生み出した技術や知が拡散していってしまった。その結果起こったのがすなわち、ヨーロッパの「アジア大陸の小さな岬」(ŒI, 995) 化である。混乱のなかで、ヨーロッパは自らの同一性を失いつつある。「異常な戦慄がヨーロッパの神髄を走った。ヨーロッパはその思考の中枢において感じた、ヨーロッパはもはや自分が自分であると認めない、自身に似ることをやめた、と」(ŒI, 989)。かつてチグリス川沿いに栄えた都市ニエベや、ニエベを滅ぼしたバビロンと同じように、フランス、イギリス、ロシアといった名もいずれ美しい名として消えゆくかもしれない。「私たちは、私たちの文明が命と同じような儚さを持っていることを感じている」[21] (ŒI, 988)。

こうした「ヨーロッパ精神」をめぐる危機的な状況に際して、ヴァレリーはフランス語文化のいわば「墓標」として、『若きパルク』を作った。そしてそのために手がかりを求めたのが、古典主義の大家ラシーヌであった、というわけである。

ヴァレリー研究においてしばしば語られるこのような個人史に沿って理解するならば、ラシーヌへの傾倒は、戦争の経験による「保守化」のわかりやすい象徴である。たしかに、社会的なヴァレリー・イメージはしだいに保守そのものになっていく。しかも、この保守主義者としてのヴァレリー・イメージは、二〇年代半ば以降、ルベイの死によって秘書の職を失い、講演等で生計を立てざるを得なくなったという事情とあいまって、政治的な力さえ帯びはじめる。たとえば一九二五年に国連知的協力委員会の下部組織として学芸小委員会が設立されると、ヴァレリーはその委員に就任する。そして一九三〇年に組織が改編されると「国際連盟は精神連盟を前提する」と主張したヴァレリーが中心的メンバーとなるのである[22]。

ヴァレリーの政治的活動について分析することは本論の目的ではないが、松田浩則は、そこに明確な戦略は認められないとしても、単純な保守化とは言い切ることのできないような苦しい心情があったのではないか、と論じている。松田は、この時期のヴァレリーの振る舞いに「文化のコメディアン」を見る。ヨーロッパ精神の未来に絶望しながら、他方ではそれを延命し保護するようなアクションを起こすというアイロニーを演じていた、というのである。「このようなヴァレリーのなかには、高度な演技性を見て取ることができる。(……)全面的な危機が世界中を覆い尽くそうとしていた時期にあって、フランス語が可能とするあらゆる伝統的なレトリックを駆使しつつ、あたかも精神がまだ有効に機能するかのように、そして、未来も後世も十分頼るに足るかのように語り続けたのである。これは、ヴァレリーが危機の深刻さを知らない楽観主義者なのではなく、事情をすべて承知の上でうったドンキホーテ的な大芝居、テスト氏のモットーのひとつ「信じずに成す」の見事な表現である[23]」。

アイロニーの産物であったとしたらいっそう不幸なことに、二〇年代には現実的に社会的な影響力を持つようになるヴァレリーの保守化の萌芽を、一〇年代のラシーヌへの傾倒に見ることは可能だろう。とはいえ、この傾倒を保守化の「象徴」ととらえてしまうのはあまりに偏狭すぎるように思われる。ヴァレリーはラシーヌから彼が「ヨーロッパ的」と見なすもののみをひき出して自身の詩に取り入れたわけではない。ヴァレリーがラシーヌから学んだものは、文学的な技法に関わるきわめて具体的ないくつかの特徴であり、これはその後のヴァレリーの文学理論にとって非常に重要なものとなっていくのである。

二度目の傾倒についても簡単に述べておこう。二度目は傾倒というより外発的な要因による関わりである。一九二六年、ヴァレリーはパリの小劇団「プティト・セーヌ座」に招かれて、俳優たちにラシーヌの『バジャゼ』（一六七二年初演）の朗読の指導をする。その内容は同じ年に「韻文の朗読法について」という講演の形で発表され、テクストの形でも複数の雑誌に掲載された。しかし、指導は必ずしも成功とはいえなかったようである。「語を強調せず音楽的なつながりを重視せよ」「歌手になれ」というヴァレリーの主張と、プティト・セーヌ座の演出家グザヴィエ・ド・クルヴィルの写実を好む傾向は明らかに相容れないものだった。実際の公演は、ヴァレリーが「嫌悪すべき伝統」と呼んで忠告していた「舞台の直接的効果のために作品のすべての音楽的部分を犠牲にする」こと、具体的には「詩句を寸断し、隠すこと」（Œ2, 1257）がまさにおこなわれ、ヴァレリーが全面的に折れる結果となったようである。(24)

ではじっさいにカイエの記述を見ていこう。はじめに確認しておきたいのは、ラシーヌ作品が『若きパルク』の制作に大きな手がかりを与えたといっても、ヴァレリーにとってそれは単純な賞讃の対象であったわけではない、ということである。作者の精神を想像することは読書の「まことしやかな主要な興味」であるが、ヴァレリーは「この精神の道におおいに欲望をもって入っていくことができない」(C2, 1230)。『ベレニス』を読んでも、ティティスの独白は「ひどい」ものだし、「ラシーヌ作品ではいつも、状況、手段、表現の――無駄な繰り返しを強く感じる」(C2, 1229)。仮にそれが、極端をさけるという古典主義演劇の作法であったとしても、最初から最後までずっとひとつのことをめぐって人物相互のやりとりがすすんでいく進行は「線的」(C2, 1230)で「ほとんど平板」(C2, 1184)ですらある。「何一つ問題に関係しないものはない」という興味の連続性は、とりわけ恋愛劇においては「平板」「メロドラマ的」で「滑稽」ですらある(C2, 1207)。シェークスピアと比べればその「平板さ」はあきらかだ。かたやシェークスピアはヴァレリーにとって「ぞっとするほど近代的」(C2, 1185)である。というのも彼は「効果を求め」、「課されるショック」によって「防御を奪われ無力にされた聴衆」をあてこむ(ibid.)。「シェークスピアの奥深さは支配の手段なのである」(ibid.)。それに対してラシーヌにおいては「積み重ねがなく、ドラマに関係のない驚きもない」(C1, 1184)。それは、ただ「恐るべき韻律法」によってつらねられ、「自然でほとんど平板にみえる言語」を生み出しながら、ただ「音楽的」で「集中した感性に訴える」(ibid.)。

ラシーヌ作品がややもすると「平板」で「線的」な印象を与えるのは、その登場人物の「大いなる単純さ」のせいである、とヴァレリーは考える。「登場人物たちの大いなる単純さ——相違がほとんどない。ゲームの中での配置からくる価値によってしか区別されない。この与えられた価値と勝負の手のナンバー、共通したある一般《心理学》が適用され、それぞれの《起動力》と結びついて舞台をうみだす。決まり文句。それはひとつの設計図である」(C2, 1207)。「単純さ」の実現はラシーヌ古典主義悲劇の最重要課題だが、筋の単一性の鍵を、ヴァレリーはここで登場人物たちの相互に区別しうる特徴の少なさに見出している。「ゲーム」という表現に注目しよう。ヴァレリーがしばしば用いる比喩にしたがえば、これは具体的には「チェス」であると推測できる。つまりここでは登場人物たちがチェスの「駒」のようなものとして扱われているのである。

ラシーヌ作品の人物たちが「駒」のようであるのは、彼らが「個性」と呼びうるような行動や思考の内発的な論理をもたず、「一般心理学」とヴァレリーがここで呼ぶ類型ごとにモデル化された人間の振る舞いのルールに従って、行動しているように見えるからである。ラシーヌの作品においては、個性を持った人物たちが出来事を起こすというよりは、ある状況のなかで占める「配置」によって人物たちの性格が際立たせられる。ヴァレリーは明確に述べていないが、ラシーヌ作品において人々を配置につかせ、関係づけるのは、たとえば「権力」や「エロス」といった力であろう。ちょうどチェスにおいて同じ駒でも配置によって重要度が変化するように、そうした力によってそのつど生み出される人々の「位置」が、個々の「点」としての人間の人となり以上に重要性を持つ。ヴァレリーははっきりと宣言している。「登場人物は私の思考の要素ではない」(C2, 1188)。人物はその性格ゆえに動くのではなく、構図をダイナミックなものにするために動かされるのである。

登場人物がその個性によってではなく配置によって重要性をもつとき、物語において読み取るべきは、もはや彼らの心情のようなものではありえない。個々の場面は、人物たちの力関係の構図を読解すべき「判じ絵」(C2, 1172)であり、その構図の変化こそ、物語を読みすすめる読者の関心を占めるものとなる。ラシーヌの作品を読む読者は、まさにチェス盤の傍らにいる観戦客のように、「駒」が織りなすゲームの展開を見守るのである。これは明らかに、描写的な文学もその一つである、登場人物を「要素」とするタイプの作品の享受とは異なる態度であろう。「わたしは《関係》を見る。あいだを、操作を——場面を、状態を見る」(C2, 1188)。

読者は人物に対して感情的な同一化をすることもないし、再現的・視覚的な興味を抱くわけでもない。人物は「操作されたもの」であり、読者の意識は、人物そのものではなくそれを動かす「操作」へと向かう。人物たちがどのように関係づけられ、そこからどのような全体の構図がうまれ、いかなるゲームがそこに展開されているか。「操作」を見る読者の意識には、「読み取る」という能動的な契機が含まれている。そして重要なのは、この読み取りが、静的なものではなく、諸力のおりなす構図の漸次的な変化というきわめて動的なものを相手にしているということである。「読み取る」という能動性に加えて、この動的なイメージがあることが、ヴァレリーにゲームの比喩を使わせたのに他ならない（チェスの比喩は、詩作行為に関しても用いられる。この点についてはあとで触れる）。

読者との関係はひとまずおいて、「駒」としての登場人物について、さらに詳しく見ていこう。彼らは、「駒」的であること、つまり再現的な意味で「現実らしい」存在ではないことによって、その向こうにある構図の変化に読者の関心を向かわせるのであった。しかしだからといって、彼らはまったくもって「ありえない」存在というわけでもない。彼らは法則をもたないというわけではなく、むしろ法則そのもののような存在である。彼らは「ありそうもない」のではない。「一般心理学」に従っている以上、むしろ「人物たちの言うことにはありそうにないことは何もない」（C2, 1207）のである。「ありそうにないことは何もない」つまり「すべての発言が法則から演繹される」ような人物。こうした人物の存在論的位相とでもいうべきものについて、ヴァレリーは次のように分析する。

「古典主義の登場人物の心理は、ある一貫性、単純さ、分析的機能――、彼らを科学的にみれば、実は偽りで、ありえないが、美的には真実な存在にする法則をそなえている。人は彼らの存在を要約し、性格と役割を定義することができるし、欠かさずそうしてきた。そしてそこにこそ、登場人物たちを抽象的で現実的でないものにするが、――しかし演劇的な意味では組み合わせ可能で、描くことが可能で、芸術的にはありうるものにする可能性がある」(C2, 1182)。

ラシーヌの登場人物たちは、「存在を要約し性格と役割を定義することができる」。たとえば『フェードル』に登場するイポリットであれば、「アリシーを恋し、フェードルの権力のもとにあり、彼女によって求められ、しかも性の汚れを知らない男」といった具合に。もちろん彼／彼女がどんな人物であるか記述することは、ラシーヌ作品に限らず、すべての登場人物について可能である。しかしヴァレリーのここでの強調点は、ラシーヌの登場人物の場合はそのような記述によって、彼らの「存在」が「要約」されたと言うことができる、という点にある。つまり、再現的な意味で「真実らしい」登場人物たちの真実らしさが、むしろ彼らの存在の記述しつくせなさにあるのに対し、「駒」的な登場人物の場合には、その存在を記述しつくすことができる、確定記述の束によって代理させることができるのである。

存在論的にみれば、先の断章にあるように、彼らは「科学的にみれば偽り」であり、「抽象的」で「非現実」な存在である。しかしヴァレリーによれば、その非現実性は、組み合わせの妙味をひき出すための単純化であり、彼らを「美的には真実な存在にする」。彼らは「構図の変化」をダイナミックにするための、抽象的な「点」なのである。上の断章でヴァレリーも「役割」という言葉を使っているが、彼らは語の近代的な意味における「登場人物

(personnages)」ではなく、ラシーヌが当時の慣習にならって呼んでいるように「役(acteurs)」なのである。[25]

身体の欠如と行動としてのディスクール

じっさい、「抽象的」で「非現実的」な彼らは、身体を描かれることがほとんどない。人物同士が身体的な接触を持たないばかりか、個々の身体的特徴に対する言及もほとんどない。美貌は、ただ語の意味において「美しい」というだけで、それを具体的に形容しようという努力がいっさいなされていない。たとえば『ベレニス』のタイトルロールであるベレニスは、美しいユダヤの女王であるが、その美しさが具体的に言及されるのは涙を拭う「手」(第二幕第二場)と、恋のとりこにする「まなざし」(第一幕第四場)のせいぜい二ヵ所のみである。また、その「死」も予告されるだけで描かれることはない。「十七世紀には、身体のなさ」を、ヴァレリーはこの時代の文学の特徴ととらえる。「十七世紀には、身体のなさ」を、ヴァレリーはこの時代の文学の特徴ととらえる。こうした「身体は著作から消える。あの人々は食べもしなければ、性交しも、見もしない。〔そうしたことが〕できないことは三単一のごとく規則である」(C2, 1171)。

ベレニスがどのようなものをどのように食べ、たとえばどのような部屋で暮らし、どのような習慣をもっていたのか。そういった身体にまつわる個別的でなまなましい部分は、ラシーヌの記述にとって、また十七世紀の人々にとって、関心の対象ではない。「有機体的な組織は言外にほのめかされる」(ibid.) のみである。描写の欠如によって、登場人物たちは事実上身体を欠いた存在となる。彼らが身体をふたたび獲得するのは、十八世紀をまたねばならない。ただし、「身体が十八世紀にふたたびあらわれるのは、ほとんど文学的技巧によってである」(ibid.)。

こうした「描写の欠如」とセットになった「身体の欠如」は、ラシーヌの登場人物をただディスクールとしてのみ存在するようなものにする、とヴァレリーは言う。「ディスクールとしてのみ存在する」と言っても、なにも彼らが「おしゃべり」であるということではない。それは、発言が行動と等価であるということ、言語によって行為を行うということである。ある発言がなされることによって状況の力関係の構図が変わり、そのことが自分の敵対者や恋人の出方を左右する。重要なのは、「発話を通しての行為」といういわば言語行為論的な次元ではなく、「発話による関係の変化」であり、「言語への現実の変換」という記述システムの問題である。

ヴァレリーにとって古典主義悲劇とは、関係をとりだすために現実をまるごとディスクールに「変換」した結果に他ならない。ヴァレリーの好んだ比喩によれば、数理物理学が現象を数量と方程式に置き換えるように、古典主義演劇もまた人生を言語によって置き換えるという変換の操作によって成立している。「人生は、ほぼ完全に言語に置き換えられている。古典主義演劇はディスクールによってできている——ディスクールが——場面を設定し、準備し、決定し、宣言する。登場人物達の描写、状況の設定、それらの表明による事件の導入——事情の話、——適用される法律の想起、——結果の陳述など。これらは代数学的解析の問題というよりむしろ数理物理学の問題である。なぜなら人生がほぼ完全に言語に置き換えられているから。——ちょうど現象が（数理物理学的に）代数的観念に置き換えられているように。したがって場面の分析＝変数の探究——人物たちとその定義——条件の方程式——結合——保存。行動に先立って行われたことは、行動それじたいとしてのディスクールである」(CI, 1189)。

　チェスに加えてここでは数理物理学とのアナロジーが導入されているが、いずれの場合でも問題は、古典主義演劇が、いかにしてそれじたい自律した一種の表記システムをつくりだしているか、という一点に向かっている。自律性は排他性を伴っている。古典主義演劇は現実を表象するのではなく、現実を平行的に置き換える。変数を限定することによって、数理物理学やチェス盤のような、現実とは別の閉じた空間を形成するのである。そこで必要最低限導入される描写的な記述は、作り出された状況を左右するさまざまなパラメータ、変数として機能する。レアリスムにおける描写があくまで現実の再現に向かうのに対し、ここでの描写は状況を動かす要因となるのである。ヴァレリーがしばしば取り組んだ対話篇を、こうした身体ではなくディスクールによって行為する登場人物の実践と見なすこともできよう。

　このように人生が言語に置き換えられているために、じっさいの上演にあたって、現実の俳優と役柄の相性はそれほど問題にならないとヴァレリーは言う。仮に俳優がその「華やかなディスクール」と釣り合わない「普通の人間」であっても「滑稽」になることはない(C2, 1207)。俳優はあくまで「声に変化をつけ、ディスクールのトーンの違いをはっきりさせる」(C2, 1189-1190)ためにしか必要とされないからである。

ある人物のディスクールが状況の構図を変え、別の人物を動かす。こうしてひとつの劇に、話すことと行動することが追いかけあうような、バルトが「スイング」と形容したリズムが生まれる。(26) 人物そのものではなく人物の向こう側にあるものをまなざす読者の関心が、諸力のおりなす構図の漸次的な変化という「動き」に向けられていたことを思い出そう。このリズムは、状況の構図を読み解こうとする者にとって、対立や葛藤、反転やどんでん返しといった物語的運動そのものであり、チェスでいうところのゲームそのものである。

しかも劇の場合、この閉じられた表記システムをつくる言葉は、韻文でできている。それは頭韻や脚韻をそなえ、飾り音に満ちたアレクサンドランのリズムをもつ。古典悲劇の「スイング」は多面的であって、物語的な運動のみならず、韻文の運動もまたそこに加わるのだ。しかもこの二つの運動は、意味と音という仕方で区別できるような二つの運動ではなく、相互に高めあうような関係にある。「近代の作家においては、装飾はディスクールを破壊する」のに対し、「ラシーヌにおいては絶え間ない装飾がディスクールからひき出されるように見え、そこにこそ彼の驚異的な連続性の手段と秘密がある」(C2, 1183)。ラシーヌ的な連続性とは、状況を動かすディスクールが、つらなりながらリズムと装飾を生み出していき、あたかもひとつの運動体のように作品のなかのうねりを形成する事態のことである。そのとき、「可能な限り結合して連続した歌」（C1, 304）が、一つの実体を持つ。「連続性（continuité）」や「一貫性（consistance/consistency）」――これらもまたポーから受け継いだキーワードだが[27]――は、詩全体にこだます「声（Voix/voix）」という表象を得て、しばしばヴァレリーの記述に登場する。[28]ラシーヌの悲劇がもつ「声」は、「高貴な優しさ」を備えた「偉大な女性歌手」のそれである（C2, 1076）。

個々の登場人物の差異も、台詞の境界線をも超えたところにある大きな運動そのものであるこの「声」が、今や読者の関心を占め、律する。「律する」というのは、声の「高貴さ」と関係している。ヴァレリーによれば、ラシーヌ作品における「声」の「高貴さ」を証す証拠は、声の連続性が、聴衆に礼儀正しく傾注する態度を要求するという点に見出されるという。シェークスピア的な驚きを持たない、ともすると平板なラシーヌの作品だが、それは音楽を聴くように集中した聴取を求める。それは聴衆の「聞く礼儀正しさ」や「辿る能力」（C2, 1169）に頼るのである。ヴァレリーによれば、そうした力は、アレクサンドランという形式そのものが備えている力でもあるという。アレクサンドランは、「思考から距離をとらせるもの」である。アレクサンドランの「高貴さ」は「粗野な人々が《思考》と呼んでいるものに対して持つべきあらゆる軽蔑をはっきり示す」（C2, 1092）ものなのである。アレクサンドランの持つこうした効果は、読者にとってのみならず、作者にとっても同様に作用するだろう。

「思考に対する《軽蔑》」とはどういうことか。定型で詩を書き続けたヴァレリーにとってこれは重要な点であり、後の議論とも関わるのでここで簡単に補足しておこう。ヴァレリーによれば、私たちの日常的な思考は言語に大きく支配されており、言語は思考を形づくる「主要な作者の一人」(C1, 1091)とさえ言える。しかし韻文で書くことは、韻や響きといった条件のため通常の語順を倒置したり、意味的にはつながらない語どうしを音によって重ねたり、通常の言語に対して「小さなクー・デター」(C1, 416)を起こすものである。作者も読者も、自動作用に任せるようにしては思考できない。とりわけ「高貴」なアレクサンドランの場合、それが思考からとらせる距離によって、私たちの思考の自由度は抑制される。すでに見たように、装置としての詩は「拘束」を伴う。ヴァレリーは、詩作においても、まさにこの不自由さにこそ可能性を見出す。詩において「私はもはや私の言いたいことが言えない」(Œ1, 1356)ことこそが重要なのである。詩がチェスのゲームであるならば作者はそのプレイヤーであるが、それは作者がすべてを支配するということを意味するわけではない。「作者は決して語らない」(C2, 1207)。チェスにおいてプレイヤーがゲームの展開に対するリアクションとしてしか手を打つことができないように、またルールによって恣意的な駒の動きが禁じられているように、作者も、詩の運動と規則に従ってしか語を置くことはできない。こうした点は本章の最後に改めて検討することにしよう。

独白する神話上の人物——登場人物の身体から読者の身体へ（1）

さて、ここまでヴァレリーがラシーヌ作品に学びながら登場人物をめぐってどのような理論的掘り下げを行ってきたかを考察した。ここからは、よりヴァレリー自身の作品に即しながら、登場人物に関連する、「装置」としての詩のあり方を実現するための戦略を取り出してみたい。

あらかじめ補助線として確認しておきたいのは、登場人物の身体と読者の身体という、存在論的には異なる位相に属する二つの身体のあいだの、にもかかわらず密接な相互関係である。ここまでのラシーヌ関連の議論および第一章で行った詩の読者に関する議論を合わせて考えるならば、ヴァレリーの詩は、登場人物の身体を描写によって主に視覚的に再現するのではなくその存在自体を抽象化し、他方で読者に目に見えないが内的な「行為」を要請することによって、運動機能を備えたその身体を開発するものである。つまり、レアリスムを乗り越えるためにヴァレリーが文学に起こそうとしている革新は、「登場人物の身体」から「読者の身体」への関心の移行として特徴づけることができる。この移行は、装置としての詩が、読者の身体的諸機能を開発するという「大きな目的」を果たすための必要条件である。なぜなら、「登場人物の身体」を視覚的に描写することは、「思い描く」という受動的な、つまりみずからの身体を介在させない理解を読者に促すために、「行為」という身体の参加を必要とする営みから、読者を遠ざけてしまうからだ。つまり「登場人物の身体」は「読者の身体」に対しては阻害要因なのである。登場人物の身体にまつわる記述がなされるときには、描写としてではなく、読者の行為を促すかせいぜい妨げないような仕方でなければならない。

そこで本項の課題は、ヴァレリーの詩において、登場人物の身体に関わる記述が、いかに読者の身体へと差し向けられているか、この点にヴァレリーの戦略を見出すことである。ただし、装置が多層的であるのと同様、この身体へ差し向ける戦略もさまざまなレベルをもつ。じっさい次の「代名詞と動詞の機能」の節で行う言語学的な分析もこの「差し向け」に関わるものである。本項で行うのは、あくまで登場人物に関するレベルでの戦略に限った議論であることをあらかじめ断っておく。また登場人物といっても、ヴァレリーの詩は多くの場合、ラシーヌのそれとは異なり、主人公に相当する一人の登場人物に焦点を当てる形で進行する。しかもこの主人公はしばしば語り手をつとめる。つまり一人称による独白を行うのである。したがって本項の問いは、最終的には、「一人称による独白」という語りのモードを獲得した登場人物の身体が、いかにして読者の身体へと差し向けられるか、という点に向かう。

些細なことがらに思われるかもしれないが、登場人物の名前にまず注目したい。ヴァレリーは「マドレーヌ」や「アンドレ」といった名を使用しない。名前はその人物を他の人物から区別するための符牒であり、それじたいは言葉であるが、登場人物の固有性を保証するものとして、その身体と密接に結びついている。また、読者のこれまでの経験しだいでは、名前が登場人物のイメージを形成するうえで重要なファクターとなることもある。作者が登場人物に与える名前には、それを選んだ理由がかならずあるはずだ。

たとえば『若きパルク』の主人公は、言うまでもなく「パルク（Parque）」という名を持つ。パルクとは、ローマ神話に登場する三柱の女神である。地獄におり、三姉妹のうちクロトは糸つまり人間の生命を紡ぎ、ラケシスはそれを繰り、アトロポスがそれを切る。つまりパルクは、三姉妹で人間の誕生と人生と死を司っているのである。神話的属性としてはこのような性質を与えられているパルクという名だが、しかしヴァレリーの詩においてパルクは三姉妹の名ではなく一人の女性の名であるし、そのほか、神話上のパルクの属性を思わせる記述はヴァレリーの詩には見られない。(29)「若き」というところからアトロポスと推測することも可能だが、それを裏付ける説明はどこにもない。詩は、全体にわたって、パルクという一人の女性による、一人称の独白という形式を取るのである。

まず注目すべきなのは、ヴァレリーが神話上の人物の名を用いているということである。こうした例は、『セミラミスの歌』（一九二〇）の「セミラミス（Sémiramis）」〔オリエント伝説における神話的なアッシリアおよびバビロニアの王女〕、『エレーヌ』（一八九一）の「エレーヌ(Hélène)」〔ギリシャ神話においてゼウスが白鳥の姿となってレダと交わり、卵から生まれた美女〕、『アポロンの巫女』（一九一九）の「アポロン」など他にもたくさんある。「マドレーヌ」や「アンドレ」といった一般的に使用される名を登場人物につける場合と、神話上の人物の名を借りる場合とでは、どのような違いがあるだろうか。

神話上の人物とは、「キメラ」や「一角獣」と同様、実在はしないが人々の知識の中ではある特定の多かれ少なかれ共通したイメージを伴って存在する存在である。「パルク」や「セミラミス」は、「名」にすぎないが同時に「それじたい」であり、何か外的な実在物を指示するわけではない。つまり、意味作用は持つが再現性は持たない語＝存在なのである。語＝存在であるということは、神話上の人物はあらゆる視点から中立であり、「マドレーヌ」や「アンドレ」のように〔語り手の姿を借りた〕作者だけが、その存在を特権的に知っているわけではない。神話上の人物はあらかじめ普遍的なのである。そのために、まさにヴァレリーの場合がそうであるように、作者が登場人物について何の説明も加えなくとも、つまり何の描写も行わなくとも、読者はその存在を了承済みなのである。そして存在を了承済みであれば、仮にその人物について詳しくは知らなくとも、読者は、「実在しないが存在する」という特殊な存在論的位相において、詩を読むことが可能になるだろう。つまり、神話上の人物の名を用いることは、すくなくとも名のレベルにおいて、ヴァレリーが嫌った作者から読者への「伝達」の構図を、その存在があらかじめ普遍的であるがゆえに、迂回させることが可能なのである。

　こうした神話上の人物たちの身体は曖昧である。物理的に実在するわけではないという意味では彼らはたしかに身体をもたない。かといって、もちろん無ではない。信仰の形に変化はあるにせよ、人々が長い年月をかけてそのイメージをうけついできたという意味においては、想像的には身体をもつとも考えられる。神話上の人物たちのこうした曖昧な身体のあり方を、ヴァレリーはこのような語を用いていないが、ここでは便宜的に「想像的」と呼ぶことにしよう。つまり、彼らは私たちのように物理的な厚みをもつ実在物ではないが、無でもない、人々の共同体的な想像力にとってのみ存在するのである。

　想像的な身体について、たとえばその行う行為が、視覚的に記述される分には私たちはとくに奇異な感じを抱かない。それは絵画に描かれた天使を見るのと同様の体験である。しかしヴァレリーの詩は、たとえばその苦痛や恐れ、睡眠から覚醒にいたる意識の変化といった、目に見えない、きわめて内的な経験についてむしろさかんに語る。とりわけ一人称の独白形式をもつ『若きパルク』は、そうした経験の過程が非常に微細に描かれる。そこにあるのは神話的な存在の想像的な身体であるはずなのに、まるで物理的な厚みをもった私たちの身体についてであるかのような記述が、事細かになされるのである。先に『若きパルク』には神話上のパルクを思わせる属性の記述がないと述べたが、結果的にはパルクを思わせないというより、むしろ人間の身体を思わせるのである。ヴァレリーの関心が、神話上のパルクではなく、あくまで人間の身体にあることは明らかである。しかし単純な独白の形式にしてしまうと、それは私小説的な「伝達」の構図になってしまう。それを避けるためのひとつの戦略として、ヴァレリーは神話上の人物の名を借りたのではないだろうか。[30]「パルク」とはいわば「仮の名」にすぎない。じっさいに詩に描かれているのは、睡眠と覚醒のあわいにおける苦痛や死への恐怖等きわめて人間的な体験である。もしかすると、実際には、『若きパルク』に描かれた体験の一部は、ヴァレリー自身のものであるかもしれない。しかし読者は、それをさしあたりは私小説的なものとして理解することはないし、作者だけが見たものを受け取るという感じもしないだろう。先にも書いたように、パルクという普遍的な名は、伝達の構図を「迂回」させるのである。「パルク」が仮の名であることを示すひとつのエピソードがある。ヴァレリーはこの名を本の印刷の期限ぎりぎりに決めたという。つまり詩を書いているあいだ、ヴァレリーは「プシシェ」「アルファ」「パンドラ」などいくつかの神話的な名前のあいだで迷いつづけていたのである。[31]迷い続けていたということは、裏をかえせばどれでもよかったということである。つまり登場人物が先に決まっていて、その人物について書くという通常の流れとはまったく逆の手続きで、ヴァレリーはこの詩を作っていたのである。

代名詞と動詞の機能

さて、登場人物と語りのモードにつづいて注目したいのは、詩のなかで使用される、ある種の代名詞の効果についてである。とりわけ前節で分析したような神話上の人物がそうした代名詞を独白のなかで口にする場合、その効果はいっそう際立ったものとなるだろう。

話し手を参照する代名詞

注目したいのは、一人称単数（「わたしは」「わたしの」「わたしを／に」）や、客観記述の形式でも用いられる「これ」「この」「こうした」「それ」「その」といった代名詞である。「登場人物の身体から読者の身体へ」の差し向けを可能にするうえで、こうした代名詞がどのような働きをするのだろうか。

具体的に詩を見てみよう。たとえば『若きパルク』の冒頭はつぎのように始まる。パルクという名は出てこないが、タイトルからしてパルクの独白と理解される始まりである。

そこで泣いているのは誰、ひとすじの風でないとしたら、こんな時間に
ただ、あるのは究極のダイヤモンドだけ……いったい誰なの泣いているのは
こんなにもわたしのそばで、泣き出しそうなときに。

この手、わたしの顔に触れようと夢みながら、
ぼんやりと、何か深い目的にでも従っているのか、
この手は待っている、わたしの弱さから涙がひとしずく溶けて流れるのを。
そしてまた、わたしの運命からゆっくりと分かれ出てきた、
もっとも純粋なものが破れた心を黙々と照らしだしてくれるのを。

Qui pleure *là*, sinon le vent simple, à *cette heure*
Seule, avec diamants extrêmes?... Mais qui pleure,
Si proche de moi-même au moment de pleurer?

Cette main, sur *mes traits* qu'elle rêve effleurer,
Distraitement docile à quelque fin profonde,
Attend de *ma faiblesse* une larme qui fonde,
Et que de *mes destins* lentement divisé,
Le plus pur en silence éclaire un cœur brisé.

（ŒI, 96. イタリックと傍点による強調は引用者）

傍点で示したように、この冒頭部分は、先にあげた類いの代名詞がきわめて多くちりばめられており、ヴァレリーの意図を感じずにはいられない箇所である。意図的な使用をとりわけ強く感じさせるのは、四行目にある〈この手〉が〈わたしの顔〉に触れるという複雑な表現である。散文的な言い方に直せば、これは「わたしは手で顔に触れる」ということだろう。

たしかに、わたしの手をまるで己の意志を離れた物体のように扱う〈この手〉という言い方に、「自我の分裂」や「意識の二重化」といったヴァレリー特有の主題を見出すのはたやすい。たとえば清水徹は、この冒頭の箇所がすでに見出される草稿をとりあげ、そこに登場する「鏡」と「剣」という二つのイマージュに注目して次のように述べる。すなわちここには「やがて『若きパルク』となるエクリチュールの運動が、その出発点において、「わたし」のなかへの「他者」の侵入、それゆえの「わたし」の引き裂けという劇をすでに内包していたことが開示される」のであり、したがってこの詩は「まぎれもなくヴァレリーの《自伝》となる」(32)。もちろんこの詩がそうした「自己の引き裂け」という主題を扱っていることは確かである。しかし「装置」として詩を分析しようとする本論が問題にしたいのは、この分裂が「〈この手〉が〈わたしの顔〉に触れる」という身体の分裂として空間的に描かれていることの直接的な効果である。なぜ「自我の分裂」「意識の二重化」といった主題は、このような仕方で表象されねばならなかったのか。

手がかりになるのは、ヴァレリーが『カイエ』のなかで行っている、言語論的な記述である。ヴァレリーの言語論はボリュームのあるひとつのテクストの形にまとめられることはなかったが、『カイエ』には膨大な断章が残されている。そのなかに、こうした代名詞の働きをめぐって書かれた断章も見出すことができる。以下、必要に応じてヴァレリーがどのような言語観をもっていたのかも参照しつつ、これらの代名詞の意味を明らかにしていこう。

まず〈わたしは（Je）〉〈きみは（Tu）〉といった主格の代名詞の機能について、ヴァレリーは、その意味の決定され方の奇妙さに関して次のように述べている。

〈わたしは（Je）〉の意味はそれにつづく動詞によって決定されるのであり、――場合によって、身体――精神、しかじかの器官を意味する。

したがって〈わたし（Moi）〉と呼ばれる漠然とした観念は、これらすべての動詞の意味の漠然とした合成であり、驚くべき、比類なき、すべてに勝る重要性を伴って、それは**話す人**に結びつけられる。

この観念があらゆる主体のなかに入ってくるのであり、主体が観念のなかに入っているのではない。なぜなら〈きみは食べる（Tu manges）〉というのは、わたし／話している人が、その人に対して話しているところの人が、食べるということである――など。

（C1, 413）

この一節には、主格の代名詞をめぐる相互に関係した二つの考え方を読み取ることができる。まず一つめは、「動詞中心主義」とでもいうべき考え方である。冒頭の一文が指摘しているのは、たとえば「わたしは眠る」「わたしは考える」「わたしは見る」といった言葉が、それぞれ厳密には「わたしの身体が眠る」「わたしの精神が考える」「わたしの目が見る」というふうに、同じ〈Je〉という語であっても動詞の性質によって異なる実体を指し示す、という事実である。この事実からヴァレリーは主語と動詞の関係を引き出す。すなわち主語とは動詞に従属した存在であり、それじたいで定義しうるような限定された意味をもたない。主語はただ動詞を中心として定まるそのつどの文の形によって、その意味を決められるにすぎないのである。「文は動詞が作るものである」(C2, 403)。ヴァレリーによれば主語は動詞が要請する「純粋な穴埋め」にすぎず、「動詞が、その主語や、表現形態を完全なものにし、自らの役をまっとうするために必要なものすべてを作り出す」(C1, 613)のである。

主語のこうした従属性は、〈わたしは〉〈きみは〉に限らず一般に当てはまることだろう。もし動詞でなく名詞が意味形成の中心であったなら、たとえば「ものが考える」というような擬人表現が意味をなすことは不可能である。動詞は、自身が成立するために必要な能力(ここでは「考える能力」)を、「もの」にさえ貸し与えることができるのである。ただし、動詞が意味形成の中心になるといっても、それは動詞が他の語を支配し律する力をもつということを意味するわけでない。むしろ、動詞はそのうちにある欠如を抱えているからこそ、必要なものを要求するのだとヴァレリーは考える。「動詞は要求する語のひとつである——イオン化された語——身体を奪われている語」(C1, 433)。動詞すなわち動作を表す語は、それじたい動作の主体=身体を持たないため、身体を要求する。

「動詞は諸言語の不思議である。それは魂を与える(anime)。動詞は、自然のただなかに、事物—語および感覚—語のただなかに、個人を置く」(C1, 402-403)。動詞のもつこうした「身体を要求する性質」は、言語の起源と深くむすびついている、とヴァレリーは考える。この点については、すぐ後であらためて検討する。[33]

引用に見られるふたつめの考え方は、「話し手参照機能」とでもいうべきものである。引用にならって、たとえば〈わたしは〉という代名詞を例にとって考えてみよう。先に見たように〈わたしは〉という言葉は、「わたしの身体」「わたしの精神」「わたしの目」というふうにそのつど指し示す対象が変化する。だが少し考えてみれば明らかなように、この未決定性は、一人の人のどの部分を指し示すかに関してのみならず、そもそもどの人を指すかということにまで拡張される。〈わたしは〉に一義的に対応する対象はない。〈わたしは〉は、それを口にすることによって誰でもそこに自らを代入することができるような語であり、言い換えれば、〈わたしは〉がもつのは意味というより、そのつど「話す人」を参照する機能ということになるだろう。〈わたしは〉と相関的な関係にある人称代名詞〈きみは〉もまた、意味というより機能をもつと考えるべきだろう。つまり〈きみは〉は、そのつどの状況に応じて「発話が向けられている相手」を指すのである。このように〈わたしは〉や〈きみは〉とはそれが使用されている現実の状況を参照させる語であり、この参照の機能こそこれらの語の、記号としての役割なのである。

こうした代名詞の持つ話し手（を中心とする発話の状況）を参照する機能に関して、ヴァレリーはおそらく独自に考えを進めるなかで「発見」したのではないかと推測される。だが同様の事実は、たとえば言語学者のエミール・バンヴェニストによって、より体系的に分析されている。バンヴェニストは、一九五八年に雑誌『心理学雑誌』に発表した論文「代名詞の問題」のなかで、「指示子（deixis）」という呼称を導入しつつ、特定の代名詞のもつこうした参照機能について詳細に展開している。(34)「指示子」とは、バンヴェニストの言葉を用いるならば、「話（discours）の現実」を指向する性質をもつ記号である。興味深いのは、バンヴェニストが、「指示子」の具体例として、〈わたしは〉以外に〈これ〉〈そこ〉〈いま〉〈昨日〉などの語もあげていることである。これは、ヴァレリーの詩を分析するうえでも注目すべき点であるが、この点についてはのちに触れる。

しかしこうした大枠での類似点はあるにせよ、ヴァレリーの理論は、バンヴェニストの純粋に言語機能的な説明に比べると、この「参照」機能をかなり強くとらえることによって、独自の理論の領域にまで達しているようにみえる。この独自な領域は、われわれがここで見た二つの考え、つまり「話し手参照機能」と「動詞中心主義」とが結びつくところに生まれる領域である。そしてここに着目するきっかけのひとつに、ヴァレリーが言語についての理論を構築する際に、発話の場面のみならず書かれたテクストを読む場面をも念頭においたことが考えられる。だがこの領域について説明するためには、少し遠回りになるが、言語の起源に関わるより本質的な議論を参照しなければならない。項をあらためてこの点を考察する。

言語の起源と模倣衝動

ヴァレリーは、人間の言語の起源を「身振り」によるコミュニケーションに求め、これこそ言語の本質であるという。「身振りによって自己を表現しようと試みること。これは（通常の）言語の本質に触れることだ」（C1, 410）。身振りによって自己を表現しようという欲望じたいは、人間がもともと持っているものである。しかしそれが伝達の道具として役立つのは、加えてもうひとつの衝動が人間にはあるからだとヴァレリーは考える。その衝動とは「模倣衝動」である。この衝動が、相互に差異を抱える個々人のあいだでのコミュニケーションを可能にする「類似性」を作りだすのである。コミュニケーションとは、類似を利用して差異を伝えることである。「言語は、一方から他方へと、二者の類似性——経験的に認められ、使用される——を用いて、彼らのあいだに想定された差異を伝える」（C1, 468）。

> 類似がなければ言語はない。設問。この最小限の類似はいかなるものであるべきか。それは物まねによって定義される——自己をまねさせるもの。
> 定義。他者たちの準拠枠としての「私」に関する他者たちの類似は、人物の相似性ではない。（……）そうではなく、行動の相似性や、たとえば他者の苦痛の叫びがわれわれのうちに掻き立てないではないようなさまざまな内的感覚の非意図的な模倣。この他者は、私がその言う事為す事を反復し、彼が私の言う事為す事を反復するかぎりにおいて同類である。
> （CI, 468-469）

この引用で述べられているように、類似を支える「模倣」の衝動は、実際に目に見える身振りの形をとらなくても構わない。たとえば「苦痛の悲鳴」を聞いた場合を考えてみよう。私たちが悲鳴を聞いてそれを苦痛によるものだと理解できるのは、自らが苦痛を覚え悲鳴をあげるときの感覚を内的に模倣するからである。手や表情を使わずに、「人はその直接的な意志にしたがわない器官でも身振りをする傾向がある」（CI, 410）。もっとも、このような場合には「模倣」というより「反復」や「同化」と言う方が正確かもしれない。いずれにせよ、そうした「他者と同じ状態になる」という私たちの衝動が、コミュニケーションの可能性を作っているとヴァレリーは考える。

たとえ結果的に見解の相違を確認することになる場合でも、相手の発言を理解しようとするかぎり、私たちはいったん相手に「同化」する必要がある。「拒否したり、反論したり、否定したり等するためにも、まず《理解》することが必要である。《理解》する、すなわち同化すること、自己を他者の状態にすることが必要である」(C1, 468)。逆に言えば、こうした「同化」が可能であるかぎり、人はその言語を使用する能力があるということである。「同一の言語を話す二人の個人は、無差別に、話す人であると同時に話す相手である」(C1, 469)。こうして言語は、原理的にはそれを話すすべての人間どうしを結びつける媒介者となる。つまり「社会」を形成するのであり、共通の言語を話す人の集団とは、同化しうる集団、類似性を作り出すことのできる集団に他ならない。

動詞に潜む命令

とはいえ現在流通している言語、つまりフランス語やドイツ語は、身振り手振りを伴うとしても身振り言語ではまったくない。それに文字を介した伝達では、基本的に受け手が目の前に不在であるため、模倣しようにも原理的に不可能である。こうした疑問に対し、ヴァレリーはそれでもなお、言語の本質は身振りとその模倣である、と主張するだろう。身振りから始まった言語がしだいに整備され、より複雑な伝達が可能になり、そして文字によって書き付けられるようになったあとも、やはり身振りとその模倣が言語の本質であることには変わらない、と。

どういうことか。ここで議論は先の「動詞中心主義」の考えと接続されることになる。すでに見たように、動詞は、その動作を実行する「身体」をもたないという欠落を抱えているために、文の中心となって、自身が成立するのに必要なものを要求するのであった。ヴァレリーによれば、この動詞の持つ欠落と要求こそ、文字の存在が話し手と受け手の関わりを間接的なものにしたあとにも、両者を模倣関係によって媒介する、身振り的要素なのである。動詞は「空虚な記号」である。だからこそ、受け手に対してある命令を発している。すなわち「わたしが記号としてやることを実際にやれ」という命令である。

> 行為——「他者」によって複製された（空虚な）行為の物まね
>
> （……）
>
> わたしが記号としてやることを実際にやれ
>
> 記号は空虚な行為である。——あるいは注意を喚起したり、持ち場につかせる呼びかけの（純粋な叫びのような）行為である。
>
> 「声」
>
> 他者との記号の交換が同一者を構成する部分になる——そこで展開する。
>
> （C1, 461-462）

つまりヴァレリーにとって言語を理解するとは、その中心である動詞を介して、動詞の命令に応じるようにして、他者の行為＝身振りを模倣し、他者と同化することなのである。たとえば三段論法を理解するとは、段階ごとの手続きを、他者が指定する通りに、自ら反復してやってみること以外にあり得ない。あるいは「何かをしてこういう気持になった」という記述を理解するには、ただその文を構成する個々の語の辞書的な意味が分かっても不十分なのであり、内的にその「何か」を模倣してみなければならないだろう。文による伝達においても、やはり「理解する」とは、模倣によって「同一者のうちに他者をつくりだす」ことに他ならないのである。

言語の理解が身振りへの変換を伴うということが分かりやすいのは、「幾何学」の場合である。たとえば〈直角三角形の斜辺の中点と直角をむすぶ〉という文があるとする。幾何学において、この文の働きは、〈想像力（ないし鉛筆）によってまず直角三角形を頭の中（ないし紙の上）に描き、その斜辺の中点と直角をむすび、最終的にある一つの図形を得る操作〉を受け手に求めることである。幾何学的な言語は、他ならぬ彼自身の能力を動員してその図形を描くという受け手の内的な行為を通して初めて理解されるのであり、「行為をともなった言語と、その行為によって視覚や触覚に対してもたらされた産物のあいだの、完全に相互的な一致」（C2, 828）が確立されている。命題の真偽は行為の産物を通して検証され、それが真であるとは、発信者と受け手が同じ操作をし、その結果同じ産物を得たということを意味する。幾何学は、純粋に操作を交換するための言語である。[35]

さらにヴァレリーは、言語が身振りと切り離し得ないことの証左として、思考に関わる動詞、つまり抽象的な操作を要求する語のなかに、物理的な動作を語源にもつ語が多いということを指摘する。たとえば〈saisir〉は、〈把握する〉という意味だが、もともとは〈つかむ、握る〉という物理的な身振りを意味している。あるいは〈理解する（comprendre）〉も〈ともに含む〉から派生しているし、名詞化したものとしては〈綜合（synthèse）〉が〈ともに置く〉から、〈仮説（hypothèse）〉が〈下に置く〉からそれぞれ派生している（Œ1, 1159)。物理的な世界、つまり私たちの身体的な感覚を伴う世界の表現を、心的世界に援用することは、一種の「アナロジー」によるものだとヴァレリーは言う。[36]このアナロジーによって「心的な世界を、もともとの意味では感覚可能な世界から借りられた比喩によって、とりわけ私たちが物理的に行うことができる行為や操作から借りられた比喩によって、大まかに表現する」(ibid.) ことが可能になっているのである。

また、この感覚可能な世界と心的世界の架橋は、行為や操作そのものではなく、それに伴う何らかの身体的感触を借り入れることによってなされている場合もある。この場合アナロジーは、動詞にではなく形容詞に適用される。ヴァレリーにとって形容詞は動詞と近しい品詞である。「形容詞と動詞がいかに親族であるか、どれほど作用と状態がひとつの行為によって等しく暗示されるか」（CI, 410）。たとえば〈持続（durée）〉が〈堅い（dur）〉に由来することなどをその例としてあげることができるだろう（ŒI, 1159）。こうした語源はいまだに語の背後に漂い、ある感覚的価値を付与する効果を失っていない、とヴァレリーは言う。語源は、「ある視覚的、触覚的、運動的、ないしそれらの組み合わせのイメージに、二重の価値を与える」（ibid.）のである。

もっとも、こうした語と身振りの関係は、私たちの言語使用につねに明示的に作用しているわけではないだろう。先にあげた幾何学や推論はどちらかといえば例外に属する事例であって、日常の言語使用において、たとえば私たちが動詞を使うそのたびに、動詞の命令に従ってそれを身振りに置き換えているとはどうしても考えにくい。つまりヴァレリーのここでの議論は言語をめぐる本質論・原理論であって、言語使用の現実を分析したものではないと考えるべきである。

実際、すでに見たように、散文とは「身体を持たない言語」であった。散文は読者に「魂の従順」と「身体の棄権」を要求するのであって、だとすれば大部分において散文には「身振りへの置き換え」の契機などありえないことになる。散文的な言語使用においては決して語に「加重」してはならないのであり、「私たちは、語を通過する私たちの速度のおかげによってのみ、他者を理解し、自分たちを理解する」（ŒI, 1318）のだ。もちろん、これは単に否定すべきことではない。こうした身体の棄権が散文的な伝達速度を支えていることもまた事実であろう。しかしヴァレリーの見立てによれば、それは「誤った現実」にすぎず、言語の本質から遠ざかっている、ということになる。一方、そのような散文的効率から離れたところで「身体に関わる」のが詩である。つまりヴァレリーにとって詩とは、身振りを起源とする言語の本質に関わるものなのである。

近さの空間感覚――登場人物の身体から読者の身体へ（2）

詩と身振りの関係を分析するまえに、ここまでの三つの項で検討した言語論的な議論をいったんまとめておこう。まず、ヴァレリーにとって文の中心は動詞である。これは動詞が身体を持たないという「欠如」を抱えているために、主語が何であれ自身が成立するために必要なものを要請するからである。一方、言語の起源であり、その本質にあるのは、「身振りを模倣しよう」という衝動である。この衝動が伝達の前提となる発信者と受け手の「類似性」を保証する。身振りでなく文字を使うコミュニケーションにおいても、身振りを模倣しようという衝動は、動詞によって刺激される。受け手は思考のプロセスなり動作なりを反復することによって、発信者の言おうとすることを「理解」するのである。ただしこうした契機は散文的な言語活動においては抑圧されており、幾何学や詩などにおいてのみ、言語と身振りの結びつきは保たれている。

このように整理すると、これまでの議論に、明らかにひとつ混乱をさそう箇所があることに気づく。それは、「主語」と「受け手」の関係である。すなわち、身体を持たないという欠如を抱えた語である動詞は、シンタクス的には「主語」をその動作の主体にする。つまり主語から身体を借りる。しかしその一方で、コミュニケーション的には(「理解」が問題となるときには)、「受け手」をその動作の主体にしているのである。

ヴァレリーはこの点について明確に語ってはいないが、この混乱は、矛盾というより二つの異なる次元の出来事と見るべきであるように思われる。二つの次元とは、すでに述べたようにシンタクスの次元とコミュニケーション(理解)の次元である。ただし、この二つの次元は、分析的にみれば区別可能だが、実際には多かれ少なかれ重なり合っており、場合によってはほとんど一体化している、と考えるべきだろう。たとえば〈突堤がのびる〉という表現において、受け手はこの〈のびる〉の運動性を、自身の身体を貸し与え、身振りを模倣することによってはじめて「理解」する。もちろん分析的にみれば、シンタクス的な主語である〈突堤〉と受け手である〈私〉は区別可能である。しかし受け手による身体の貸し与えは、これらの区別が曖昧になり、シンタクスと理解という二つの次元が重なり合うところに成立するできごとである。つまり文を理解しようとする受け手にとっては、原理的には区別されるはずの、主語の位置におかれたシンタクス上の主体との、身体を介した重なり合いが生じているのである。また、「理解」ということじたいにもさまざまなレベルがあり、そのそれぞれに対応して「模倣」のレベルも変わってくるため、「二つの次元」として一概に語ってしまうのは危険である。たとえば一つの文を理解する場合と、いくつかの文から構成された思考のプロセスのようなものを理解する場合とでは、模倣する身振りの質が異なるだろう。さらには受け手の注意深さいかんによっても、模倣の深度が変わってくるように思われる。

この点に関するヴァレリーの議論を体系的に追うことは難しいが、少なくとも確認できるのは、言語の本質は身振りであるという言語論上の主張と、詩によって読者を行為させるという私たちがすでに見た詩論上の主張が、符合していることである。もちろん詩の場合は、リズムや音の響きなど言語の問題に回収できない要素も含まれている。とはいえヴァレリーが注目した言語の本質としての身振りは、語のレベルでも、読者を行為させるような仕掛けをつくることが可能であることを示唆している。いかにその本質を引き出し、利用するか。本章のここでの作業は、ヴァレリーの言語論をヴァレリー自身の詩を読み解く道具として援用しつつ、ヴァレリー自身があまり語っていないこの点について明らかにすることである。

そこであらためて取り上げたいのは、先に確認した〈わたしは〉等の代名詞の問題である。ヴァレリーによれば、〈わたしは〉という代名詞は、それじたいで特定しうる決まった指示対象はなく、そのつど「話す人」を参照することをその機能とする代名詞であった。一般的な発話のなかで〈わたしは〉が用いられた場合、それによって誰が参照されているのかは一目瞭然である。一方書かれたテクストの場合、それはそのテクストを書いた人物、ないしそのテクストのなかで語り手と想定されている人物を指すと基本的には考えられている。しかし、ここまでの分析をふまえるならば、ヴァレリーの詩はもうすこし複雑な事態を呼び込もうとしているのではないか、と踏み込んで考察する誘惑に駆られる。

たとえば『若きパルク』に出てくる〈わたしは〉は、確かにパルクのことを指すには相違ないが、その内実は神話上のパルクではなく、ほとんど透明な抽象的なものに保たれているのであった。独白でありながら自伝ではなく、むしろ読者を「行為」させるものであるならば、この詩＝装置の持つ〈わたしは〉は、シンタクスのレベルではパルクといういわば透明な登場人物を指すとしても、理解のレベルでは、読者が自らの身体をそこに置き入れる〈わたしは〉として想定されているということではないだろうか。つまり、シンタクス的な主語の位置に、読者自身が自らを代入し、その身体を置き入れるような、そのような事態をヴァレリーは考えているのではないだろうか[37]。

もちろん、ただ〈わたしは〉を多用するだけではそのような置き入れを誘発することはできないだろう。〈わたしは〉がどのように用いられているかが問題である。そこで想起したいのが、先にバンヴェニストが指示子の例として〈わたしは〉のほかに〈これ〉〈そこ〉〈いま〉〈昨日〉など時間的ないし空間的な指示機能を持つ語もあげていたことである。ひるがえって先にあげた『若きパルク』の冒頭部分を検討するならば、引用した部分でも〈そこ〉〈こんな時間に〉〈この手〉といった語が頻繁に用いられていることに気づく。さらに注目したいのは、〈ひとすじの風〉や〈泣き声〉、〈顔に触れる手〉など、視覚的な情報よりも触覚的ないし聴覚的な情報が多く与えられていること、そしてその結果、状況を少しずつ把握していく手探りの感覚が強調されていることである。この手探りの感覚は、冒頭の〈そこで泣いているのは誰？〉という問いかけの形式によっても強調されている。この問いかけは他者にむかうというより自己にむけられた自問自答であり、答える声はどこからも聞こえてこない。

こうした手探りの感覚は、注意のさまよう領域の空間的な「近さ」を表し、この近さが読者に自身の身体を意識させる効果を持っていると考えられはしまいか。この「近さ」は、対象との適度な距離を必要とする視覚的な空間認識、つまり描写が担う空間認識とは異なる種類の空間認識を、読者に促すような「近さ」である。そしてこの「非視覚的」で「近い」空間認識は、読者に、自身の身体を抽象的な「視点」ではなく、大きさをもった「かたまり」として意識させずにはおかないだろう。『若きパルク』の冒頭部は、この空間認識の効果を巧みに利用している。泣き声は〈こんなにも私のそば〉に聞こえているが、その主が誰であるかは分からない。その分からなさは〈そこ〉や〈こんな時間〉〈この手〉といった指示子的な表現と結びついて、読者に、読者自身の現実の身体の「周囲」や「背後」に注意を張り巡らせるように促すのである。あたかも問題になっているのは読者自身の身体であるかのようであり、こうして読者は、非視覚的な空間認識を通じて、おのずと〈わたしは〉の位置に自身の身体を置き入れて手探りをはじめるのだ。しかも、身体の近いところをさまよっていた注意はさらに接近する。〈わたしの手〉が〈この手〉と記述されるとき、身体はもはやひとつのかたまりではなくなって、ばらばらに分裂していくような感覚へと誘われるだろう。

こうした代名詞の執拗な使用が不自然に思われないのは、そもそもこの詩においてはパルクが、睡眠と目覚めのあわいという非視覚的で身体感覚が流動的な状態に置かれていることも重要な要因となっている。この設定は他の詩にも頻繁に登場するヴァレリー好みのものである。(38) 本来ならば、睡眠と目覚めはそれぞれ互いに相容れない身体の状態、ヴァレリーの言葉を使えば二つの相容れない「相」(39) である。しかしこれらは連続し混じりあうこともあるのであり、このあわいにおいて、私たちの身体はさまざまな状態を経巡る。このひとつの相から別の相への移行を、ヴァレリーは「転調」と呼ぶ。転調とは、「ある相から別の相へと導く」(C1, 820) ものである。転調はひとつの移行であるが、しかしそれはまったくの断絶ではなく連続性をも保っている。つまり「存在するが、他の特性が隠していたある特性のあらわれ」(C2, 229) という、発見的で出来事的な性格を持つのである。これらはみな状態の問題であり、まさに読者が非視覚的に、自身の身体を介してしか理解しえないような設定を、あえてヴァレリーは選んでいるのである。(40) さらに蛇に噛まれることで生じる「痛み」もまた、非視覚的な身体感覚を促すひとつの仕掛けととらえることができよう。

このようにヴァレリーの詩は、特定の代名詞を慎重に配置することによって、読者がおのずと自身の身体を喚起させられるような仕掛けを作り出している。そして、この身体の喚起は、散文の理解においては意識されることのない、動詞と身振りの根源的な結びつきを読者に実践させることに他ならない。その意味で、本節で分析した単語レベルの仕掛けは、作られるというより言語が元々もっている可能性を解放したものであると言うことができよう。

修辞が欲望を開き、そして閉じる

本節では、仕掛けの三つめのレベルである修辞について分析する。修辞は語の組み合わせや配置に関する仕掛けであり、詩人によって「作られる」言語的な仕掛けである。

曖昧さと欲望

まず注目しておきたいのは、ヴァレリーが詩に要求した「曖昧さ（obscurité）」をめぐる議論である。「曖昧さ」――あまりヴァレリーらしくないキーワードである。ヴァレリーはむしろ、しばしばその出自と重ねられて「地中海的明晰さの詩人」と呼称された。もちろんこの呼称はある意味では正しい。ヴァレリー自身、セットで暮らした幼少の思い出を語りながら、そこから見える眺めがいかに「地中海的＝ヨーロッパ的」であるかということを強調している。一九三三年になされた講演――むろん、ドイツが国際連盟を脱退する年の講演であるという時代状況を踏まえねばならないが――の席でヴァレリーは言う。「雲一つない純粋な空、明晰で鮮明な地平線、高貴な沿岸線の配置は、生にとっての魅力、文明が発展するための一般的な条件となりうるのみならず、思考そのものとほとんど区別されない特殊な知的感性を刺激する要素でもありうるのである」(ŒI, 1095)。

「フランスを代表する知識人」としての地位が確立するうえで、「地中海的明晰さ」の具現者としてのヴァレリーのイメージが分かりやすい宣伝文句であったのは確かだ。そしてヴァレリー自身もそのイメージの流布に一役買っていたわけだが、しかしそれはあくまで「イメージ」である。『カイエ』等のテクストが明かすのは、必ずしも「明晰さ」一辺倒ではない詩人の姿である。そこではむしろ、「曖昧さ」こそ詩に不可欠な要素だとされるのである。まず、師と仰ぐマラルメの作品が「曖昧」であるとヴァレリーは言う。十代のころからあこがれ続けた詩人の作品は、いったいどのような点において「曖昧」と断じられなければならないのか。

マラルメはある点で革新を起こす。ランボーは他の点において。(……)ランボーでは視覚。マラルメでは音楽的な展開、すなわち運動の連節、コントラスト、詩句によって意味を区切るしかたの組み合わせ。それは結果として、まるでそれじたいによって作りだされ、それじたいで存在しているような詩句、非常に見分けやすく、ひとつづきの列の主要部分を成し、平衡がなく、ひとつづきの列とその後の歌を呼び寄せるようなメロディないしメロディの端緒と同じくらい記憶するのに適している詩句を与えるのである。

　この方式を明確にするためには、歩幅と歩数の複雑な関係を思い出すこと。

　倒置、畳韻、組み合わされた明白な対照。

　マラルメの曖昧さは必然的結果であり、その詩句の構造の明晰さのために支払われねばならない代償である。　(C2, 1083)

ランボーについてはひとまず措こう。ヴァレリーがここで問題にしているのは、マラルメの詩の音楽的な側面である。それは次から次へと延びていくようなリズムとつながりを持つ。「記憶しやすい」という特性がその何よりの証拠である。しかしそこには「曖昧さ」があるとヴァレリーは言う。まず不可解なのは、「曖昧さ」が「明晰さ」のための必要な代償である、という論理である。これと同様の論理と考えられるのは、「平衡がない」にもかかわらず、「一貫性に満ち」ているという記述である。一貫性のあるものは平衡や安定をもたらすはずだが、ヴァレリーはそれを平衡の欠如、不安定さと結びつけるのである。いったいどういうことか。同じ断章で、ヴァレリーは平衡の欠如についてさらに次のように述べる。


　平衡の欠如と歌。期待――

　歌や旋律とは、一と多のあいだの、同時性と継起のあいだの照応の明示である。

歌の美しさは、放出されるごとにそれが作り出す欲望に依存している——そしてこの点において、倒置は詩的言語の主要な手段なのである。(ibid.)

ヴァレリーがここで歌の美しさを左右する要因としてあげているもの、つまり「欲望」ないし「期待」こそ、明晰さと曖昧さ、一貫性と平衡の欠如という相反するものが共存している状態の意味を解く鍵に他ならない。言うまでもなく、「欲望」や「期待」は詩が読者のうちに作り出すものである。「欲望」や「期待」は何らかの不足を前提にした感情であるから、「明晰さ」や「一貫性」に対しては喚起されようもない。「欲望」や「期待」が喚起されるとすればそれは「曖昧さ」や「平衡の欠如」によってであり、よってマラルメの詩に混入している「曖昧さ」や「平衡の欠如」という一見ネガティブな要素は、「欲望」や「期待」を作り出す手段であると解釈できる。

これらの断章においてヴァレリーは、マラルメの詩のリズムや旋律といった音楽的な側面について論じているようにみえるが、断章の末尾で「曖昧さ」をめぐる議論が「倒置」という修辞の問題へと接続されていることに注目しよう。倒置は、「歌の美しさ」を左右するものである「欲望」を作り出すための「主要な手段」なのである。「倒置」が欲望を作り出すとはどういうことか。具体的に整理してみよう。

例えば〈名詞〉+〈動詞 être〉+〈形容辞〉の平叙文の語順が倒置されて、〈形容辞〉が文頭に出る感嘆文の語順になった場合、とりわけ詩にしばしば見られるような〈形容辞〉が複数連なって述べられるような場合（〈形容辞〉―〈形容辞〉―〈形容辞〉―〈形容辞〉……）、それらの〈形容辞〉はしばし意味的にかかっていく先を欠いた宙づりの状態におかれる。〈形容辞〉を引き受ける〈名詞〉を欠いた状態は、先の引用でいう「平衡を欠いた」「曖昧な」状態であり、読者は「欲望」「期待」をかき立てられて、〈名詞〉がやってくるのを待ちつつ想像を活発にするだろう。そして実際に〈名詞〉が与えられることで欠乏は満たされ、平衡は回帰するが、そのことが逆に倒置という転倒した構造を浮き彫りにするだろう。「統語法、とりわけ統語上の習慣に関して巧みに策を弄する」（ibid.）ことによって、不安定が安定を、平衡の欠如が平衡を、曖昧が明晰を欲望させるようにして句が連鎖していくそのつながり、これが詩における旋律である。このように詩は、「開いた欲望を閉じ、そしてまた開くこと」（C2, 1087）によって展開していく。

このように倒置という修辞法は、一時的な曖昧さを作り出すことによって、読者を、欲望の喚起と充足というサイクルへと導くことを目的とした手段である。この「曖昧さ」は「不明瞭さ」というより「困難さ」に近い。「曖昧さとは何か？　その意味作用を前に消えてゆくことになる困難さをつくりだす言説以外にはありえまい」（C2, 1086）。ただ明晰さのみであったならば、そこにサイクルは形成されず、欲望の喚起という仕方で読者が詩に巻き込まれることはなかっただろう。曖昧さのおかげで、「その後の句を呼び寄せる」ような時間的な連続性と運動が生まれ、読者がおのずとそのつながりに乗せられるようになるのである。「作品はその部分部分において、食物と興奮剤を同時に私たちに提示するのである」(Œ1, 1355)。

配置が仕掛けになる

「倒置」以外にも、詩はさまざまな修辞を持ち、ヴァレリーにとってそのひとつひとつが「装置」として詩を組み立てるための「仕掛け」である。つまり修辞はヴァレリーにとって目的というより手段なのであり、分析はつねにそれがどのような効果を読者に与えるかという点からなされる。「倒置」は統語に関わる修辞だが、ここでとりあげるのは、より詩に限定された修辞、つまり詩のなかでの語や句の配置がもたらす効果についてである。詩のどこに配置されるかによって、その場所に応じた仕掛けとしての価値を、ある語や句が帯びはじめる。こうした力があるからこそ、ヴァレリーは定型詩を好んで書いたのに他ならない。

非常に単純な構成による心的仕掛け

1　第一句——動機を形成する——不完全さや、それが形作る不安定な張り出し、糸口などによって——と同時にそれは出だしを形成する。出だしは残りの部分と記憶をともに刺激するのであり、不安定さ、刺激=要求である。

2　連想の——つまり語のかたまりないしグループ。その単なる併置でさえ、行き当たりばったりに秩序なく混ぜ合わされたりひき出されたりすれば、特殊な印象を与え、やがて詩の主題となるだろう主題を要求するような語。　（C2, 1082）

この断章でヴァレリーは「構成による心的仕掛け」として実際は四つのものをあげているが、ここではその冒頭二つのみを引用した（省略したのは、3の「フレーズ」と4の「脚韻」である）。まず詩の「第一句」は、単に冒頭の位置を占めているのではなく、それにひきつづく句を欠いた不安定な「出だし」を作るという働きを持つ。それは不完全に孤立し、いびつに張り出した端緒であり、「動機」となって「残りの部分」を刺激し、要求する。読者のうちに作り出される不完全さや不安定さが全体や安定を要求する、という関係はここでも同様である。あるいは二つ目の「語のかたまり」に関しても、連想にもとづくさまざまな語が結びつけられぬまま並べてあるだけの状態が、「主題」が欠如していることによって、かえって主題を喚起するという効果を持つのである。いずれにせよ語句は、ある仕方で配置されることによって、安定や平衡の「欠如」、すなわち「困難さ」の創造としての「曖昧さ」を通じて、詩の全体や主題の獲得という「明晰」な状態を喚起する仕掛けとなりうる。ここには、倒置の場合と同様の、「曖昧さ」を手段として読者の欲望をかき立て、その満足によって「明晰さ」を強調するという読者の欲望を介した展開の構造がある。

「第一句」や「語のかたまり」が仕掛けとしての価値を持つということは、言い換えれば、ある語は、その意味とは無関係に、ただそれが詩のなかで占める位置によって、仕掛けとして機能するということである。この意味で定型詩の定められた型とは、いわば語の列を仕掛けとして構造化するシステムであると言うことができよう。詳しくは第II部で検討するが、たとえば脚韻は、それが音による意味の重ね合わせを作り出すからというより、ひとつのサイクルの終点というまさにそれが占める位置によって、「暴力と解放」という価値を持つのである。

もちろん、定型が語を仕掛けにするといっても、詩が自動的にできあがるわけではない。詩人は、一種の時間芸術として、詩＝装置が一定時間のあいだ読者の欲望と満足の感情を巧みにコントロールするように、さまざまな細部を組み立てねばならない。「装置」である以上細部はばらばらであってはならず、すべての要素が機能するように語を「構成」しなければならない。

たとえばヴィクトル・ユゴーは、その音楽的な豊かさにおいてロマン主義者のなかで例外的にヴァレリーが評価する詩人だが、それでもこうした「構成」の欠如においては批判の的となる。ユゴーの作品は「細部は膨大」だが、「諸詩句が独立しており」、「全体はそれらの細部の総和にすぎない」(C2, 1099)。ひとつひとつの部分は美しい楽音だが、「オーケストラのざわめき」(C2, 1076) になってしまっている。彼の詩には、「構成」(C2, 1099) がまったく欠けているのである。「音楽が（騒音に対しての）楽音からのみ成るように、詩は《美しい細部》から成る。〔しかし〕楽音だけ、《美しい細部》だけでは十分ではない」（C2, 1086）。詩人は美しい細部から、読者を「行為」に導く装置としての「ひとつのシステムを構成」（C2, 1100）しなければならない。構成されたシステムこそ「読者に完全な心的共鳴の感情―観念を、むしろ存在の全的な共鳴の感情―観念を与える」（ibid.）のである。一方ユゴーは、「読者が真に受けてくれると信じ込む点で素朴」（C2, 1119）であり、膨大な細部が構成を欠いたまま与えられるために「その効果は衝撃ではあるが感染ではない」（C2, 1107）。

装置を作ることとしての詩作

さてここまでわれわれは、「読者を行為させる装置」というヴァレリーの詩の規定にしたがって、さしあたり言葉の意味に関わる範囲で「語りのモード」「単語」「修辞」という三つの観点から、ヴァレリーの詩に見られるさまざまな仕掛けを分析してきた。それらの仕掛けは必ずしも直接的な関係を持つものではないが、相互に補完し合いながら、読者の身体を詩の消費に参加させる。装置に動かされている以上、読者の行為は単純な能動性の発揮ではない。にもかかわらず、それは「より完全な行為」であるとヴァレリーは言う。装置に促された行為が、どのような意味で「身体の諸機能の開発」につながるのか、この点に関しては第

Ⅲ部で詳しく検討することにしよう。

本章の残りの部分では、このような仕掛けをそなえた装置としての詩を作ることは、どのような営みなのか、それはただ詩を作ることとどのように違うのかを分析する。ヴァレリーの三項図式に従っていうならば、分析の対象となるのは〈生産者〉の項である。ヴァレリーは生産者に関しても、詩を作ることは「行為」であると言う。「詩をつくることは詩」(C1, 253) なのである。

古典主義とゲーム

まずあらためて考えておきたいのは、ヴァレリーが定型にのっとって詩をつくることにこだわったという事実である。(41) 公の場で強調して述べたわけではないが、規則を守るという点においてヴァレリーは自らを古典主義の詩人と自認している。また自らの詩と明確に関連づけるかどうかを別にすれば、ヴァレリーの古典主義者への肯定的言及はあちこちに見られる。こうした傾倒をめぐっては、ラシーヌの「発見」との関連ですでに見たように、時代的な背景を無視することはできないだろう。「古典」とは「名高くまったくフランス的な概念」(Œ1, 520) なのである。

ヴァレリーが規則を遵守したというとき、その規則が詩人みずから制定したものではない、ということがまず重要である。この事実こそ、ヴァレリーを古典主義者たらしめたものであるといっても過言ではない。詩の規則は、多くの人の手によって洗練され承認を経てきた歴史的産物であって、基準は規則に従う人ひとりのうちにはない。それゆえ、規則に従うことによって、人は自ずとあるひとつの歴史に参加していることになる。古典主義者であるとは、ある規則にのっとった作品制作の実践の系譜に連なることを意味する。系譜は自らの作品の前にも連なるだろうし、後にも連なるだろう。

古典主義はそれ自身よりむしろそれに先行する芸術とあとにつづく芸術によって定義される芸術である。長い選別の結果としての、強制的、経験的な――諸規則――ちょうどゲームにおけるように（チェス――そこでは定着が長い間かかってなされた）。
利点、限られたフィールド内で組み合わせを使い尽くすこと。　　（C2, 1159）

規則に従う人が参加する歴史とは、その規則の網目がつくるフィールドのなかでどのような振る舞いをすることが可能か、その可能性を汲み尽くす集団的な実践の歴史である。ある規則にのっとって詩を作ることとは、過去に同じ規則にのっとってうみ出された詩が展開し残した可能性を展開することであるし、また未来に作られるだろう詩に対して、挑戦すべき先例になることなのである。この意味において、古典主義における規則と作品の関係は、チェス等のゲームにおける規則とプレイの関係と似ている。チェスの比喩は先に登場人物の扱いに関しても登場したが、詩作の分析においても、ヴァレリーはこの比喩を頻繁に使う。のちに見るように語＝駒というアナロジーで用いられることもあるが、ここではさしあたり規則とプレイの歴史の関係を説明するために、この比喩が用いられている。

こうした歴史性をふまえたうえで、具体的な詩作の場面における規則の働き方を見ていこう。規則が先にあるということは、語が置かれるよりも前に、もろもろの条件が存在するということである。詩人は、意味、韻、音の響き等さまざまな条件がまずある中で、その条件を満たす語を探して、ひとつひとつ当てはめていかなければならない。例をあげよう。

詩人は次のような一語を探している
女性名詞で
二音節で
pかfを含み
無音〔のe〕で終わり
亀裂、風化の同義語で
難解な語ではなく稀な語でもない
六つの条件がある――少なくとも
統語法、音の響き、韻文の規則、意味、それに手触り！　（C2, 1068）

ここでは、まず最低六つの条件が列挙されており、詩人はその条件を満たす語を探している。条件は、韻に関わるものなど純粋に規則と言いうるものに加えて、「凝った語でないこと」など規則というより詩人の趣味判断に関わる条件も含まれている。すでに「修辞の装置性」で見たように、詩の規則はそれじたい語を装置化するシステムではあるが、さらなる細部の構成によって、詩はその装置としての完全性を増す。詩をつくるとは、このように与えられた条件のなかで効果を試しながら、一手一手を打つように構成を練り上げていく作業に他ならない。その一手はその時点の判断で最良のものであるかもしれないし、あえてリスクを伴うような手が打たれる場合もあるかもしれない。「規則がある——とはすなわち、なすべき諸行為と、禁止された諸行為と、危険なしにはできない行為があるということ」（CI, 348）である。

したがって、語の側から見れば、ある語は常に使えるようになっているわけではない。再びチェスの例が登場する。チェスにおいてある駒が、あるいはブリッジにおいてあるカードが、常に使用可能であるわけではないのと同様に、語もまた常にどこでも使えるわけではないのである。

語の使用可能性というのは、実はカードゲームである。Aの配置はもろもろのカードの役割や価値のもともとの配置に依存する諸条件を満たさなければならない。（……）そういうわけでわたしは「形式主義」である。つまり——思うにそれはゲームに関わる。[42] 重要なもの——現実的なものすなわちカードの可動性（mobilité）や配置（disposition）に関わるのであって——しかじかの配置の《意味》にではない。（C1, 664）

ヴァレリーはここで形式主義という言葉を使っているが、形式主義といってもここで想定されているのはダイナミックなプロセスであることに注意しなければならない。「条件が先にあってそれを満たす語を置く」という作業は、「形式というすでにある容れ物のなかに、語という中味を詰めていく」というような静的な作業では決してない。韻についての規則を考える場合にせよ、響きのよさを考えるにせよ、具体的な条件は、詩人がそれまでに置いて来た語との関係でそのつどそのつど決定されるものである。条件とは、詩人がそれまで置いてきた語と、今置こうとする語のあいだを関係づけるものであって、それは現在の語の配置と無関係に存在する「容れ物」のようなものではありえない。ヴァレリーが詩をつくることとゲームをプレイすることのあいだに類似を見出すのは、第二に、この時間性である。自由詩をつくる場合であれば、あくまで「意味」のつながりを中心的な関心として語が連ねられていくが、定型詩においては意味は条件の一つに格下げされ、そのつど変化する条件の束が課す要求に応じるようにして、語が置かれていくのである。[43]

したがって、ゲームであるかぎり、それじたいどんなにすばらしい語、強いカードであったとしても、その他の語やカードの配置次第でその価値や使用可能性は変動する。個々の要素の価値は固定したものではなく、変動し、相対的なものとして扱われる。つまりゲームは、語やカードや駒をプロセスの中に置くことによって、それらの価値をいわば時間の関数にするのである。

諸要素の価値を決めるのは、過去のプロセスのみとは限らない。それは未来のプロセスにも同様に左右される。今ある特定の意図をもってふさわしいと判断された語やカードや駒も、その後のゲームの展開次第でその意味を変えられたり、重要性が高まったり下がったりするというのは十分にありうることである。ゲームは、各要素の価値を過去のプロセスとの関係に委ねるだけでなく、それを未来に対しても開いた状態にするのである。この意味でゲームは、各要素の価値、ないし各要素の配置がもたらす価値の、漸次的な変形の過程である。ゲームとは「本質的に先行する素材に及ぼす、また本質的に未来の素材（と装置そのもの）の状態に向かって及ぼす、本質的に現在時の変形」（C1, 1036）である。

「練習」としての詩作

詩作がゲームであるならば詩人はそのプレイヤーである。そのつどそのつどの条件にしたがって詩をつくる詩人＝プレイヤーの活動は、「問いに答えること」であるとヴァレリーは言う。それは単に「言うこと」とは違う。あくまでさしあたりは過去のプロセス、つまりすでにある語の配置がもたらす押韻等の諸条件という「問い」に応答するために、続くべき語という「回答」を詩人は与えていくのである。

《要するに》重要なこと——それは「質問事項」である。(……)ゲームにおいてそうであるように——約束事によってしか存在しない質問と回答に対しては幻想を抱かず——それらは練習だと見なすこと。(CI, 363-364)

アンケートに対する回答が、限定された仕方での意思表明にしかならないように、質問=条件に対して回答=語を置いていくというゲーム的プロセスによって詩を作ることは、使用する語と思考のあいだに、一定の距離をつくる効果をもつ。すでに見たように、ヴァレリーにとっては、「わたしはもはやわたしの言いたいことが言えない」(ŒI, 1356)という点にこそ、作詩の面白さ、行為としての可能性があるのであった。定型で詩を作ることのもっとも重要な意義は、思考に対するこの一種の制限効果である。ヴァレリーが常に意識を二重化させ、自己意識化を徹底させていたということは、ヴァレリーが制作や思索を行う上でのスタンスとしてよく知られている。だが、こうした意識の二重化が、ただ主体の強い意志によってのみ支えられていると断定するのは早急すぎるように思われる。そこには、意識をおのずと二重化させるような作詩のシステムがあったはずであり、方法論と結びついた意識のありようを分析してはじめて、それは普遍化可能なひとつの詩学とみなすことができる。本節で「ゲーム」という言葉で分析したいのは、この精神論に代わるものとしてのシステムのあり方である。

まずもって、語を置いていくプロセスは思考の速度にくらべると非常に遅い。ヴァレリー自身は非常に早口であったことが知られているが、(44)「話す速度は思考の速度と等しくなる傾向がある」のに対し、「詩句をつくるときは、私はそれを自分に非常にゆっくり話させて試す」(C1, 212)。「思うまま書く」ことなど不可能になり、枷をはめられたような状態で、詩人は一語一語歩を進めていく。その遅さのために、詩人は彼自身であるというより「つくられた性格」に従っているようであるという。「わたしは経験によって教えられ――経験から自分の即興に抗うようになった。私は自分の気質ともともとの神経的な本性によってそれを拒めば拒むほど、いい、いい、つくられた性格によって、一歩一歩／一語一語ということを求めるのである」(C1, 212-213)。

したがって、問いに応答するゲームとしての詩作は、自己表現というより自身のプレイヤーとしての能力を試し鍛える「練習」のようなものである。もっとも、詩作を「練習」と見なすといっても、それはもちろんヴァレリーが自身の詩の質に関して無頓着であったということを意味するわけではない。上の引用にあるように「練習」として詩を作るとは「即興に抗う」ものでなければならず、一歩一歩、一語一語、語を置きつつそれを条件と照らしあわせるという、そのつどそのつどの判断が要求される作業である。詩を「装置」として完成させなければならない以上、ヴァレリーはその装置としての完璧さを求めていたし、だからこそなかなか詩を完成させられないこともしばしばだった[45]。ここで「練習」とはあくまで自己表現との対義語として、むしろ自身が試されるような行為を指すとみなすべきだろう。

みずからの行為を「練習」とみなすこと、つまり自分の書いた語を、自分の実存と結びついた必然的な表現とはみなさないことは、逆に、偶然思いついた表現をあたかも自分が選んだ語であるかのように積極的に引き受けていくことにもつながる。偶然の語であったとしても、作詩をゲームととらえる以上、その語は自分の今後のゲームの展開を導く「問い」に他ならないからである。それはちょうど、カードゲームにおいて最初に配られたカードを自分のものとして引き受けるのと同様である。

心的偶然そのままに組み合わせるこの術
思いついたものを、在るものとして、最初の概算として、みなすこと
そしてある種の条件を維持すること――瞬間にまるごと身を委ねることを差し控えるような条件を
(C2, 1141)

「瞬間にまるごと身を委ねることを差し控える」とは、先に見たように、置かれた語と自分の思考のあいだに距離を保ち、全面的には没入しないことを指すと考えられる。プレイヤーとして振る舞うかぎり、個人的な記憶と密接に結びついた語であろうと、反対に喚起力の弱い語であろうと、詩人はあらゆる語をただの駒として、自分から距離をとって扱う。偶然思いついた語であっても、それをひとつの条件として、「在るもの」として引き受けなければならない。そうあってこそ、「練習」としての詩作の価値は増すだろう。練習として詩作をする詩人は、作品を作者の実存の反映とみなすようなタイプの詩作からは排除されるような要素、それどころか否定的だったり曖昧だったりする要素をも受け入れ、ゲームを楽しむ。偶然や曖昧さも、それじたい確定した駒なのである(46)。

偶然性の問題に関しては、マラルメの存在を忘れることはできない。このようにすべての語を駒として対等に扱うことは、自分の自然な思考から距離を取り、意識を二重化させることと結びついているが、実際、こうした自我の扱いのいわば祖として、ヴァレリーはマラルメの名をあげている。「練習」において自我は、どのような反応が返ってくるか、返しうるかを試されており、自我は表現するのではなくむしろ「利用」されている。「『詩人』のなかでは、『言語』と『自我』は、他の人々のなかにおいてなすのとはまったく別の対応関係をもつようになる」(Œ1, 656)。

> ステファヌ・マラルメとわたし以外に——（非常に異なった仕方で）完全な自我の——すなわちポーの遺産である自意識の——抽象的「偶像」を孤立させ、裸にし、聖別し、保存し、秘密にあがめたものはいない。この偶像を徹底的に利用することによって、それに対してこうした余す所なき斥力が応じる、ないし応じ得るところのあらゆるものの、内的な平等化が生じるのである。それは他のあらゆる偶像を滅ぼす偶像——その存在と作用によって——反射作用として——少なくとも、もっとも完全な一般性の幻想を与える偶像である。
>
> 語を操作し、語を《可能的にいって》等—差のものとして、（錯綜体）そしてチェスの駒として、相対的な価値をもつものとして扱うように導く反射的作詩法の実践は、——上に述べたことの素地を与え——それにとって好都合であることに注意せよ。——その妙技は通常の偶像崇拝（なかでも特に哲学のそれ）とは両立しない。（C1, 317）

ここでヴァレリーは自我を偶像として「崇拝」することと、偶像として「利用」することを区別している。「崇拝」は、ヴァレリーによれば哲学が陥りがちな自我へのアプローチであり、たとえば「時間」や「美」と同じように、言語として名指すことによって「自我」を分析可能なものとして実体化してしまうことである。[47] それに対してヴァレリーは、自我を偶像として「使用」した数少ない詩人として、マラルメとヴァレリー自身を位置づける。つまり自我をそこから表現が取り出されるような「源泉」とみなして探究するのではなく、さまざまな問いに対してひたすら応答を返す、空虚な反射板のようなものとして用いたのである。反射板としての自我は、過去の記憶のような個人的な内実があるとしてもそれを括弧に入れ、完全に一般的・普遍的なものとして振る舞う。それが他のあらゆる偶像を滅ぼす偶像であると言われるのは、すべての偶像は、それを大切なものとみなす個人的な思い入れに端を発するからである。すべての語を可能的にせよ等―差のものとして、駒として対等に扱うことは、自我をこのように抽象化することと相関的なのである。

このようにあらゆる語を条件として引き受けることは、明らかに、作者から読者へという「伝達の構図」を否定するものである。作者は何がしかみずからについて語るというより、むしろ、みずからのプレイヤーとしての能力をためす。ヴァレリーは〈生産者〉と〈消費者〉を全く切り離された別のシステムと規定していたが、消費者の側にも行為があるように、生産者の側にも行為がある。そして消費者の行為が装置としての作品に促されるように、生産者の行為もまた制作中の作品という相手があることによってゲーム的なものとなる。「ゲームの産物」としての作品それじたいよりも「ゲームそのもの」として生産行為の方が価値をもつのは、この意味において、つまり生産行為の渦中における詩人にとってである。この作品から行為への移行を、「革命」と呼びながらヴァレリーは次のように言う。

革命——（……）それはわれわれが作品のうちに置いている芸術を、作品の制作にもたらすことだ。（……）詩を作ることは詩である。問題を解くことは整然としたゲームである。そこでは偶然や曖昧さも確定した駒である。精神の無力や、停止や、不安も、思いがけないことではないし、漠然とした無駄ではない。
そうではなくて、作ることを主要なこととなし、作られたしかじかのものは付随的なものとすること、それが私の考えだ。（C1, 253）

作ることが「主要」であり、作られたものは「付随的なもの」にすぎない。できあがった作品は、『若きパルク』の出版のいきさつがそうであったように、編集者の介入によってたまたま作品として定着させられたにすぎない、そのときの「練習」の状態なのである。ただしそれはあくまで生産者の「行為」から見た作品のありようである。付随的であるとしても、作品こそが生産者の「行為」を支え、活発な、意義あるものにするのであり、それはまた、来るべき消費者の「行為」を刺激するのである。

＊

第Ⅰ部の議論をまとめておこう。第一章で私たちは、まずヴァレリーによる描写批判を分析し、その過程でいかに散文的な伝達の構図が否定され、生産者—作品—消費者という三項図式にとって代わられるかを見た。この三項図式においては〈生産者＝作者〉と〈消費者＝読者〉の活動はまったく切り離された二つの活動なのであり、読者はもはや受動的な存在ではなくなり、みずからの身体を参与させ、「行為」することによって作品の価値を生み出す価値の生産者となる。また〈作品〉は作者の思想を伝える媒体ではない。それは読者を行為させる「装置」なのである。装置に促されている限り、読者の行為は単なる能動的な活動ではないが、この受動とも能動ともつかない特殊な拘束状態において、読者は、自身の身体の諸機能を開発し、発見するのである。

第二章では、「語りのモード」「単語」「修辞」という三つの異なる視点から、ヴァレリーの装置としての詩のあり方を検討した。ヴァレリーが好んだ一人称による独白という形式は、代名詞の特徴的な使用や、登場人物の名前の付け方と相まって、読者に自分の身体を喚起させる仕掛けとなっていた。またそれは、「自らを模倣させる」という動詞がもともと持っている命令の力を解放するものでもあった。最後に、このような仕掛けを備えた「装置」として詩を作ることはどのような行為かを分析した。ヴァレリーにとって詩作は、「自分の言いたいことを言う」ことではなく、むしろ自我に没頭せず、あらゆる語を等価に扱う「練習」のようなものであった。

つづく第Ⅱ部では、第Ⅰ部での装置としての詩をめぐる議論をうけて、ヴァレリーの時間論を検討する。時間の問題は、そもそも詩が時間芸術であるのに加えて、刻々と変化する身体と世界の関係を分析することに他ならず、このことは、第Ⅲ部で「身体的機能の開発」という詩の目的の解明に向かうための、足がかりとなるだろう。

Ⅱ 時間

この第Ⅱ部では、ヴァレリーの時間についての考えを、とりわけ身体との関係に注目しながら明らかにしていく。

各章の内容について簡単に見通しを立てておこう。まず第一章では、ヴァレリーの時間論の枠組みを取り出すために、その特徴をなす「現在」の位置づけを確認する。ヴァレリーの時間論は、行為のために常に身構えているという人間のあり方と密接に結びついている。そして、この「準備された行為」と「世界のあり方」のあいだには、常に多かれ少なかれ「ずれ」がある。さらに、この「ずれ」の意味にしたがって、時間のあり方は二通りに分類される。すなわち、「ずれ」が重要な意味を持つ場合と、そうでない場合——重要なのは、ずれの実際の大きさではなくその意味である——がある。

第二章で扱う「持続」は前者の場合である。このずれが強く感じられるとき、つまりずれを解消するために「適応」が試みられるとき、持続が「創造」されるのである。持続が創造される典型は、私たちが注意集中の状態にあるときである。そこで第二章では、注意という事例を通して、持続がどのようなものかについて分析する。

一方第三章では、後者の場合について分析する。この場合の典型は、行為の法則化としての「リズム」の状態である。リズムの状態においては、「準備された行為」と「世界のあり方」のあいだにずれがあるとしても、それが大きな意味をなさず、むしろ人間と世界のあいだの同調が際立っている。

リズムが詩と関わるのは言うまでもないことだが、持続の創造もまた詩とおおいに関わる。以降第II部の時間論では具体的に詩について触れることは少ないが、そこでの考察はもちろん、装置としての詩のあり方と背後で結びついている。

第一章　形式としての「現在」

時間の形式

ではさっそく、ヴァレリーの時間論の特徴とその枠組みを明らかにしていこう。ヴァレリーの最初期の時間論は、一八九九年に『メルキュール・ド・フランス』誌に掲載された、論文「タイム・マシン」において展開されている。この論文は、そのタイトルが示すように、英文学者H・D・ダヴレによって仏訳されたH・G・ウェルズの有名な小説『タイム・マシン』（一八九五）の書評という体裁をとっている。しかしその内容は、ほとんどこの作品には触れることなく、最初から最後までヴァレリーがこの記事をのっとる形で時間をめぐる持論を展開している。

論文のなかで、ヴァレリーはまず科学における時間表象を批判する。「今日の諸科学は、「時間」を、点の空間における位置変化によって測定しうる一次元の連続量として定義している。人は、通過した距離のそれぞれが時間の量に対応しており、もし距離が等しければ対応する時間も等しいとみなしている」（Œ2, 1456）。こうした時間の捉え方は、時間を距離に置き換えることで比較可能なものにするという意味で、「時計的」であると言うことができるだろう。ヴァレリーは時計的という言葉すら用いていないが、引用のあとで、揺れる振り子の例をあげている。一定の振幅で揺れ続ける振り子について、ある一往復にかかった時間と、別の一往復にかかった時間を、玉が移動した距離の等しさという点において相等とみなすこと、これがこの時計的な時間の捉え方である。

時計的な時間は「有用」ではあるが、「あとに続く推論を可能にすることを目指した言語の濫用」(ibid.) に他ならないとヴァレリーは言う。なぜなら時計的な時間は、二つの異なる時間を重ね合わせ比較するという操作を、二つの距離の重ね合わせという操作に置き換えているが、このような重ね合わせの操作は、距離についてのみ可能なものであって、時間については断じて不可能だからである。「いかなる操作も、二つの瞬間を一致させることはできないし、いかなる方法も、それらを互いに置き換えたり、一方を変形して他方にしたり、二つを同じやり方で変質させることはできない」(Œ2, 1456-1457)。つまり時間は距離とは異なり、私たちのいかなる操作をも受け付けないのである。私たちが二つの時間をつき合わせ、それらを比較しているつもりでいるとき、実は全く性質の異なる二つのものを足したり引いたりしているのに等しい。「それぞれの瞬間は、もう一方の瞬間とは決定的に無縁のものであって、もう一方によっては表現しえないのである」(Œ2, 1457)。諸科学は、あらゆる物理現象から独立した一つの次元としての「t＝時間軸」を想定する。しかしこれは、二つの瞬間を比較可能なものとする前提に立っている時点で誤りである。それは過去の記憶に現在の感覚を足すようなものだ、とヴァレリーは言う。

時間を距離に変換し、操作可能な対象だとみなしてしまう考え方に反対するヴァレリーの態度は、一見すると、空間と時間の混同を徹底的に批判した同時代の哲学者、ベルクソンの主張に重なるものと見えるかもしれない。しかしヴァレリーはベルクソンとはまた別の道を進む。ヴァレリーにとって重要なのは、時間と空間を峻別することではない。ヴァレリーが注目するのは、時間が比較不可能であるということ、そのものなのである。ベルクソンとの関係について述べておくならば、ヴァレリーは、公のテクストであからさまな反意を見せることはなかったし、『カイエ』においても反論そのものを目的としたようなボリュームのある断章はほとんど見当たらない。しかし『カイエ』には、自身のスタンスとの違いを明確化させるための比較項として、しばしばベルクソンの名が登場する。のちに見るように、たとえば「持続」に関して、意見の相違ははっきりと見えてくる。その一方で「記憶」に関してなどあからさまに影響を受けている箇所もある。ベルクソンとの関係については、以下の議論の過程でそのつど指摘することにしよう。

さてヴァレリーは、この比較不可能であるという性質を、むしろ積極的に時間の本質としてとらえる。つまり、一方が他方によって表現されることのない無縁な二つの瞬間を、にもかかわらず含んでいることこそ時間の本質だと考えるのである。「時間は、わたしには、矛盾の可能性、互いに矛盾するものの接触の可能性であるように思われる」(CE2, 1458)。相互に相容れない二つの瞬間AとBも、時間のもとではひとつの変化によって結びついてしまうだろう。時間は同一でないものの同一性を運ぶ。時間を前に、「矛盾原理」は消滅してしまう。矛盾原理は言語の領域においてのみ起こるのであって、「話す領域への投影」(ibid.)をすれば生じているようにみえる矛盾も、時間の相においては解消してしまうのである。

このように時間とは矛盾するものを接触させることであり、言い換えればすべてのものを結びつけ、包括するものである。そのことを認めつつ、しかしヴァレリーの関心は、このような時間そのもののあり方へは向かわない。比較し得ない以上、時間それじたいは私たちによってとらえることが不可能なものである。そのかわり、ヴァレリーが時間論という名目で扱うのは、むしろ認識される限りでの時間のあり方である。それじたい認識不可能なものである時間が、いかにして私たちにとって認識可能なものになっているか。この問いが、ヴァレリーを「現在」の分析へと向かわせる。過去や未来が意味を持つのも、それが現在に対して及ぼす影響や距離として以外ではありえない。ヴァレリーの時間論を支えている最も重要な柱は、「時間」という概念を「現在」という概念で置き換えようとする意図なのである。「現在」は、ヴァレリーにとって時間を認識するための「形式」である。「最も重要な不変項は「現在」である。形式に似たもの——だが変動を免れ得ない」(CI, 1308)。「わたしはしばしば「現在」をひとつの形式とみなした。あるいはむしろ、私たちが「現在」と呼んでいるものを表象するための形式を考えた。この形式が定義され、採用されれば、時間というものはなくなる。この形式の外には何もなく――それは私たちが時間として知覚しているものを含むことになるだろう」（CI, 1347）。時間それじたいではなく、私たちが時間をとらえる形式である「現在」に注目するということ。すなわち、私たちが感じる限りでの時間を問題にするということ。こうした意図のもとに、ヴァレリーの時間論は、私たちが時間を知覚するさまざまな機会――たとえば人に待たされているときや、荷物の重さに耐えているときなど、手がかりはきわめて日常的な体験に求められる――におけるその時間感覚のあり方を、まさに感覚と認識の問題として定義する枠組みを作ろうと模索する。

さらに、あらかじめ議論を先取りするならば、先の引用に引き続く箇所で、ヴァレリーはこの感覚の内実を最終的に「能力（pouvoir）」という言葉で言い換える。「私たちが時間として知覚しているものとは、印象や行為の感覚、ある限界やある阻害の感覚――すなわち能力という言葉で表される感覚である」（ibid.）。繰り返しになるが、時間そのものは認識できない。時間はただ「現在」という形式を通してのみそれを認識しうるのであり、その場合の時間の感覚とは、結局私たち自身の能力の知覚に他ならないのである。

ところでこれらの引用にくりかえし出てくる「形式」という言い方は、明らかにカントを思わせるものである。「思うにカントは、感性と悟性の形式としての時間について語りながら――実は現在――（その特性の一部）――を指しているにすぎない」（CI, 1339）。『カイエ』の記述を追っていくと、ヴァレリーは一九〇〇年前後からティソーの仏訳による『純粋理性批判』を読んでいたようである。この読書の記録は、時間をめぐる問題に限らず、『カイエ』のあちこちに見られる。もっともヴァレリーのカント理解は、森本淳生が論じているように、(1)F・A・ランゲら新カント派の思想の影響を強く受けたものである。ランゲの思想はカントの超越論的観念論を知覚の生理学と結びつける傾向を持つ。この傾向はヴァレリーにおいては人が対象を知覚するその仕方を記述するための方法、その道具立ての問題として(ヴァレリーの言葉によれば「表記法システム」の開発の問題として)受け継がれていく。カントにおいては直観の形式であった時間は、ヴァレリーにおいては、時間が知覚される際に常にその知覚のありようを規定する枠組み=形式としての現在として、ねじれた形で読み替えられていく。

したがって、ヴァレリーにとって現在とは、「構造化」された時間である。形式としての現在を問うとは、それじたいとしてはとらえられない時間が、どのように「構造化」されて私たちにとってあらわれてくるか、その諸条件を問うことなのである。そこでヴァレリーがあげるのが「予期」である。予期こそ感性を方向付け、私たちの「現在」の前後に「過去」と「未来」を作り出す要因なのである。

予期——行為の機械の組み立てと不意打ち

予期とは、過去を手がかりに未来に起こりうる出来事を想定することであり、現在を過去と未来という二つの方向に結びつける契機である。わたしがいる地点はつねに「現在」であるが、わたしが予期を携える存在であるからこそ、現在はその前後に「過去」と「未来」を生み出す。「現在として選ばれた点は、つねにそれと関連する過去と未来を所有しているのである」(Œ2, 235)。

だがここでまず確認しておくべきことは、ヴァレリーにとって予期とは、単に「起こりそうな出来事を予測すること」ではない、ということである。

> 私たちのうちであれほど強力に作用するのは、出来事そのもの(それがどんなものであっても)では少しもなく、——たとえば、多かれ少なかれ隠された構築物の崩壊、実現せず打ち砕かれた「予期」である。多かれ少なかれ以前から存在し、深いものであったこれらの予期が、理解するにあたっての私たちの可能性や——外界の事物や出来事の可能性を考慮するにあたっての私たちの可能性を、知らぬ間に修正しているのである。(C1, 1312)

ヴァレリーが時間を構造化するものとして「予期」を重視するのは、それが単に起こりそうな出来事を予測することなのではなく、「隠された構築物」の組み立てを伴うものだからである。構築物の組み立ては予期にとって必要条件であって、この組み立てなしで、何かを予期することはできない。「隠された変形が生じることなくある出来事を予見することは不可能である」(CI, 1274)。つまりヴァレリーにとって予期とは、いかに行為するかという実践的な関心と結びついた働きなのである。実践的な行為と関わる以上、予期とは身体的なものである。「隠された変形」とは、とりもなおさず身体の目に見えない変形なのである。「あらゆる心的変形を通じての現実的不変要素は、人間の身体に由来する。そしてその不変要素は私たちが現在ということで呼んでいる曖昧な観念のうちに何らかの資格で含まれていなければならない」(CI, 1135)。もちろん、予測された行為が実際になされるかどうかは分からない。それでもなお、覚醒している限り私たちの身体は行為に向けて身構えているのであり、緊張と弛緩のあり方を一瞬一瞬変化させているのである。「覚醒は常にある種の全般的緊張と運動の機構を一般に規定している」(CI, 1274)。

もっとも、私たちは普段の生活の中において、こうした予期に伴う身体的な構築物の存在をつねに意識しているわけではない。むしろほとんど意識していないといった方が正確だろう。しかしこのことは構築物が存在しないということではなく、意識せずともそうした構築物は形成されているということを意味している、とヴァレリーは言う。それはなかば習慣化した形で、私たちの世界との出会い方を調整している。つまり私たちは、意識的な予期なしに予期を行っているのである。そしてこの調整のおかげで、私たちは意識せずとも世界と円滑に出会うことができているのである。

普段は意識されないこうした構築物の存在が自覚されるのは、むしろ不意打ちのような、予期が外れる状況である。不意打ちにおいては、まさに「行為の機械」がやられる。そしてその破壊を通じて、実はそれが組み立てられていたことを私たちは実感させられるのである。「不意打ちは、予期に伴う行為の機械の組み立てについて多くを教えてくれる。」だからこそ、それはヴァレリーの「不意打ちは——わたしの本性を見事にてらしだす」（C1, 1271）。われわれも、ここで不意打ちについて少し詳しく時間論のなかで大きい割合を占めている。われわれも、ここで不意打ちについて少し詳しく見ておこう。

あらかじめ確認しておくならば、ここで分析の俎上にあげる不意打ちは、不意打ちのなかでもかなり明確で強い不意打ちである。私たちの世界との出会いが常に予期を介している以上、私たちは多かれ少なかれ常に不意を打たれる可能性をもっている。ヴァレリーもそのことを無視しているわけではない。しかし不意打ちの構造を明らかにすることを目的とする本章では、その構造がもっとも見えやすい、主体を動揺させるような強い不意打ちを扱う。

予期されていたのと異なる出来事に出会うことは、世界と主体のあいだの「ずれ」に出会うことである。主体は、不意を打たれた直後、すぐにこのずれに適応することはできない。それは「遅れ」の感覚である。遅れにおいて、主体は迷い、混乱し、ためらう。この迷いが二つの観念のあいだでの迷いとちがって強い抵抗感を伴うのは、それが身体的な分裂を伴うものだからである。予期が「行為の機械」という身体的な準備としてなされていたために、まずはこの無効になった「機械」を分解しなければならない。再構成＝適応はそのあとである。「不意打ちは存在しようとしているものを存在するものに結ぶ絆を襲う」(CI, 1316)。それゆえ、「遅れ」のあいだ、人は行為することがまったくできなくなってしまう。「だしぬけに変化をこうむった人の最初の行為は、行為によって出来事に応答することではない。まずは行為をなすもの、あるいは行為をなす人間を再構成しなければならない。衝撃によって、やられたのはまさにそれ、つまり行為の機械をつくる人なのである」(CI, 1290)。

　この分裂は、過去と現在のあいだでのわたしの分裂でもある。「わたしは自分の感覚によって――過ぎ去った事実に結びつけられているので、わたしはわたしを引っぱり、わたしを引きずるものに抵抗し――わたしはわたしを分裂させる」(CI, 1271)。予期による過去と現在の結びつけが狂うことは、現在じたいの混乱を意味する。「強い不意打ちはまさに現在の乱れである。目がくらんだときのように、時間が踊る」(CI, 1272)。「遅れ」は、過去に結びつけられたわたしを断ち切り、現在を立て直すのにかかる時間である。「遅れ」を「一致」させるためには、まずこの準備されていた「行為の機械」の抵抗にあらがってそれを解消し、適切な行為の機械を新たに組み立てなければならない。「不意打ちはわたしに、現在と過去のあいだでの振動――わたしの質料と形象のあいだでの振動を直接的に感じさせる。わたしはわたしの運動的なものと可能的なもののあいだですばやくためらう」(CI,

1271）。そしてこの遅れ、適応に伴う困難さは、主体にとってはまさに時間の長さと感じられるだろう。「量としての時間すなわち持続の観念は、阻害と抵抗の感覚に帰着する」（C1, 1272）。

このように不意打ちは、過去―現在―未来という時間の構造がいかに予期を契機として主体のうちで身体化されているかを示す典型的な事例である。主体と世界のずれが、一方で現在を混乱させ、他方で主体を分裂させるのである。このように時間そのものではなく時間の感覚を問題にするヴァレリーの時間論は、結局、主体と世界の出会い方を、そしてその出会い方を構造化する主体の身体的なあり方を問題にするものである。

感性の構造化

意識されているか否かにかかわらず、覚醒している限り予期は常になされている。予期することは必ず、その出来事の生起に向けて身構えること、応答するための行為を身体的に準備することを伴っている。そしてこうした身構えが、私たちと外界の出会い方を大きく左右するのである。予期しだいでは、同じ出来事であったとしてもその価値はまったく別のものに変わってしまうだろう。ヴァレリーが重視するのは、出来事それじたいの価値ではない。あらかじめ予期によって状態づけられた私たちにとっての、その出来事の価値である。

たとえば、観念連合説〔観念と観念の結合を人間の認識の基本作用とみなす説〕を批判するときにヴァレリーが依って立つ論拠も、こうした「出来事そのもの」と「出来事が私たちに及ぼす作用」の区別であり、この区別をもたらすものとしての予期という契機である。ヴァレリーの診断によれば、観念連合説の不足は、連合の形成における主体の側の影響を考察しきれていない点にある。「所有された観念はつねに、それ自身と等価なものを生み出されうる――むしろ変化するのは、ある瞬間におけるその潜在的産出力と、他の機能に対するその刺激の価値量である。（……）ところでこの刺激の価値量は、観念それじたい、あるいはそれのみに依存するものではない。ここに観念連合説論者の誤りがある。刺激の価値量は、一般にその個人の過去の全体――およびその相、瞬間的つながりに依存する。一般的つながりと瞬間的つながり」（C1, 894）。

観念そのものの価値と、その刺激としての価値、つまりそれが出来事として私たちに及ぼす作用を、区別しなければならない。ある観念が刺激としてどれだけの価値を持つか、つまりその観念のまわりにどれだけの観念を形成するかは、そのつどの主体の側の条件によって変化する。主体の側の条件として、ヴァレリーは具体的には「個人の過去全体」と「瞬間的なつながり」をあげている。もっとも、この二つの条件のうち「個人の過去全体」の方は、個人間の偏差を作り出す習慣や記憶を指すと考えられ、すでにロック等が観念連合におけるその役割を論じていたことを考えると、ヴァレリーのこの批判は正当なものとはいいづらい。むしろ、重視すべきは二つ目の条件、「瞬間的なつながり」の方であろう。これは一人の個人における時間的な偏差をつくりだすものである。たとえば文章を書いている人は、その語彙のなかですべての語が使えるようになっているわけではなく、その文章を書いている流れのなかで予期される語の範囲で言葉をつづっていきがちである。「奇妙なことだ――これほど多くの人が創造などについて語りながら、組み合わせを可能にするものについては決して注意を払わないのである。――経験の諸要素がいかにして動員可能（*mobilisables*）になるか自問しないのである！」（C1, 1251）。文章を書いているなかでの予期の流れが、その主体のなかのつながりを瞬間瞬間で変化させ、それが観念の集まり方、動員することが可能なものを変化させるのである。

このように、予期は出来事の刺激としての価値を左右することを通じて、私たちが世界と出会う出会い方を規定する。しかも予期は一瞬ごとに複雑に変化していく。一瞬ごとに予期を修正して隠された構築物を変形させながら、人はそのつど準備を整えつつ外界と出会うのである。「個人にとって可能なものは時によって異なる――（……）同一の刺激であったとしても、その結果は時間Aと時間Pにおいて同一ではない」（C1, 1014）。こうして外界との出会い方を時間の関数として規定していくがゆえに、予期とは時間を構造化する要因なのであり、つまりは形式としての現在そのものとされる。「現在とは、出現しようとしているものに対して、特異で限定された応答を適用する可能性のうちにある。したがって現在とは、多かれ少なかれ豊かで、複雑で、組織された予期なのである」（C1, 1270）。

ちなみに、このように瞬間瞬間の現在のあり方を規定する身体的な準備を、ヴァレリーはしばしば「disposition」と呼ぶ。この語は、日本語では「配置」「準備」「気分」「傾向」「能力」などさまざまな意味を持ち、また修辞学の文脈では要素の配置や構成を意味するラテン語の「dispositio」にも通じる語であるが、ヴァレリーの使用法を考えるうえで手がかりになるのは、「être à la disposition de…」といった成句の形で使われる「自由に使えるようになっている」という意味である。「《disposition》という語は非常に注目すべきである。それが同時に意味するのは、秩序と準備、反応のモードのア・プリオリな決定――感性の状態の見通しである（……）。Disposé とは、しかじかの向きにしかじかの強さで反応するように整えられていることである」（CI, 914）。すなわちこの語は、「準備」することと「秩序」ないし「整えられていること」を同時に意味し、さらにそれが「使用しうる」という状態に通じる、ということを示しているのである。すべての反応の可能性が常に使えるようになっているとは限らない。予期とは、予期される出来事に向けて反応する可能性を準備し、それを「使えるようにしておくこと」であり、つまりは「感性をある状態にしておくこと」なのである。

そして、私たちが第I部で議論を先延ばししておいた「感性」という言葉を用いてまとめるならば、「現在は形作られており、方向付けられた感性の構造である」（CI, 1339）。感性は「disposition」によって各瞬間にその状態を決められている。単なる五感の能力でないとすれば、ヴァレリーにとって「感性」とはどのようなものか。それは、私たちの身体を場として展開するさまざまな力のありようである。たとえば目眩からの正常な状態への回復を論じながらヴァレリーは次のように言う。「《正常な状態》(要求—応答がかなり正確に交換されている体制)、生きる機械の運行の秩序は、——《諸力》のあいだに(たえず、非常にすばやく)再建されるある種の平衡である。それは機能作用を保証し、各瞬間にわたしの—世界、わたしの—身体、私の—「精神」、わたしの—「時間」を、判明な現実として再確立する依存と独立を伴っている。そして、これらの諸力が感性なのである」(C1, 1096-1097)。「身体」「精神」「世界」はヴァレリーがキーワードとして用いる三分割である。各瞬間に変化する感性の様態とは、私たちの内部にある力の配置に他ならず、その配置いかんが「身体」「精神」「世界」をまさに「わたしの」ものとして、判明な現実として確立するのである。

離隔

このように予期は、たんに起こりそうな出来事を予想するだけでなく、行為のための「隠された構築物」を身体的に準備しておくことを通じて、ある反応の可能性を「使えるようにしておく」ことを伴っている。このことはしかし、裏を返せば、私たちの反応の可能性はつねにすべてが「使えるように」なっているわけではないということを意味している。言い換えれば、私たちの世界との出会いはつねにある限定が伴っているのである。私たちが時間的な存在であるかぎり、この限定なしに世界と出会うことはできない。刺激を待ち受ける私たちは、つねにまっさらで偏りのない状態でそれと出会えるほど「自由」ではないし、「ある瞬間に私たちにとって肉体的精神的に可能な行為や解決策の数は奇妙なほど変わりやすい」(CE2, 537)。この不自由さとは、とりもなおさず、現在という形式なしには世界と出会えないという私たちの認識論的な限界でもある。私たちが時間的な存在であるかぎり、私たちの世界との出会いには現在という形式が、つまりある限定が伴うのである。「私」によって構造化されているかぎり、現在という世界との出会いはひとつの「特殊」でしかなく、「不完全なもの」である他ない。「それぞれの現在は、全体ではない。それぞれの現在は、不完全なもの、部分として感じられる」(CI, 1334)。

　この自由で無規定な状態に対する「特殊」としての現在のあり方、このかたよりとしての現在のあり方を、ヴァレリーは「離隔(écart)」と呼ぶ。私たちの現在とは、特殊化されなかった「残余」、その存在を前提とした限定的なものでしかない。時間が現在という形式を通してしかあらわれ得ないということは、それが「離隔」を伴ってしかあらわれ得ない、ということなのである。

一般的な時間というものはありえない。システムの時間しかない。

なぜなら、ここで話題にしているこの時間とは、残余というもの、現にある行為に参加していないと感じられるもの——そして全体つまり自由なものと、特殊つまり使用中とのあいだの緊張として、離隔として感じられるもの——の多かれ少なかれ明瞭な表現だからである。（CI, 1347）

離隔とは、「全体＝自由」と「特殊＝準備され、使用中となっているもの」とのあいだの緊張である。この緊張は、言い換えれば行為に参加しているものと、していないものとの対比である。そしてこれこそ時間の感覚である、とヴァレリーは言う。つまりヴァレリーにおいては、構造化された時間としての現在の位置づけが、「離隔」という言葉を介して、主体内部の特殊化の問題として語られていくのである。この点は何度強調してもしすぎることはないだろう。認識論的な限界に関する問題が、「感じる」というレベルを問題にするかぎり、主体における特殊化の感覚として読みかえられていく。「有機体の特殊化と、この特殊化したものとは無縁な何らかの要素についての感情、ないし感覚とのあいだで感じられる離隔の強さ——これが時間の「感覚」である。離隔なくして、時間はまったくありえない」（CI, 1348）。

もちろん、わたしの世界との出会いは離隔を伴っているとしても、それはつねに感覚として感じられているわけではない。それは予期がつねに意識されているわけではない以上当然の帰結だろう。つまり私たちは常に時間の感覚を持っているわけではないのである。この感じられなさは、私たちの行為の準備がうまくいっているかぎり、つまり予期が大きく外れることなく私たちが世界に適合できているかぎり続くだろう。私たちが時間を感じるのが「離隔」という形であることは、時間を感じるということが、そもそも主体におけるある種の不具合の兆候に他ならないことを証している。なぜなら、離隔とは「特殊化されたもの」と「残余」のあいだでの分裂であり、二重化に他ならないからだ。「私たちの精神のうちに二重性が生じるたびに、時間というものがあらわれる。時間とは二重性と差異に関わるあらゆる事象の総称なのである」（CI, 1263）。

感じられるにせよ、そうでないにせよ、現在が原理的にひとつの特殊化であるということは、刻々と変化するその変化の様態に応じて、離隔と離隔のあいだの差異もまた知覚の対象となるはずだとヴァレリーは言う。というより、「全体」そのものを感覚することはできないはずであるから、離隔と離隔のあいだの差異の知覚を通じて、全体があるということ、全体の存在を予感することができる、と考えるべきだろう。「本質的な感覚は、拡大ないし離隔と名付けることができるだろう。この離隔は、現在に対して内部にあるものだ――つまり私たちは、構成要素のあいだに状態の差異を感じるのである――この点に関して――ある感覚の強度の増大や減少もひとつの感覚であるということに気づく。強度の変化量もまた強度と同じように感覚なのである」（CI, 1347-1348）。私たちの認識が部分的でしかないということは、それが差異としてしか成立しないということに他ならない。認識が全体的でない以上、ある部分的な認識と別の部分的認識の差異のみが、私たちの時間感覚を作り出していくのである。「それぞれのもの、それぞれの存在、《世界》――そしてつまり認識であるすべてのものは、それ自身の歴史の要素である。私たちは差異しか知覚することができない」(C1, 1334)。

こうしてヴァレリーは、現在という形式を介してしか時間を認識できないという私たちの認識論的な限界を、「離隔」という主体内部の二重性の感覚の問題へと置き換えながら、「時間そのもの」ではなく「時間の感覚」へとその考察の領域を移し替える。そして、この移し替えを媒介しているのが、過去―現在―未来という時間的な関係を、主体と世界の出会い方へと反映させる要因としての「予期」なのである。

このようなヴァレリーの時間論の特徴をふまえたうえで、次章からは、主体と世界のずれが最大になる場合と最小になる場合について検討する。ただし、このずれの大小は、実際にずれが大きいあるいは小さいということではない。私たちの現在は、常に予期と不意打ちをともに含んでいるものである。予期はたいていほどほどには当たっており、しかし完全には当たってはいない。重要なのは、そのときの私たちにとって、この一致の部分が意味をもつか、それともずれの方が意味をもつかである。そのいずれに注目するかによって、私たちと世界の関係は、つまり私たちにとっての時間のあり方は、変わってくるだろう。

一致が意味を持つ典型的な事例は、「リズム」である。リズムは単なる反復とは違うが、しかし予期の成功こそが私たちをリズムの状態にする。そこにおいて、私たちの行為は法則化している。これについては第三章で論じる。反対にずれが意味をもつ場合は「持続」である。先に不意打ちへの適応に関しても持続という言葉が用いられていたが、持続がつくりだされるのは、不意打ちのように世界が主体にとってすでに抵抗として現れている場合もあれば、むしろ主体が積極的に世界とのずれを見出し、世界に抵抗する場合もある。次の第二章で論じたいのはこの後者の場合であり、その典型例として「注意」の状態を扱う。ヴァレリーにとって注意とは、ずれの発見であり、持続の創造なのである。そして結論を先取りするならば、詩は、この両方に関わる。つまり詩はリズムを持ちながら、かつ持続を創造するのである。

第二章　抵抗としての「持続」——注意をめぐって

主体と対象の分離不可能性

ではさっそく「持続」の分析に入ろう。すでに述べたように、持続が生み出されるのは、世界と主体のあいだの「ずれ」が意味を持つ場合である。つまり持続とは、「予期されているものがない」という状態において生まれる。ひとことでいえば、それは「抵抗」ないし「阻害」に会うという感覚である。

重要なのは、世界のあり方が主体の予期に逆らうのみならず、主体のほうが抵抗する意志をもって世界に逆らう場合もありうることだ。「量としての時間すなわち持続（t_1—t_0）の観念は、阻害と抵抗の感覚に帰着する。わたしが抵抗するにせよ、わたしが抵抗をこうむるにせよ」（C1, 1272）。ヴァレリーがあげる持続の例にならえば、たとえば「待っている人が来ない」や「予期された音が鳴らない」といった場合は、私が抵抗をこうむる場合に分類されるだろう。だが本章でとくに分析したいのは、後者の、主体が意志によって抵抗を作り出す場合である。持続の創造の典型例は「注意」である。たとえば同じ対象を見続けることは持続を作り出すことである、とヴァレリーは言う。どのような意味で「注意」は持続の創造であるのか。それはただ対象を意識することとはどのように違うのか。以下、ヴァレリーの議論を詳しく見ていこう。

注意はヴァレリーがかなり早い時期から取り組んだテーマである。『カイエ』の第一冊目となるノートのなかに、のちに「注意」の項目に収録されることになる断章がすでに書きつけられている。第Ⅲ部第二章で扱う生理学の問題との関連で特筆すべきなのは、一九〇四年に精神科学アカデミーが主宰する賞（サントゥール賞）の懸賞論文として「注意論」を投稿していることである。というのもこの賞の審査員には、ベルクソンなどの他、一八八八年に『注意の心理学』を出版した生理学者テオドール・リボーが名を連ねているからである。賞の指定されたテーマが「注意」であると知ってから締め切りまで準備期間が十分にとれなかったこともあり、結局この論文は未完成のまま送付され、審査の対象とはならなかった。とはいえこの投稿の事実は、ヴァレリーのこの問題への関心の高さを示すものであるのはもちろんのこと、ヴァレリーがそれをたんなる個人的な探究の対象として位置づけていたわけではなく、この問題を通じて当時の学問的磁場に参加する意志を持っていたということを明かすものであるといえよう[2]。

ヴァレリーにとって注意の本質とは、注意の対象と注意のシステムの分離不可能性に、より単純に言い換えれば、注意の対象と注意する主体の分離不可能性にある。初期の『カイエ』で、ヴァレリーはこの分離不可能性を「対象の受肉（incarnation）」と呼んでいる。

「人は、注意を向けるものを、少し受肉させる」(C2, 253)。つまり注意は、対象を見守りつつ、しかも身体的に「注意の対象を少しずつ模倣する」(ibid.) ことを含んでいるのだ。主体と世界のずれが持続を生み出すという先の規定と、この「分離不可能性」は矛盾しているように見えるかもしれない。しかし、分離できないからこそずれが意味を持つのが注意の状態である。単なる対象の意識化においては、こうした分離不可能性は存在しない。

この分離不可能性は、主体が非—注意の状態とは異なるある「体勢」をとることによって実現されている。「それぞれ独立した多様な機能に対してある仕事が求められ、その仕事の遂行にはそれらの諸機能が同時的に結合されなければならない場合にはいつも、注意が必要になる。注意とは、こうしてある仕事を実現するために一存在全体がある体勢をとった状態のことである」(C2, 257)。ただ予期に従っただけの行為であったなら、その行為を実現するための諸機能の結合、すなわち「隠された構築物」の組み立ては、半ば自動的になされるだろう。しかし注意においては、諸機能は意志的に組み立てられる(3)。諸機能にとって必要なのは、そうした意志による組み立てを受け入れるような「体勢」を整えておくことである。

たとえば針に糸を通す場合を考えてみる。このとき、「針にうまく糸が通るイメージ」がわたしのなかにある。先立つイメージの存在は注意に不可欠であって、それはただ対象を注視する場合においてさえそうである。「わたしは仮想的に (*virtuellement*) デッサンすることなしにあるものの知覚を明確にすることはできない」(Œ2, 1188)。この「仮想的なデッサン」としてのイメージはただし、ただの内的なイメージではない。それは通すべき糸を持った手と針を持った手への「指示」となって、ただちに行為として現実化されるだろう。「わたしは位置についたと思う——それでわたしは糸を押し出す。この《わたしは思う》は《わたしは見る》に等しく、わたしの指の動きが最も好都合な視覚的指示に直ちに付き従うことが、わたしの指とわたしの目のあいだであらかじめ了解済みだったのである。感覚が、決められ準備の整った身振りへの合図として働く」（C2, 256-257）。

この「思う」と「見る」の等価性、つまり主体が内的なイメージを持つことと現実の自身の手の位置を確認することがぴったりと連動しながら行為が調整されていくこと、これが注意の特殊な「体勢」が可能にする主体と現実の対象の「分離不可能性」である。行為を導くイメージがなくてもこの複雑な行為は成立しないし、イメージが実際の指先の調整と無関係であっても行為は成立しない。諸機能が、予期の場合のように自動的に組み上がるのではなく、現実と関係しながら組み立てられていく、これが注意における「分離不可能性」に他ならない。

諸機能が意志による組み立てを受け入れる「体勢」をとるのは、容易なことではない。むしろ予期のように自ずと組み上がる場合の方が「自然」であり、そのような働きを抑圧して初めて意志は身体を服従させることができる。たとえば紙に（文字どおり）デッサンをする場合、この困難さは誰もが感じるものであろう。必要な注意深さは、まなざしのそれだけではない。実際に紙の上に線を引く「手」もまた、一瞬一瞬の微細な調節を要求される。筆記具を持つ指、筆記具をつつむ手のひら、手のひらをささえる手首など（さらに細かく見ていけば、腰の角度や首の向き、太ももの緊張、つま先にかかる重心など、全身の諸部分が描くことに参加している）をそのつど微細にコントロールしながら、手は、紙のうえに線を残さねばならない。

手がある意味で目以上にやっかいなのは、それ自身の「傾向性（tendances）」（Œ2, 1188）を強くもっていることである。つまり手は、習慣によって形成された動き方の「癖」を強くもつのだ。「注意は、諸行為の自然な流れを一瞬ごとに中断し、決められていく曲線の誘惑に対して用心していなければならない」（ibid.）。デッサンにおいては、手がみずからの「傾向性」を抑圧し、見たままをそのまま描くという視覚を頂点としたヒエラルキーが形成される必要がある。「手を目の意味で自由にするためには、筋肉の意味での自由を手から奪わなければならない」（ibid.）。筋肉に従っているかぎり、「手は、丸みをつけたりこっそり逃れたりする」（ibid.）だろう。必要な調節は、まずはこうした手の「傾向性」を取り除く引き算の調節である。意志によって、手からその「局部的な自由」をうばい、「任意の方向に線を引けるように手を柔らかくする」こと、そうすることによって初めて手や身体全体の「支配」が可能になる（ibid.）。体の各部位が持つ自由、つまり筋肉の半ば自動化した動きを抑圧することによって、注意に必要な諸部位の全身的な調節は可能になるのである。(4)

変化の可逆性

身体の「自然」な動きが抑圧され、意志による諸機能の組み立てを受け入れる「体勢」が整えられた。では具体的に、この体勢が整えられた主体にとって、注意が持続する時間とはどのようなものなのだろうか。

まず確認しておきたいのは、注意が意志による行為の組み立てであるとしても、この組み立てが決して身体の「固定」ではないことである。注意の持続は体勢の安定ではない。たとえばある対象を注意深く見ることとは、決して視線を固定すること、凝視することではない。もっとも、視覚とはそもそも、同じ対象を見つめつづけると次第に視野が濁ってきてしまう、つまり固定しえないものなのである[5]。

かといって、注意深いまなざしはあちこちを自由に動き回るというわけでもない。「部分の感性の増大」(C2, 270)をはかるために、「いわば知覚の通常の全体的変動から免れる」(C2, 258)、というのが正しいあり方だろう。また「注意深く見る」という行為を行っているあいだ、たとえば「歩くこと」や「食べること」といったその他の行為を同時に行うことは難しい。つまり注意の持続においては、まず前提として、目指す行為にとって不必要な機能が干渉しないようにしておくこと、言い換えれば調節の領域を限定することが必要とされる。注意における機能の組み立てとは、「固定」ではなく、調節の領域の「限定」(C2,

264）なのである。非―注意の状態においてはこうした限定はない。「通常の状態において、わたしは任意のひとつの値から別の値への接続として存在する」（C2, 261）。しかし注意は、この任意性と変動性に対して抵抗する。注意とは「拡散に抵抗する可能性」（C2, 264）である。

体勢の固定ではなく、調節が行われる領域の限定。このことが意味するのは、注意の持続においては、領域の限定という「保持」と、その領域内における調節という「変動」、これら二つの相反する二つの要素が共存しているということである。調節の対象となる機能、つまり結合される要素は固定されている。しかしその結合じたいは変わりうるのである。それはあたかも、特定の諸要素のあいだに関数のような結びつきがある状態と形容できるかもしれない。「注意において、わたしは互いに他の関数として組織される変数として自身を見出す」（C2, 261）。たとえば注視の場合であるなら、その特徴は「しかじかの結びつきにもかかわらず、知覚が自由であること、つまり変動しうること」（C2, 260）にある。あるいは同様の事態を説明するのに、ヴァレリーは「平衡を破らずに変動するシステム」という比喩を用いもする。「覚醒し、注意を働かせている存在は、互いに平衡がとれ、しかもその平衡を破ることなくそれぞれ変化しうるような諸力からなるシステムになぞらえることができる」（C2, 259）。「注意とは端的に言って、認識の相次ぐ置換およびそれと相関的な器官の修正の総体である――〔しかし〕器官は、最大限しかるべき関係を保持している」（C2, 263）。

この特定要素の「保持」と要素間の結びつきの「変動」という事態は、時間的な視点からみれば、調整における変化が「可逆的」であるということを意味する。この「可逆性」は、ヴァレリーの注意論に頻出する重要なキーワードのひとつである。「注意の特徴は、可逆変化に似ているということだ――修正のあいだを通して、過去にさかのぼることができるのだ。任意の刺激や変化には抵抗するのである」（C2, 260）。「可逆変化」という言葉づかいは、熱力学の用語を借りたものと考えられるが、ここではひとつのシステムがある状態から別の状態へと移行した場合に、その過程をさかのぼってもとの状態にもどることができるような変化、と理解しておけば問題ないだろう。

非―注意の状態における変化は、夢の状態を考えると分かりやすいが、不可逆である。起こった変化をもとにもどし、はじめの状態にかえることはできない。しかし注意においては、要素が保持されているために、変化をさかのぼることが可能である。たとえば先にもあげた針の糸通しにおいて、意志は、目に見える右手の位置が左にそれすぎたと判断したならば、その現実に鑑みて、手を正しい位置に戻す。行為の調節とはこのように、過去の試行の結果を現在へとフィードバックさせながら、現実との関係のなかで身体的諸機能の結びつきを細かく修正することである。注意とは、「不可逆なものから可逆的なものへ移行する試み」（C2, 262）なのである。「私たちは、相当程度で――偶然が生み出す純粋なる連繫によって埋められ、占められ――構成されている。そしてそのうちの九割九分、私たちは脈絡のない対象と出来事の寄せ集めしか見出さない。私たちは、私たちの生とは、この無秩序なきらめきであると言う。この無秩序なきらめきこそ法則なのだ。この法則に対抗して——点的ないし線的な注意がある」(C2, 267-268)。

注意が持続の創造であるというのはこの意味においてである。「注意とは、明確なもののなかで延長し、連続させようとする努力である」(C2, 268)。それは偶然的で無秩序な私たちの生のなかに、可逆変化が成り立つ特殊な時間的領域を作り出す。「注意は、一定時間内の総和を目指す——注意と持続は——名前が違うだけだ」(ibid.)。これはヴァレリーも整理するように、分割不可能でむしろ「生きている時間」(C1, 1342) に近いベルクソンの持続概念の規定とは全く異なるものであろう。ヴァレリーにとって持続とはむしろ「自然な流れ(*le cours naturel*)を宙づりにすること」(C2, 266) である。そして詩とは、ひとつの持続の創造であるとヴァレリーは言う。装置としての詩が読者に「より完全な行為を要求する」とき、詩は読者をある持続のなかに巻き込んでいる。「詩的な《領域》の創造。〔それは〕持続の領域の創造〔である〕——緊張と引力を備えた。斥力もまた〔備えた〕」(C2, 1113)。

接近することは変形すること

変化の可逆性を確保するという意味で注意は持続の創造であり、自然な流れへの抵抗であると言うことができる。自然な流れが宙づりにされるこの特殊な時間的領域においてこそ、主体は現実と密接な関わりをもつ。現実とのずれを確認することを通じて、この可逆変化としての調節は促進されるからである。しかしそのことは、つまり現実との関わりのなかで諸機能の組み立てを調節しつづけることは、かならずしも現実について正確に「知る」ことにはならない。認識と注意はしばしば両立しない。注意の持続においては、現実に接近すればするほど現実から離れてしまうような奇妙な事態が生じるのである。

「注意とは分離する可能性――現実のなかで識別する可能性――同一の事物から出発し――それを維持しながら、さまざまな段階や差異を見出す可能性のことである」(C2, 263)。つまり注意の持続には段階があり、それは現実のなかでつぎつぎに新しい発見をすること、認識の漸次的な更新を伴っている。「注意は、それが続く持続のあいだ、認識の絶えざる修正を前提として含んでいる」(C2, 254)。それは、先ほどまでそうだと思われていた現実認識を誤りとみなし、それとのずれ、差異において新たな認識にとどく、そのような更新のプロセスである。たとえばデッサンするためにある対象の形を注視する人は、ただ一つの輪郭線を見出して満足するのではない。ただ対象を意識するだけだったならば、輪郭線を構成する諸部分(瞬間的印象)どうしの結びつきは「純粋に線的」で、「イメージは相互に唯一の関係しか持たない」(CE2, 207)だろう。ところが注意の状態においては、明確なまま保持されるようになった諸印象のあいだで、「より豊富な連結が生み出される傾向がある」

(ibid.)。つまり線は一本ではなく複数生み出されるのであり、目は、対象の表面を行きつ戻りつしながら可能な輪郭線をいくつも引き続けるのである。たとえデッサンとして紙のうえに引かれた線が一本であったとしても、それは「無数の線のうちの一本」なのだ。注意の持続において、認識は常に暫定的で、更新される可能性をもっている。注意は差異を意志的にはかりとりながら認識を更新しつづけ、ついには何にせよ認識することが不可能になってしまう状態にまで対象とわれわれの関係を導くだろう。

認識がつぎつぎと更新されていったその果てにあるのは、「対象の変形」(C2, 258-259)である、とヴァレリーは言う。じっさい、ドガの仕事のすばらしさを支えているのは、その注意深さゆえの現実からの解離である。(6) それは、現実との出会いであるはずの注意が、その持続の果てに見せ始める、病的な様相というべきかもしれない。認識の対象と認識する主体が相互に呼び合うように更新されつづけるこの極限的な状況においては、「これらの事物がわたしの注意の関数なのか、それとも私の注意がこれらの事物の関数なのか、わたしは言うことさえできない」(C2, 261)。対象と主体の分離不可能性という注意の本質が極まることによって、もはや「対象」も「主体」も消滅してしまうような次元があらわれるのである。

第三章　行為の法則化――リズムをめぐって

注意の持続においては、主体の側における諸機能の組み立てと対象の認識が分離できないものになっていた。そして、分離できないからこそ両者のあいだのずれが意味をもっていた。ずれこそが、主体においては行為の機械をたえず調節させ、対象については認識をたえず更新するようにうながしていた。

本章では、主体と世界がずれを含みつつも、しかしずれよりも一致が意味を持つ場合としての「リズム」をとりあげる。のちに見るように、リズムは行為の法則化である。この意味でリズムは持続の対極であるといえる。しかし詩に関していえば、それは持続の創造であると同時にリズムを持つ。この相反する二つの性質をあわせもつ点にこそ、読者を拘束するものでありながら行為させもするという、詩の装置としての働きの秘密がある。

リズムと拍子の違い

リズムについて考察するにあたって、哲学的なリズム論の古典『リズムの本質』（一九二三）の存在を忘れることはできない。著者のルートヴィッヒ・クラーゲスは、ヴァレリーとわずか一歳違いの同時代人であり、講壇心理学に反発して独自の「筆跡学」や「表現学」を展開し、その傍らリズムの研究をすすめていた。その成果を一冊にまとめたのがこの著作である。

著作のなかでクラーゲスは、リズムを拍子から区別する必要性をくりかえし主張している。その理由として彼は、独自の生気論的な立場から、それぞれリズムは「生命」、拍子は「精神」という異なる由来を持つことをあげている。事象や形態を「リズム化」するものの正体は、生命そのものであって精神ではない。リズムを人間のうちにのみ認めようと、あるいは宇宙的な構想のなかでとらえようと、その源泉に「精神的規整欲求」(7)を見出す論者たちは、この点においてみな過ちを犯している。こうしてクラーゲスは、過去の多くの哲学者たち――フィヒテ、ヘーゲル、A・シュレーゲル、リーマン、リップス等――を非難の槍玉にあげるのである。(8)

ただし、いわゆる「生の哲学者」の流れをくむクラーゲスにとって、生命／精神という対立した二つの契機は人格のうちにおいて結びつくものである。したがってリズムと拍子は、区別されるべきであるとしても矛盾し相対立するものではない。両者は共存しうるのであり、実際、リズムが拍子づけによって私たちへの作用効果を強める、ということが起こりうる。(9)すなわちクラーゲスの意図は、リズムと拍子を区別し、さらに結合することにあったといえる。

クラーゲスのこうした新鮮な議論は当時、美学、生物学、医学など複数の学問領域にまたがって影響をおよぼした。とはいえ、ヴァレリーのリズム論がじかにクラーゲスの著作の影響を受けた可能性はかなり低い。ドイツ語のできなかったヴァレリーがそれを原書で読むことはありえないし、『カイエ』を見るかぎり人づてに内容を聞き知った形跡も見当たらない。ヴァレリーのリズム論は、かなり早い時期から継続して書かれたものであり、その関心は自身の詩作の実践のなかから独自に芽生えたものと考えるのが正当だろう。『カイエ』の分類項目には「生命（Bios）」という項目もあるにもかかわらず、リズムに関する断章が「時間」の項目に収められていることもその証左であろう。

にもかかわらず、ヴァレリーの分析にはクラーゲスとの重要な共通点がある。それが、上に述べたリズムと拍子の区別である。二人の分析を比較することがここでの目的ではないが、まずこの区別を明確にするところから議論を立ち上げよう。

リズムも拍子も、時間的に展開していくものの分割である、という点では共通している。ヴァレリーにとって両者の差異は、その分割のなされ方にある。

拍子が（すべてがそれと通約可能であるべき時間単位を用いた）印づけの方法であるのに対し、リズムは分割できない諸行為や変化への分割である。――それらの諸行為が見た

ところどんなに変化に富み、無関係であったとしても、リズムは分割である。(CI, 1276)

まず拍子とは何か。それは「すべてがそれと通約可能な時間的単位」に関わる。したがって単純に言えば、同一のものの「反復」に関わる。拍子とは、この反復される「単位」をはっきりと目立たせ、印づけるものである。たとえばトク、トク、トク、と波打つ心臓の拍動は拍子の好例であると言える。単位は「周期」と言い換えても言いだろう。「ドミソドミソドミソ……」のように一定の周期を持って反復する音の列もまた、拍子のひとつだといえる。

一方、リズムはそのような単位を持たない。つまりリズムは周期を持たず、反復でもない。「周期とリズムを混同してはならないし、まして取り違えてはならない。波のリズム、心臓のリズム、などと言うのは正確ではない」(CI, 1282)。なぜならリズムは、「見たところ変化に富むもの」、つまり分割不可能に見えるものに関わるからである。リズムは、そのような変化に富んだ列を、にもかかわらず分割する行為である。分割された諸部分には、「単位」と呼びうるような同一性はない。したがって、だからこそリズムにおいては、「分割」であることが際立つ。拍子は、すでにある単位を目立たせるのであった。しかしリズムは、連続的に変化していくようにしか見えない列に対して、分け目を入れていくのである。確かに、分けられた個々の部分は、同じ長さを持つだろう。したがってリズムもまた規則性に関わるのは事実である。しかしそれは単純な反復ではない。「客観的な反復をもたないリズムが存在する」（CI, 1295）。「リズムが反復を可能にする——あるいは作り出す」のであって、「反復がリズムをもたらすわけではない」（ibid.）のである。

このように拍子は規則的な反復であり、リズムは変化を含んだ規則性である。現象にもとづいて区別するかぎり、こうしたヴァレリーの議論はクラーゲスのそれとほぼ一致している。すなわちクラーゲスによれば、リズムの存立にとって、まず「分割されざる運動様態」[10]が不可欠である。つぎに「できるだけ類似したものができるだけ類似して再帰すること」[11]が不可欠である。それに対し拍子は「同一のものの反復」にすぎない。有名な定式によってひとことでまとめるなら、「拍子は反復し、リズムは更新する」[12]というのがクラーゲスの整理である。

さてリズムが変化を含んだ規則性である、という点で拍子と異なるとすれば、それは「順序」を持つことを意味する。メロディ——「メロディとは諸リズムの要素から成る一システムであり、それじたい上位のリズムを形成する」（CI, 1276）——を考えれば明らかなように、リズムにおいて各時間的諸部分の順序を入れ替えてしまうなら、展開はまったく別のものになってしまう。拍子は単一の時間的単位が反復するのみだが、リズムはある方向を保ちながらなめらかに進行していく。「リズムは数え上げの順序が本質的にそれに内属する、という点で数とは区別される」（CI, 1298）。順序のある継起のなかでは、そのどこに置かれるかによって諸部分はまったく異なる意味をもつ。リズムでは「各要素は物理的に同一であっても（その役割において）異なる」（CI, 1299）のであり、ひきつづく前後の関係は、先に述べた各時間的単位のあいだの差異を生み出す本質的要因である。拍子は同じものを単に「加算する」にすぎないが、リズムは言葉の真の意味において「継起（*succession*）」(ibid.) なのである。

間隙の挿入

さて、拍子との区別で明確になったように、リズムは変化と規則性が共存するところに生まれる。規則が変化を含んでいるとき、あるいは多様であるにもかかわらず規則性が見出されるとき、リズムが存在する。分割できないひとつづきの列を分割するのがリズムである。この「分割」はしたがって、主体[13]の側の行為である。それはまさに「行為」であって、知的に対象を分析すること、つまり「理解」することではない。リズムに乗り、現象と一体化することはできても、それを科学的に分析してしまえば、何の規則も見出されないだろう。「リズムとは、ある列の模倣可能な特性である。模倣可能であって理解可能ではない」（CI, 1282）。では、その分割の行為とはどのようなものなのだろうか。

この分割行為について考えるために、ここでは少し遠回りをして、「分割不可能な列」の例、つまりリズミカルでない展開の例を参照したい。なぜそれが分割不可能かを分析することを通じて、逆に、分割が可能になるための条件が明らかになるだろう。とりあげるのは、一斉射撃における射撃音についてのヴァレリーの分析である。一斉射撃の音を聴くとき、ひとつひとつの銃声を聴き分けることは数の多さと多様性のために不可能である。それは渾然とつながったひとつの塊、ひとつの連続体として聴こえるだろう。仮に散発的に撃たれたとしても、各々の音はバラバラに鳴るためにそこにリズムは存在しない。リズムは変化を含む規則であったが、一斉射撃においては多様性が過剰すぎるのである。

好き勝手に撃つ一斉射撃を聴くとき、射撃手の多さと多様さは銃声の間隔の不規則さ、つまりほぼ連続性といってよいものによって推測される。相次ぐ二つの銃声のあいだに、媒介的な行為のために用いられる、個々の人為的な間隙を挿入させることができないのである。

したがってこの乱射は、継起する銃声を予期することができないということによって特徴づけられる。予期は、過剰あるいは不足によって間違ったものとなる。銃声がある瞬間とある瞬間のあいだにたぶん発せられそうだ、というだけである。私たちは、出来事を知覚することと産出することとを同一のこととして可能にするようなメカニズムを組み立てることができないのだ。リズムとはこの組み立てのことである。産出のメカニズムと知覚を同一なものにする（隠された）組み立てを見出すことが問題なのだ。　（C1, 1283）

引用でまず注目すべき観点は、一斉射撃におけるリズムの不在と、「間隙」との関係づけである。銃声が不規則に感じられるのは、ある銃声が鳴った時点で、次の銃声までの間隙を正しく「予期」できないからである。予期された間隙は常に長すぎるか短すぎるかして、フライングあるいは手遅れの状態になる。つまりタイミングが合わないのである。各々の間隙の長さがまちまちであるために、予期は毎回裏切られざるを得ない。何の規則も持たない偶然の産物だけがある。

逆に間隙が等しい長さをもつならば、予期が可能になる。そして予期されたタイミングと次の銃声が一致するなら、つまりタイミングが合うなら、そこにリズムが存在することになる。間隙は単なる無音の時間ではない。引用にあるようにそれは「挿入」されるのであり、「人為的な間隙」であって、相次ぐ二つの銃声を「媒介」するという重要な役割を果たす。逆に言えば、主体によって適切に予期された間隙に媒介されることを通じてはじめて、まったく無関係であるはずの音と音が関係づけられるのである。

「次のような間隙がある。すなわち、消滅したaと現在のbが結びついていて、その結びつきがあたかもaがbを導いたような間隙が。（……）だが、この間隙の座とはどのようなものか。私たちはそれをこの「わたし」のうちに置くことしかできない」（C1, 1317）。上の引用における「銃声」は、もしそのタイミングが予測可能なものであったなら、リズムのある展開における「強拍」ないし「アクセント」に対応すると考えられよう。つまり、リズムのある展開に即して議論を整理するならば、「強拍」や「アクセント」は、その等間隔さそれじたいがリズムを生むのではなく、主体が「間隙」を予期し、それを挿入することができるときに、リズムが生まれるのである。

　ということは、リズムにおいて強拍が意味をもつのは、むしろその「不在」としてである、ということになる。自身が不在になることによって、強拍は、主体を間隙の産出という能動性へと巻き込むのであり、しかし強拍それ自身は、産出ないし予期の正しさを示すいわば解答のようなものにすぎないからである。身体が反応するのは強拍の不在が続く長さであり、強拍が鳴った直後から主体はその不在に気を配りはじめる。強拍はその不在を喚起し、不在は次の強拍の到来を期待させる。すなわち主体のうちでは強拍の在―不在という二つの項が互いに他を呼び合うようなシステムが形成されるのである。「あらゆるリズムは逆向きの変換を含む。――それは逆向きの――不可分な二つの変換からまさに成る」（C1, 1278）。主体のうちで展開されるのは、こうした在と不在が呼応しあうダイナミズムである。ヴァレリーによれば、そこには「わたしの生と直接的な相関関係」（C1, 1317）が見出されるという。

　ここには、「平衡（équilibre）」を原則とするヴァレリーの生命観が反映している。詳しくは第Ⅲ部であらためて見るが、この考え方によれば、外界からやってくるあらゆる刺激は、生体の平衡状態をみだす「特殊化」であり、生体は、それを再び平衡状態に「回帰」(C1, 1018) させようとして、刺激を相殺するための反対物を、自己のシステムの防衛として産出する。生体は、こうした逸脱とその相殺、ヴァレリーの頻繁に用いたモデルによれば「要求―応答」という相互補完的な呼応関係を、自己の安定のために本質的に備えているのであり、リズムはこの生命の基本的メカニズムと結びついて展開するのである。強拍の不在は平衡を回復せよという「要求」として生体に作用し、その要求への「応答」として、主体は間隔を置いて強拍を産出するのである。「要求―応答」はしばしば頭文字をとって〈D―R〉あるいは〈D. R.〉のシステムと呼ばれる。「継起するすべての現象が、それらのなす列に従って、わたしのうちに漠とした産出のメカニズムを組織することを目ざす。それはただ一つの同一のシステムが現象のすべてを産出するようなメカニズムであり、そのうちでは、現象がD. R. の役割を果たす」(C1, 1302)。いずれにせよ、この点については後にあらためて分析する。

出来事を知覚すること、すなわち産出すること

ところで、すでに第一章で確認したように、予期は「隠された構築物」の組み立てを伴う。「私たちは、私たちのうちの何かが固定するのでなければ――産出するのでなければ、等間隔の打をうつことはできない」(C1, 1310)。リズムにおける間隙の挿入も、一定の時間

をあけて身体を緊張させることを伴う。身体的緊張は、首振りや足踏みといった目に見える動作を伴う場合もあれば、潜在的に筋肉を緊張させるだけの場合もあるだろう。顕在的にせよ潜在的にせよ、こうした予期と結びついた身体の規則的な緊張がまさにリズムを作り出すのである。それは後追い的な「模倣」とは異なる、主体による「産出」である。こうしてリズムは、まさに「わたしの生きる機械を利用して」、「わたしを手段として」（Œ1, 1322）鳴るのである。

一斉射撃についての引用のなかで、こうした「産出」が「知覚」と同一のものになる、と言われていたことに注目しよう。リズムにおいては、予期された間隔をおいて「産出」した強拍のタイミングと、実際に聞かれる強拍のタイミングが一致するために、主体はあたかも自分自身で現象のすべてを作り出しているかのようである。主体のうちに、「諸現象を産出する隠れたメカニズム」（C1, 1302）が組み立てられるのである。リズムにおいて主体と現実の「ずれ」よりも「一致」が意味をもつというのは、この意味においてである。前章で検討した「持続」においては、現実認識の絶えざる更新がそのまま主体の側の器官の修正を促していたのであった。一方、リズムにおいては、あたかも主体が現象を生み出しているかのような、対象との一体化がある。もちろん、すでに確認したようにリズムにも変化の要素はある。リズムとはあくまで「変化を含んだ規則性」である。にもかかわらず、「列を等間隔で区切る強拍」というまさに規則に関わる部分において、主体と現象が結びつくのがリズムである。そして規則において結びつけられている以上、それは一致による結びつけであり、変化という予期をはずれる要素は、不可欠だが付随的な位置にとどまる。

そして、ずれではなく一致が意味をもつということは、主体における行為の組み立てが、「安定」したものであることを意味している。それは安定しているというより、不動になっているといったほうが正確かもしれない。なぜならリズムにおいて行為はもはや法則化しており、この法則のなかで現象との一体化が起こるからである。「私たちの感覚にとって時間の同等さは、単に知覚として存在するのではなく、行為の法則として存在する」(ibid.)。主体はただ同じ間隔を置いて、身体を規則的に緊張させればよい。これは「持続」における行為の組み立てが、認識の更新とともにつねに修正されつづけたのとは対照的である。リズムにおいて、人はなかば機械的な状態になる。「リズムが十全に作用するとき、存在は自動的であり、外部の偶発的な条件は破棄され、排除されたかのようである」(C1, 1278)。

継起的なものの同時存在、その強制力

行為が法則化するということは、その行為が主体にとって「容易」になるということを意味する。強拍の「産出」をつぎつぎ連鎖させていくことは、行為のシステムの確立を促し、行為に伴う苦労を減少させる効果をもっている。リズムが主体にもたらすこうした容易さは、ヴァレリーがあげているように、労働歌などにおけるリズムの機能を説明するものであ

る。ひとたびシステムが完成されると、行為はそれを反復的に稼働させる自動的なものとなる。リズムが始まると、私たちは「使用しうる可感なエネルギーの保存の状態」へと変化し、「より確実に、より明瞭に、骨を折らずに生きる」（CI, 1299）ようになるのである。

こうした行為をたやすくするシステムの形成は、主体にとって、時間のあり方じたいにも変化をもたらす。メカニズムの形成が、あるひとつのエネルギー的な源泉から、継起的な列のすべてが生じた、というふうに主体に感じさせるのである。リズムは「たった一度のエネルギーの変換――放出に含まれていた行為の総体、継起である」（CI, 1276）。発動時に一度だけエネルギーから運動への変換があり、そのあとは自発的自動的な仕方で継起していった運動として、リズムの列が感じられるのである。「ただひとつの同一のシステム」が「継起する現象すべてを産出する」（CI, 1302）。ヴァレリーは、この自発的自動的な運動の継起を、ボールのバウンドになぞらえる。高所から落とされたボールは、最初の「落とす」という運動のきっかけさえ与えられれば、あとは「弾性的復元」（CI, 1296）によって、おのずとバウンドをくりかえすだろう。同様にリズムもまた、一回一回の強拍によってはずみをつけられながら次々とサイクルを喚起していく、自発的自動的な継起と感じられるのである。

リズムのこうした自発的自動的な展開は、その継起に「必然性」を感じさせる。時間のあり方を特殊なものにするのは、この必然性である。リズムが時間にもたらすのは、「継起的なものと同時的なものを介在させる直感」（CI, 1278）である。つまりリズムは、継起でありながら、継起するサイクル同士のあいだに密接な結びつきがあるため、ひとつのサイクルが常にそれ以前のサイクルの記憶や引き続くサイクルの予感とともにあり、あたかも同時に存在しているかのように感じられるのである。「先行するものと後続するもののあいだに、すべての項が同時に存在し、現動しているかのような、しかし継起的にしかあらわれないような、つながりがある」(CI, 1278-1279)。こうしてリズムは主体のうちに行為のシステムを確立させることを通じて、継起的/同時的という時間にまつわる常識的な区別を混乱させてしまうのである。[14]

さらに、必然性を伴うリズムの自発的自動的な運動の展開は、決められた継起の「方向」を感じさせるものである。「方向」は、すでに連繫された諸要素のなめらかなつながりとして示されるだけでなく、その延長に新しい要素を連繫させる「勢い」でもある。いったん方向が定まれば、「この方向に沿って引き続く諸要素が次々と触発されていく」のであり、「系列の萌芽」(CI, 1280)が活発に生み出されていく状態になる。

興味深いのは、感覚しうる具体的な音や線が消えたあとでも、リズムの方向だけは残り続けるということである。「この連鎖が絶たれても——方向はそれでも存在しつづける」(ibid.)とヴァレリーは言う。知覚が途切れても主体のうちにはシステムが残存するのであり、身体は余韻のようにリズムを「産出」しつづけるのである。このことは、リズムが方向を持つということが、生体にとって「容易さ」をもたらすと同時に、「強制力」としても働く、ということを意味している。感覚が終わっても残る強制力は、リズムの始まりにおいてすでに強く作用するものである。「現象の始まりでさえ、そこに居合わせる生物にその全体を真似させるのに十分である」(C1, 1276)。

つまり、リズムにおける現実と主体の一体化は、一方で、「産出」と「知覚」の一致、つまりあたかも現象を自らが産出しているようなこころよい感覚をもたらすと同時に、他方では、現象が主体を支配し強制するような契機をも含んでいるのである。リズムのもつこうした強制的な側面は、ヴァレリーにとって、詩を作ったり詩を読んだりする場面で重要な働きを果たすものであった。

あるとき、ヴァレリーは仕事の骨休めにと散歩に出かけた。すると、通りをめぐっているとき、不意にヴァレリーはひとつのリズムに捉えられる。「わたしは突然、あるリズムに捉えられた。それはわたしに課せられ、すぐに異物のような機能作用(un fonctionnement étranger)という印象を与えた」(Œ1, 1322)。「あたかも誰かがわたしの生きるための機械を利用しているかのようであった」(ibid.)。そのリズムはヴァレリーの歩くリズムと組み合わさって複雑なものとなり、ヴァレリーが通常利用可能なリズム能力をはるかに超えるような複雑さに達した。それはヴァレリーにとって「ほとんど苦痛、ほとんど不安」(ibid.)なものであった。リズムは結局二十分ほどで消えたが、そのあいだじゅう、リズムはただリズムであったのではなく、ヴァレリーの思考をおおいに刺激するものであった。「非常に興味深いことに、純粋に筋肉的なものである行為の体制と、イメージ、判断、推論のさまざまな産物のあいだに、ある可能な相互修正があるということを認めなければならない」(Œ1, 1323)。リズムのこうした力は、たとえば『海辺の墓地』のような詩作品をつくるきっかけになったし、また読者が詩を読む際にも、装置が読者をとらえ、十全に行為させるのに不可欠な要素となる。

詩を作る際および読む際に関わるより具体的な強制力として、ひとつだけ、「脚韻」の例をあげておこう。脚韻は、定型詩のリズムにおいてひとつのサイクルの「終わり」であると同時に、次のサイクルを展開させる「始まり」でもある。「サイクルはいかにして閉じられるか、詩句の切れ目――この語は、(……) 詩句がひとつの伸び、回転する運動であることを示す」(C1, 1280)。重要なのは、ヴァレリーが、脚韻の効果を分析するにあたって、韻による思いがけない語の重ね合わせという内容に関わる効果以前に、形式的な効果、すなわちサイクルのつなぎめという脚韻が詩のなかで占める位置それじたいに由来する効果をこそとりあげている、ということである[15]。

ヴァレリーによれば、脚韻とは、「規則が思考に対して周期的に与える暴力」(C2, 1084) である。「脚韻のもつ規則上の策略が (決してあらかじめ考えられた計画ではないが)、意識のつくるさまざまな偶然の、素朴で絶え間ない連鎖を、約束によって体系的に再生産することを狙い、要するに、私たちの本来の連続にとってありそうもないことを思い起こさせる」

(ibid.)。詩を作るないし読む精神のうちには、詩の文脈にしたがって、自然な観念の連合が形成されている。この観念の連合を、脚韻はいったん破壊し、その外に出るようにと強制するのである。私たちは「私たちの《観念》の外に連れ出」され、「《観念》の周囲にある無数のものに触れる」(ibid.) ように刺激される。この破壊と解放をもたらすがゆえに、脚韻は、観念の連合に対して不意打ちのような効果を持つ。もっとも、不意打ちといっても脚韻は規則の範囲内での不意打ちであり、主体を動揺させ混乱させるような種類のものではない。むしろそれは、硬化した予期をずらすこころよいものだろう。脚韻は、「私たちの精神の歩み」を逸らす、「きまぐれなカーブ」(C1, 1084) である。それはおおいに創造的なきまぐれである。「脚韻は (……) 一群の観念、すなわち夢想だにしなかったような一群の組み合わせを生じさせるという魔力を持っている。人は、自身にまったくなじみの無い思考を作らされるのである」[16] (C2, 1079)。第I部で見たように、古典主義者として詩をつくることは形式の可能性を汲み尽くすという歴史的な営みに参加することに他ならないが、ヴァレリーの詩作は、まさに定型詩という形式の創造性を見出すための創作である。創造性を支配するのは、詩人ではなく形式のほうなのである。リズムの強制力はこの形式的創造力の別名に他ならない。

生の限定

このようにリズムは、生きる者にとって「たやすさ」をもたらすと同時に「強制力」としても働く。最後に、このような性質をもつリズムが「生」にとってどのような意味をもつのかを明らかにし、リズムの分析をまとめることにする。

生とリズムの関係は、先にあげたクラーゲスにとっても非常に重要な問題であった。クラーゲスは、リズムに生命的なものとのつながりを積極的に見出し、生命こそが現象を「リズム化」すると主張していた。「リズムのなかで振動すること」は、「生命の脈動のなかで振動すること」を意味し、「抵抗にたいする生命の優勢の度合いに応じて」人はよりリズミカルになるのである。[17] クラーゲスにとって、リズムは「抑制からの解放」であり、喜ぶ者が怒る者より、若者が老人より、酩酊が素面よりもリズミカルなのは、前者においては抑制が脱落し、生命そのものが解放されているからである。[18]

ヴァレリーもまた「生きることのたやすさ」を実現するものとしてのリズム、という主張を行っている点では、クラーゲスに一致している。しかし仔細に見れば、その主張は正反対とも言いうる局面を持っていることがわかる。

リズム状態――保存的状態――(雰囲気)――法則をもつ状態――

歌やダンスが始まると、聴覚や脚に何らかの変化が起こるだけでなく、私は別様に組み立

> てられ、組織されたかのようになる。私は状態の変化をこうむったのだ。――(それは睡眠から覚醒への移行と似ている)温度のようなものが変わる。私の内的な結合が他のものになる。
>
> わたしはこの奇妙な変化を、利用しうるエネルギー――(運動のための)――の可感な保存の状態へと移行したのだ、と考える。人は、前よりも確かに、明瞭に、骨を折らずに、生きる。(……)
>
> 行為は次第に経済的に、はっきりと形をなすようになる。それらは正確にエネルギーに比例するようであり、そのエネルギーは犠牲もなく、損失もない。　(C1, 1299)

すでに論じたように、変化を含むとはいえ規則性を持つため、リズムは、自身を「刻み」「産出する」ように主体を誘いこむ。居合わせた主体のうちには、一定の間隔をおいて応答を反復する行為のメカニズムがおのずとでき、このメカニズムの組み立てがエネルギーの節約、あるいは苦労の減少というしかたで、生きることの「たやすさ」を実現する。さらに、この「たやすさ」は「確かさ」や「明瞭さ」、つまりはっきりと形をなす行為の「迷いなさ」と結びついている。つまりヴァレリーにとってリズムは、行為の無駄をなくし、指針を与えてくれるものなのである。クラーゲスにとってリズムが「解放」であったのに対し、ヴァレリーにとってリズムは「限定」であり、限定することによって「たやすさ」を実現するものなのである。ここにはクラーゲスとヴァレリーそれぞれの生とリズムの関係をめぐる考えの差異がはっきりとあらわれている。この差異はリズムに対する考えというより、生に対する考え方の差異に根ざすものであろう。ヴァレリーにとって生とは、限定を必要とするものなのである。

「限定」によるたやすさは、行為への「没頭」と結びついている。リズムが作り出すのは、「すべてが行為であり、沈黙さえ行為であるような時間」（C1, 1296）である。それは迷いも憂慮もなく、産出と知覚の一致が続いていく調和的な時間だ。そうした時間のなかで、行為への没頭は「行為による陶酔」（Œ2, 169）さえもたらす、と明らかにニーチェ的な言葉使いを多用した対話篇『魂と舞踏』の登場人物ソクラテスは言う。この対話篇で語られる陶酔への熱望の背景にあるのは、「知る」働きによって「あるがまま」であることを妨げられている人間のありように向けられた絶望である。「人間は何のためにあるのか。——人間の仕事は知ることである。知るとは？　知るとは何か？——間違いなくそれはあるがままではないことです」（Œ2, 168）。反省的意識の絶えざる介入によって常に自己を二重化せざるを得ない人間は、自己でなくなることを運命づけられた存在、自己自身から身を引きはがすために生きる存在である、というのがここでのソクラテスの主張である。人間の生がこのようにむなしいと気づくことは、ひとを「錯乱」させる恐怖、もしくは「全くの嫌気」（ibid.）の状態に陥らせるだろう。クラーゲスが解放しようとしたありのままの生は、この対話篇の登場人物たちにヴァレリーが語らせているところによれば、「錯乱」や「倦怠」しか生まないのである。

ソクラテス　エリュクシマコス、ということは君はすべての陶酔のなかでもっとも高度なもの、大いなる倦怠に対する反対物は、行為による陶酔だとは思わないのかね？　我々の行為、とくに身体を活気づかせる行為は、我々を不思議で驚嘆すべき状態にする……それはあの哀れな状態、先ほど想像した不動で明敏な観察者を放っておいた状態からはもっとも遠い状態なのだ。

パイドロス　しかしもし、何らかの奇跡によって、その観察者が突然ダンスに夢中になったら？……もし彼が身軽になるために明晰であることをやめたとしたら？　もし彼が無限に異なるものであろうとし、判断の自由を運動の自由に取り替えようとしたら？

ソクラテス　そのとき彼は、我々がいま明らかにしようとしていることを一瞬で教えてくれるだろう。　(Œ2, 169)

目的のない人間的生を生きなければならない空しさがもたらす「大いなる倦怠」に対する薬は、身体を活性化させる行為によって「陶酔」を得ることである。陶酔は「観察者」としての明晰さを失わせはするが、人間を「身軽」にする。ここで三人の話者たち――ソクラテス、若き弟子パイドロス、医者のエリュクシマコス——はいま、リズムにのって軽快に踊る踊り子たち、アクチテ、ロドニア、ニポエ等のかたわらにいる。各様のアプローチによって生について「知」ろうとする三人の話者たちが、「自身のまわりに等しく押し寄せる」多数の考えのせいで「ためらって」(CE2, 165) しまうのに対し、目の前の踊り子たちは目を閉じ、「音楽と運動の非常に微妙な精髄のなかで、実に楽々と生きている」(CE2, 170)。思考をめぐらすことは行為の選択肢を増やすが、皮肉なことに、「豊かさは動けなくする」(CE2, 165)。むしろ単純であっても可能な一つの行為に没頭しているほうが生きるためには有効であり、「自分がある出来事と化すのを自分のうちに感じる」(CE2, 158) ことほど素晴らしいものはない。思考操作をも「行為」とみなすヴァレリーの体系のなかで、精神の働きは必ずしも行為に対する阻害要因ではないが、反省のもたらす「不確実さ」から「行為の確実さ」へと至らしめる契機として、リズムは重要な位置を占めているのである。

このようにヴァレリーにとってリズムは茫漠とした生に「限定」を与えてくれるものであり、その背景にはこうした「知」ろうとするあまり生きることに没頭できない人間のあり方に対する不安があるのである。

したがってリズムは、生体にとって強制力として働き、だから、こそ生きることをたやすくする。リズムが生体に与えるこうした力は、ひとつの個体の調子に影響をおよぼすのみならず、個体と個体をつらぬいて生体のあいだに類的なつながりをつくりだす力でもある。そしてこのリズムによるつながりは、宇宙的な構想のなかで、原子から細胞へ、細胞から個体へ、個体から類へとレベルを超えて生をつらぬくものとされる。もっとも、こうした宇宙論的な視点はヴァレリーのリズム論全体のなかでは珍しいものであり、それが見られるのは「死すべきものについての試論」（一八九二）という最初期の未発表テクストにおいてである。そのなかでヴァレリーは言う。「存在物は連続《セリー》によって成り立っている。限られているがゆえにリズムがあるのである。点であるひとりの人間は、リズムに基づく連続、すなわち「人類」に由来する(19)」。この類的なリズムの連続のなかで、個々の人間とは、リズムとともに生み出される諸要素の組み合わせの偶然的な産物である。そしてまた同時に、そうした産物である私たちの存在が、逆にリズムをそのもともとのあり方から変質させもするだろう。「世界は、あるリズムに従って、それからリズムをさまざまに変化させつつ配置されるその諸要素の数により、限定されている。これらのリズムすべては限定の原則を運んでいき、おのれが分裂するにさいしてその原則を広める。リズムが原始的なものから遠ざかるほど、それは持続しないだろう(20)」。個体同士がリズムによって結び合わされているのであれば、このテクストのテーマである「死」は、個体の限界を超えて伝播するはずである。「死はわれわれ以外の人々を襲う(21)」。

＊

さて第Ⅱ部ではここまで、刻々と変化する主体と世界の出会い方としてのヴァレリーの

「持続」を、「現在」の位置づけを見た上で、主体と世界のずれが意味をもつ場合としての「持続」を、注意を例にとりながら分析し、そのあとで逆に一致が意味をもつ場合としての「リズム」について考察した。「持続」においては、主体が世界と分離できない体勢が整えられているがゆえに、認識の更新がつねにずれとして感じられ、主体における行為のための機械もそれに連動して調節された。一方「リズム」においては、主体の産出と知覚が同一化する体勢が整えられ、行為はたやすいものになるが、逆に行為の自動化が主体にとっての強制力として働く側面もあった。

ところで、第II部においてわれわれは、世界と主体の関係を考え、詩については正面から論じなかった。世界に相対することと、詩に相対することは、体験としては全く異なっているように見える。一方はまぎれもない現実であり、他方はあくまで記号のつらなりだ。第II部の議論を、われわれはどのようにヴァレリーの芸術哲学と結びつければよいのか。「世界」と「詩」を同じ枠組みで論じることなどできるのか。

結論から言えば、ヴァレリーにとって装置としての詩は、まさにひとつの「世界」ないし「現実」のようなものとして読者が相対するものである。世界が主体に対して刻々と関係を変えながらあらわれ、その行為の組み立ての仕方を左右するように、詩もまた、さまざまな時間的な構造を作りながら主体に行為をうながす。一方でリズムが、読者を拘束しつつ行為へと誘い込む。他方でその持続としての側面が、さまざまな仕掛けによって生み出される斥力と引力の効果によって、行為の機械の微細な調整を読者に促すだろう。「行為」という視点から見るかぎり、「世界」も「詩」も同じ様にその重要な相関物なのだ。

文字どおりの現実とは異なるが、あるひとつの「世界」を立ち上げるものとしての詩。この考えこそ、ヴァレリーが、「詩的宇宙」という概念によって言い表そうとしたものに他ならない。詩的宇宙という概念はしばしば音楽とのパラフレーズによって語られる。音楽は、「感覚を行為に対応させる、十分に明確にされた手段の完全な総体」（Œ1, 1367）を持っている。この手段の総体を、人は「ただ教えられるのではなく、深く浸っており親密に備えている」ものであるがゆえに、「鳴らされたひとつの楽音はそれだけで全音楽的宇宙を喚起する」（ibid.）。一方、詩は「楽音の一体系」のようなすでにある手段をもっていない。それゆえ、通常の言語という素材を用いて、「詩人はそのつど、他方〔＝音楽家〕がすでに整い準備されたものとして見出すものを、創造ないし再創造しなければならない」（Œ1, 1368）。つまり詩人は「装置」として、言語を組み立てなければならないのである。この点において詩人は不利であるが、しかしそれに成功したならば、詩は読者に、「詩に特徴的な宇宙の感覚」（Œ1, 1363）を喚起するだろう。この「宇宙」という表現は、詩的な感覚が、「ひとつの世界、つまり諸関係の完全なシステムを知覚する傾向」（ibid.）のうちにあるということを意味する。「この世界のうちでは、存在、事物、出来事、行為が、それらが借りてこられた感性的な世界、直接的世界をみたし、組織しているところの存在、事物、出来事、行為と、ひとつひとつ似ているとしても、一方で、私たちの一般的感性の様態と法則に対して、名付けようのない、しかしすばらしく正確な関係を持っている」(ibid.)。

つまりヴァレリーにとって詩とは、読者に対して、「宇宙の感覚」、つまり現実の世界とは異なる別の、しかしそれ以上に完全なる「世界」のうちにあるという感じを与えるべきものである。ひとつの世界といっても、それはフィクションや空想のようなものではない。それが世界であるのは、何より「私たちの感性」に対して「すばらしく正確な関係」でもって働きかけてくるからである。そして、詩が喚起する「世界」の完全性は、読者の感性のあり方の完全性と相関的である。すでに第Ⅰ部で検討した箇所で、ヴァレリーは語っていた。「詩は、リズムによって読者の筋肉的組織を興奮させ、その言語能力を解放し爆発させその最大の働きにまで高め、読者を深みにおいて秩序づける。というのも詩は生ける人間の統一と調和を喚起し、再創造することを目指すからであり、その並外れた統一は、その能力の一つをも遊ばせておかないような強い感じに人間が取り憑かれたときに現れるものなのである」(ŒI, 1375)。

こうして読者は、装置としての詩によって、ある世界の感覚とともに諸能力のすべてを活動させられ、その存在を秩序づけられる。そのときに達成されるものこそ、第Ⅰ部で確認した、詩が読者に促す「より完全な行為」に他ならない。私たちが現実世界と出会うさまざまなあり方を時間という観点から考察したこの第Ⅱ部は、この「完全な行為」によって結びつく、「世界の感覚を与えるものとしての詩」と「読者」の関係およびその関係の意義を把握するための足がかりとなるだろう。詩は、ひとつの世界として、最終的に私たち人間＝読者の能力を開発することを目指す。では、そもそもさまざまな能力を備えた存在としての人間とはどのようなものなのか。この点について考察することが、つづく第Ⅲ部の課題である。

Ⅲ　身体

さて第Ⅲ部では、すでに予告したとおり、詩との関わりに注目しながらヴァレリーの身体をめぐる考察を整理していく。ヴァレリーはどのようなモデルを用いて身体を捉えようとし、どのような点において同時代の身体についての議論を更新しようとしていたのだろうか。

ここでひとつ断っておきたいのは、本書では「身体論」の対象領域を、ヴァレリーが必ずしも「身体」という言葉を使って論じていない問題にまで広げて考察する、ということである。ヴァレリーには（本書からすれば狭義の）身体論と言えるテクストが存在するが、本書の身体論はこのテクストのみを扱うものではない。ヴァレリーは、意識や思考といった精神的な働きも、歩くことや食べること、あるいは性交することといった身体を物理的に動かす働きと同様、人間がもつ「機能」ないし「能力」のひとつとして捉える。つまり人間が為しうることは、精神的なものにせよ、物理的な作用を及ぼすものにせよ、本能に関わるものにせよ、すべて一元化して「機能」「能力」という語で同列に扱うのである。この第Ⅲ部では、この同列の扱いそれじたいを問題にしたい。そこで以下の議論では、「あらゆる機能ないし能力の場」という程度のゆるやかな意味で「身体」という語を用いながら、ヴァレリーの整理では「心理学」「身体論」「感性論」など多岐にわたるカテゴリーに分類される、しかしそのすべてが「機能」や「能力」と呼ばれるものについて、それがなぜ機能や能力と呼ばれるのかという問いのもとに、分析を進めていく。したがって本書で言うところの身体論の内実とは、機能や能力とは何かについて明らかにすること、またさまざまな機能や能力のかたまりとして捉えられる私たちとはどのようなものかを明らかにすること、である。

第一章　《主観的》な感覚

補色の知覚をめぐる実験

議論の手がかりとしてまず参照したいのは、一九三〇年代以降のヴァレリーが頻繁に言及している、ある現象である。この時期、ヴァレリーは講演や刊行物などパブリックな場で意見を述べる機会を増やすようになる。そのような場で、ヴァレリーはしばしば自身の詩の理想、芸術の理想について語ることを求められた。その際に、理想的な詩のあり方、芸術のあり方を聴衆や読者に納得させるために、比喩以上のものとして援用されるのがこの現象である。なぜそれが「比喩以上のもの」であるかというと、ヴァレリーは、この現象それ自体を、一種の芸術的現象として、しかも芸術が与えうる効果としてはきわめて理想的な現象として見なしているように思われるからである。しかし、この現象を芸術の名に含めることは、常識的な感覚からするときわめて奇妙な印象を与える。なぜならこの現象は、身体に関わるものではあるが、詩や作品とはまったく呼べないものだからである。(1)

そのような多数の「用例」のなかから、ここでは『フランス百科事典』の第十六巻および第十七巻「現代社会における芸術と文学」の序言として依頼され、一九三五年に公開されたテクストを参照しよう。この序言は十四の断章から成るが、以下はそのうち八番目の断章である。やや長いが断章の全文を引用する。

Ⅷ　前述の点に少しこだわって、その重要性を明らかにするために、ある現象、特殊で、網膜の感覚能力に由来するある現象に拠るのがよいだろう。網膜のある強い印象から始まって、この器官は、自身に印象を与えた色に対して、ある別の色、いわゆる最初の色の補色であり、最初の色によって完全に決定される色の《主観的》な放出によって応答する。補色はその前の色の回復に順番をゆずる、そして以下同様。この種の振動は、もし器官の衰弱がそれに限界を置かないとしたら無限に続くだろう。この現象が示すのは、局部的な感覚能力が、そのそれぞれが必然的に自身の《解毒剤》を生むように見える継起的でシンメトリックな印象の、孤立しうる生産者として振る舞いうる、ということである。さて、一方ではこの局部的な特性は《有用な視覚》においていかなる役割も果たしていない――それどころか、《有用な視覚》を乱すことしかできないのである。《有用な視覚》は、印象から、他のものを考えさせたり、ある《観念》を目覚めさせたり、ある行為を喚起するために必要なものしかとどめておかない。他方、補色の対による色の画一的な対応は、ある関係のシステムを規定するものである。なぜなら現実の各色に対しては潜在的な各色が応答し、色の各感覚に対しては決められた置換が応答するからである。しかし、《有用な視覚》においてはいかなる役割もはたさないこうした関係やこれに類する関係は、私たちが先ほど芸術の概念にとって根本的なものとして考察した、感性的な事物の組織化や、生存的な価値はない印象に対してある種の二次的な必要性ないし有用性を与えようとするこの試みにおいては、非常に重要な役割をはたすのである。(2)　　(ŒI, 1407-1408)

現象それじたいは分かりやすいものだろう。たとえば鮮烈な青色の紙をしばらく見つめたあと、ふいに白い紙に目を移すと、青の補色である黄色が白い紙の上に浮かびあがる。浮かびあがったその黄色をさらにしばらく見つめていると、やがてそれは減衰していき、今度はふたたび青色が見え始める。すると青が減衰するのを待ってふたたび黄色が復活し……というして、もとの青色から始まって補色関係をなす二つの色が交互にゆずりあうようにして減衰と復活を繰り返す、という現象である。〈青〉は〈黄〉を打ち消す「解毒剤」であり、同様に〈黄〉もまた〈青〉を打ち消す「解毒剤」として働く。網膜という「局部的な感覚能力」の特性に由来するこの現象が、ヴァレリーによれば「芸術」という観念の根本に関わる条件と結びつくものであるという。それはいったいどのような意味においてなのか。この現象からヴァレリーがひき出している考察をひとつずつ検討することによって、なぜそれが「芸術」と結びつくのか明らかにしていくことにしよう。(3)

まず注目したいのは、断章のなかほどで、この補色の現象が「有用な視覚」においては何の役割もはたさない、ひとことで言えば無用な感覚であるとされていることである。ここで言う「有用さ」とは、端的に生物が生きていくうえで必要かどうかという「生存にとっての有用性」である。私たちの日常的な視覚が対象をとらえるやり方は、決してそれを色のついた面の集まりとしてとらえるというような純粋に視覚的なものではありえない。犬なら犬、木なら木という概念として対象をとらえるのだし、その概念は、何らかの観念を喚起したり、場合によっては「逃げる」「登る」といった行為を、すぐさま私たちに促すだろう。みずからが生きていくうえで必要な情報だけを印象から取り出し、そうでない情報は捨象すること。これが私たちの視覚のあり方である。「私たちは私たちが見るものを見ない。私たちは、見られたものが私たちに見ることを期待させるものを見るのである」(C1, 1162)。個々の生物は、生存にとって必要な情報だけを見ているのであり、そうでないものは、見ていないのに等しい。

そのような生存にとっての有用性に鑑みたとき、補色の知覚が「役立たない」のは明らかである。いわば目に焼き付くような二色の交互明滅のあいだ、目は他のものを見ることができないわけであるから、それはヴァレリーが言うように、役立たないというよりむしろ「乱す」ものであるというべきだろう。補色の現象は私たちの生存にとって確かにまったく「無用な」感覚である。

しかしここでの主張が、芸術とは、生存に役立たない感覚、私たちが普段捨象している感覚を扱うものである、というだけならば、その主張じたいはとりたてて珍しいものではないだろう。たとえば、モーリス・ドニが『新伝統主義の定義』（一八九〇）の冒頭にかかげた有名な一節、「絵画が——軍馬や裸婦や何らかの逸話である以前に——本質的にある秩序で集められた色彩で覆われた平坦な表面であることを、思い起こせ[4]」は、絵について述べられたものではあるが、まず対象を概念ではなく色面としてとらえよという命令に他ならないし、あるいは芸術家のまなざしの特殊性ということだけなら、ランボーの「見者」の概念もこれに相当するものだろう。はたしてヴァレリーは、単に芸術家とは生にとって役立たない感覚や、普段人々が見落としている感覚を救済する存在である、ということを主張するためにこの補色の現象を持ち出しているだろうか。ただ「無用な感覚」の例として、補色の現象は扱われているのだろうか。

もちろんそうではない。単に私たちの通常の視覚が見落としているものについて述べることが目的ならば、たとえば卵ひとつひとつの形の違いや果物の輪郭の複雑さ、葉一枚一枚の色味の違いなど、まなざしを注意深くすることによっておのずと発見されるような視覚の細部に関わる現象を事例として採用するのが自然であろう。私たちの目的指向的な視覚が「捨象」しているそうした細部は、観察的な態度をとりさえすれば無限に私たちの目にあらわれてくるはずのものである。しかしヴァレリーがここで読者に要求しているのは、そのような「観察」の注意深さではない。ここで問題になっているのは、網膜に強い色覚的刺激を与えるという一種の「実験」である。実験という特殊な状況下に目をおくことによって得られる補色の連鎖という現象は、それが起こる条件が特殊なのであって、私たちの目的指向的な視覚が、つねにそこにあるにもかかわらず知覚しそこなっている情報、つまり「捨象」していた情報というわけではない。つまりヴァレリーはこの補色の現象に関して「有用／無用」という対比を用いているが、その芸術論としてはありふれた見かけに反して、実はかなり特殊な議論をしようとしていると考えねばなるまい。

結論からいえば、ヴァレリーがここで問題にしているのは、視覚情報ではなく私たちの網膜ないし視覚の特性、機能のほうである。ヴァレリーが論じようとしているのは、対象の細部や厳密な形といった生存にとって役に立たない視覚情報についてではなく、私たちの目が持っている、生存にとって役立たない機能なのである。このことをヴァレリーは先の断章で、視覚情報が扱われる二通りのやり方を区別しながら論じている。一つ目の扱われ方、「有用な視覚」におけるそれは、受け取った視覚情報が、観念や行為を喚起するためのきっかけとして処理される場合である。「喚起する」ということは「喚起するもの」が「喚起されたもの」によって置き換わることを意味する。ヴァレリーはこれを、のちの断章XIIで「転移的（transitives）」（CE1, 1409）と形容する。たとえば眼下に広がる一面の青は、有用な視覚においては決して〈青〉という感覚刺激のままではありえず、ただちに転移して〈海〉という観念へと置き換えられるだろう。つまり有用な視覚においては、うけとられた印象はそのままとどめ置かれることなく、すぐに観念や行為といった感覚情報以外のものに移行し、それによって置き換えられてしまうのである。

一方、このような転移が起こらない場合が、有用でない、無用な視覚の場合である。まさに補色の現象の場合がそうであるが、この非転移的な感覚においては、印象が観念や行為によって置き換えられずに、いつまでも感覚情報のまま保持されつづける。この感覚の処理方法が「無用」であるのは、目が「知性が除外し通過しようとするものを反復し、引き延ばそうとする」(ŒI, 1408-1409) からである。印象へのこうした停留は、ただ対象を見つめつづけることだけでは起こらない。感覚が感じられるのは、〈青〉なら〈青〉が新たに知覚されたという「変化」を通じてのみだからである。したがってそれは、〈青〉に対して〈黄〉が応答し、〈黄〉に対してふたたび〈青〉が応答するという閉じた交互回復の連鎖をつくることによって成立する。こうして初めて、感覚の転移は阻害され、目はいつまでも視覚情報の連鎖の中に閉じ込められるのである。

つまりヴァレリーがここで有用／無用という対比で語ろうとしているのは、目的が外部にあるか、それともそれじたいのうちにあるか、つまり目的の所在の違いである。有用な視覚が転移的であるとはすなわち目的が感覚刺激の外部にあるということであり、無用な視覚が停留的・反復的であるとはすなわち目的が感覚刺激それじたいのうちにあるということである。重要なのは、刺激に対するこの異なる二つの操作が、両者ともに網膜というひとつの器官の持つ機能だということである。先にも述べたように、ここでヴァレリーが問題にしようとしているのは、刺激の種類ではなく器官の働かせ方の種類である。ひとつの器官は、その機能を実用的な目的のために用いることもできれば、それ自身のために用いることもできる。同様の視点は、たとえば詩と散文の違いとも重ねられる歩行とダンスの違いに関しても見られるものである。「しかしダンスがこれほど歩行や実用的運動と異なるとしても、ダンスはこれと同じ器官、同じ骨、同じ筋肉を、別の仕方で調節し別の仕方で興奮させられた状態で用いているのだという非常に単純な指摘に留意してください」（Œ1, 1330）。

産出する目

しかし、器官にはさまざまな働かせ方があるということを説明するために補色の現象を事例として用いることは、ダンスを事例として用いることに比べて、やはりかなり異様な印象を与えるものである。そして異様であるからこそ補色の現象は、ダンスでは気づき得ないさまざまな視点や問いを私たちに気づかせてもくれるものでもある。そうした視点のひとつとして次に注目したいのは、上の断章においてヴァレリーが「放出」ないし「生産者」という言葉を用いていることである。感覚刺激それじたいにとどまるために、目は〈青〉や〈黄〉を受け取る一方で自ら「産出」しもするのである。補色の例がもつ異様さのひとつは、この「目が産出する」という事態にある。「産出」という言葉じたいはたとえばリズムを説明する際にも用いられていたが、目に対して同じ語を用いるとはヴァレリーのどのような意図のあらわれなのか。

言うまでもなく、目は通常、耳や鼻と同様に外的な刺激を「受容」する器官として理解されている。音や色、匂いといったそれぞれの器官に固有の刺激を外界から受け取り、通常はそれを「転移」させることがこれらの器官の機能である。しかし上の断章において用いられた「放出」「生産」という言葉には、この一般的な理解を修正しようというヴァレリーの意図があらわれている。じっさい、断章Ⅻをヴァレリーは次のようにまとめている。「この芸術の分野においては基本的で必要不可欠な事実の分析は、人々が感覚能力に関して通常持っている観念をかなり深く修正するようにみちびくものである。人はこの感覚能力という語のもとに純粋に受動的ないし転移的な諸特性をひとまとめにしているが、しかし私たちはそれに、産出的な力も割り当てなければならないということを認めた。そういうわけで、私たちは補色的なものについて力説してきたのである」(Œ1, 1409)。

感覚器官が通常そう思われているような受動一辺倒のものではなく、産出的な力を持っているとはいっても、この場合の産出が完全に能動的なものではないことに注意しなければならない。目は〈青〉に対して〈赤〉や〈白〉を自在に産出することができるわけではない。光学上の性質にしたがって補色である〈黄〉を産出することだけが可能なのであり、目に許された選択肢はない。「解毒剤」という言葉をヴァレリーは使っていたが、いったん打ち消すことによって〈青〉がふたたび回復するように、つまり〈青〉を求めて、目は〈黄〉を産出するのである。ここで〈青〉は欲望の対象であり、欠如の対象である。「私たちのうちには、はじめの知覚を保存し、あるいは再創造しようとする傾向の欲望、欲求、つまり状態変化作用が存在するのである」[5]。

一器官が反射的に行う反応に対して「欲望」という言葉を使うのは、比喩による説明にすぎないと思われるかもしれない。この点についてはのちほど「要求―応答」というヴァレリーが多用するモデルに関連する問題としてあらためて考察することにして、ここではひとまずヴァレリーの説明に耳を傾けることにしよう。感覚器官の産出に関してまとめるならば、それが完全に能動的でなくまた自由を欠いているのは、それが欠如という仕方で外的な刺激によって束縛されており、欲望や欠如に促されての、やむにやまれぬ産出だからである。感覚器官が産出するものは「興奮の欠如を補う応答、補完物であり――あたかもこの欠如は、それを私たちは単なる否定形で表すわけだが、私たちに積極的に働きかけるかのようである」(CE1, 1409)。

興奮の欠如が産出を促し、産出物が興奮を回復させると、その満足の減少がまた欲望を生んで感覚器官を産出へと向かわせる。「感じることにとどまる」とは決して静的な出来事ではありえない。産出を介して初めて成立するこのダイナミックなプロセスこそ、対象を見つづけようとする感覚器官の働きなのである。それは必然的に拘束的である。なぜなら産出という自身の力を、外的な刺激によって強制的にひき出されているからである。しかも目にとって快楽であるはずの刺激の多様性と変化は、ここでは最小限に抑えられている。にもかかわらず、断章で述べられていたように、疲労という要因を別にすれば、この満足と欠如の連鎖は無限に延長させられる傾向をもつだろう。「無限というこの語を正当化し、それにある明確な意味をあたえるためには、この事物の秩序のうちでは、満足が必要を蘇らせ、応答が要求を再生させ、不在が現存を、所有が欲求を生むということを思い起こせば十分である」[6]。ヴァレリーは自分を実験台にして一時間のあいだ補色の現象を観察したというが[7]、拘束されているにもかかわらず、目はいったんこのプロセスに入るとどこまでもそれに従おうとする。

ヴァレリーはこの事態を「美的無限（infini esthétique）」とキーワード化して、複数のテクストに登場させている。「視覚、触覚、嗅覚、動くこと、話すことがときに私たちを誘って、それらが引き起こした印象内にとどまらせ、その印象を保持したり更新させたりすることがある。無限への傾向があるこうした効果の全体は、美的事物の秩序を構成するだろう。それを私は短縮して美的無限と呼ぶのである」[8]。それは無限につづくひとつの「持続」である。「転移的」で「実用的」な感覚には持続はないが、この無用な感覚は感じることの引き延ばしであり、「それの持続」[9]を作り出すことに他ならない。

このような無限に向かう傾向は、有用性に向かって器官の機能が働く実用的秩序では起こりえないことである。「私が実用的と呼ぶ秩序では、目標が達成されると、行為の感覚しうる条件はすべて消失し、持続じたいがいわば吸い取られて、抽象的で力のない思い出を残すにすぎない」[10]。ヴァレリーは次のような事例を用いてこのことを説明する。すでに第Ⅰ部で「伝達の構図」に対する批判との関連で一度参照した事例だが、ふたたび引用しよう。たとえば煙草を吸おうとした人が、「火をください (*Je vous demande du feu*)」(CE1, 1324) と言ったとしよう。「あなたは私に火をくれる」(ibid.)。つまり「あなたは私を理解した」(ibid.) のであり、この場合言葉は実用的秩序に従って処理された。つまり「伝達」されたのだ。この言葉の目的、火を渡すという行為を相手に促すことは、この言葉の外部にある。言葉じたいは転移的に使用されて、目的のために消え去るのみである。「理解するとは、音響と持続と記号の一体系を、全く別のもので置き換えることのうちにある」(CE1, 1325)。ところが、とくに気にもとめずに発せられたこの数語のもつ響きや抑揚が、たまたま気にいったとしよう。この場合、言葉は実用的秩序とまったく別の秩序、美的秩序に入る。「奇妙なことだ。あなたの小さなフレーズのもつ音や形姿 (figure) のようなものがわたしのうちに帰って来て、あたかもわたしのうちにいることを喜んでいるかのように、わたしのうちで繰り返されるのだ」(ibid.)。この反復は、もちろんわたしの側による「産出」、この場合は発声器官を用いずとも内的に繰り返しそれを「言う」ことによって成立する興奮の引き延ばしである。「そしてわたしは、それを繰り返し言うのを聴くのを好むのである。ほとんどその意味を失い、役立つことをやめ、にもかかわらずさらに生きようとする、しかしまったく別の生を生きようとするこの小さなフレーズを。このフレーズは、ある価値を手に入れたのである。しかもその価値を、有限の意味作用を犠牲にすることによって手に入れたのである。それは再び聴かれる必要性を創造したのである」(ibid.)。

「火をください」という短いフレーズを用いたこの説明に、ヴァレリーが詩と散文の区別を重ねようとしていることはいうまでもないだろう。詩とは、実用的秩序、すなわち散文的な世界で用いられるのと同じ言語に、それ自身を求めさせるような価値を付与することに他ならない。さらに、受動的なものと思われている感覚器官の「産出力」への注目を促すヴァレリーの視線の先に、われわれがすでに第I部でみた「生産者としての読者」というテーゼがあることもまた同様に明らかだろう。詩は、〈消費者〉である読者の「行為」を通じてのみ存在するのであり、その行為を通じて「私たちの感性の各能力の諸価値を開拓し、組織し、組み立てる」ものであった。つまりヴァレリーにとって詩とは、人間の諸器官の性質という普遍的で揺るがしようのない事実にその基盤を持つ営みなのだ。そして、人間の諸器官の性質に根を持つのは、詩のみではない。詩をふくむ芸術作品一般が、人間の生理的な必然と分かちがたく結びついているのである。

上にあげた詩の定義は、芸術一般の定義でもある。「感覚がその期待を高め、それを再生産する、いかなる明確な終わりも、一定の限界も、解除作用も、この相互興奮の効果を破壊することなく。この特性を持つ感覚的事物のシステムを組織すること、これが「芸術」の問題の本質である」(ŒI, 1407)。「私たちが芸術作品と呼ぶものは、したがって、ある人に無限の展開を触発するという有限の目標をもつ活動の結果である」[11]。この意味で「創造者とは創造させる人間」[12]である。もっとも、「火をください」というきわめて短いフレーズが無限の連鎖を喚起することからも明らかなように、作品を創造する作者のエネルギーと、創造させられる受容者のエネルギーは必ずしもつりあっているわけではない。ちょうど、一枚の〈青〉の色面が無限の連鎖のきっかけとなりうるように。「すべては生理学における反射作用と同じようにして行われるのである」[13]。

したがって「求めるものを創造する」[14]という芸術の「本質」に関わる感性の性質は、「感覚学 Esthésique」の対象であると同時に、芸術の「起源」にも関わるものである。ヴァレリーは文化人類学的とでもいうべき視点から、芸術の起源にこの生産力の普遍的な存在を認める。ヴァレリーによれば、芸術は装飾から発展したものであり、装飾はいわゆる「空間恐怖」からやむにやまれず感性が生み出したものである[15]。「思うに、芸術作品のあるきわめて単純で原始的な形式、たとえば麦わら編みや布織物における幾何学模様やある色の組み合わせに関していえば、こうした装飾は補足物としての起源を持つと見出されるだろう。おそらく、芸術作品とは、はじめは、作者の欲求のみに応えるものなのだ。(……)作品をつくる人を面白がらせるのは、その作業なのだ。彼は退屈した人間である。空間恐怖、それへの補足物が装飾模様となるだろう。感性が耐えられないのは、時間あるいは空間の空虚、白いページなのだ。（……）空虚な時間をつぶそうとか、空虚な空間を満たそうとする欲求は、きわめて自然な欲求である。おそらく装飾にはそれ以外の起源はないだろう」[16]。

空虚を満たそうとする欲求から装飾が生じたとするこのヴァレリー流の芸術起源論は、その欲求じたいは普遍的なものであるとしても、実証的というよりは神話的なものというべきかもしれない。とはいえ、そこに実証的な視点がまったく欠けているわけではない。ヴァレリーはある種の装飾が共通してもつ造形的特徴に注目しながら、そこに持論の根拠を見出している。「古代の壺や布に見られる線が、どれも極端によく似たものであることは確かに明らかである。その線とは、いつまでも繰り返されるいろいろな種類の正弦曲線やギリシャ的雷紋、左右対称のシンメトリックな模様であり、それらは、空虚を満たすという反復の役割をよく示している」[17]。ここでヴァレリーが紋様に見出しているのは、「反復」と「欲求」の関係である。古代の紋様の多くがもつ反復的な線は、ヴァレリーによれば、ちょうど補色の現象において〈青〉と〈黄〉が交替であらわれるのと同じシステムに基づくものであり、その装飾を施した人物のうちでの欲求と満足の交互的な喚起を記すものである。反復によって、印象は継続されるのである。

「病的」と「主観的」

ところで、先に引用した『フランス百科事典』の断章においてヴァレリーは、欲望の対象を感覚しつづけるために目が「産出」するこうした〈黄〉を、「主観的」なものであると形容していた。なぜそれは「主観的」なのか。言うまでもなく、この〈黄〉が、客観的な、つまり外的な対象の知覚ではなく、目がみずから産出した内的な色の知覚であるからに他ならない。主観的な感覚とは、ひとことでいえば「対象を持たない知覚」である。わたしの目がそれを知覚し、隣にいる他者もそれを知覚している場合でも、それはたんに両者が同一の目の機能を持つからであって、同じ対象を見ているからではない(18)。

ヴァレリーが感覚器官にみとめた「産出力」は、外的な対象からの刺激の受容ではない以上、すべて「主観的」なものであると言える。しかし、「主観的」という言葉は、単なる事実の分析以上に、ある特殊なニュアンスを付与する効果を持っている。ヴァレリーが『フランス百科事典』の断章でこの語に二重の山括弧（ギュメ）を付けたのは、主観的という言葉がもともと持っているこのニュアンスを強調するためのものであろう。そのニュアンスとはどのようなものか。たとえば『カイエ』の次のような断章にそれは明らかである。

脳に腫瘍をもつ病人が、小さな無色の生き物が走ったり跳ね回ったり混じり合ったりするのを見た――彼はそれが病的で主観的な産物だということを分かっていた。

したがって、それらは――半分は感覚的で半分は解釈上の――複合的特性の複雑な効果だった。私たちが車のリズムに歌を加えるのとほぼ同じように、最小のものから何か表現しうるものを作る創造的な視覚機能があるのだと信じたくなる。

（……）

つまり、病理学と付随的なことが、認識すること、行動することの分割可能性を見せてくれるのである。(C1, 992)

冒頭の過去形の記述は、そのような症例をもつ患者に実際に出会ったという出来事が、ヴァレリーにこの断章を書かせたと推測させるものである。視界に何かが走ったり跳ね回ったりする症状は、おもに脳下垂体腫瘍を原因とする「飛蚊症」と呼ばれる症状だろう。正常な目は、視野をさえぎるさまざまな異物を「見」はしない。つまり、意識しない。それを意識してしまうのが、この「飛蚊症」である。それは「創造的な視覚機能」が作り出した産物であるが、創造的とはいえ「主観的」で「病的」なものであるとヴァレリーは形容している。この場合は症状を持つのが明らかに脳に腫瘍がある患者であり、その意味で「病的」であることは間違いない。しかしヴァレリーのここでの意図は、そのような症状としての産出と、車に乗っている人がそのリズムに歌を合わせるような行為とを同類のものとみなすこと、言い換えればヴァレリーが「産出」という言葉で取り出そうとしているさまざまな現象が、実は一般に「症状」として分類される現象と連続するものである、ということを確認することである。補色の現象もまたここに含まれることは言うまでもないだろう。「主観的」という形容詞のニュアンスは、この連続性を包括するものである。つまり主観的な知覚とは、実在しない対象の知覚である以上、創造的ではあるがややもすると病的な傾向につながる、「症状」に接近する可能性を持った知覚なのである。先に補色の現象は「《有用な視覚》を乱すことしかできない」と言われていた。補色の現象においても、飛蚊症の症状にしても、当の本人はそれがあくまで「主観的」な産物であるということは自覚しているのだが、彼らが一種の「幻視」をしていることには変わりない。その意味で、感覚器官の持つ産出的な力は、正常で健康的な知覚を混乱させるものなのである。

その本性からして病的なものになりうる主観的な感覚が、完全に病的なものとなるかそうでないかは、感覚それじたいの質というより、解釈に関わる問題である。ただし、この場合の「病的」とは、精神的な意味での病である。飛蚊症の患者は、自身の症状が主観的なものであると自覚しているがゆえに、病は単に器官的なものにとどまる。しかし、もしその産物の主観性を自覚できなくなったとしたら、器官的なものに起因する病が、彼の精神を蝕みはじめたと周囲は判断するだろう。このことについて、幻視ではなく幻聴の例をあげながら、ヴァレリーは次のように述べる。

局限された幻覚、小さな像を産出することなどは、印象をその含有物に限定すること、限界づけること——放出なしに受け取ること——確かめること——の不可能性と結びつけられるべきである。そしてこの不可能性は深い。

耳鳴りがする場合、心神喪失者は、この主観的な騒音を正当化するような意味、言説、悪口を作り出す。彼は部分に対して全体で応答する——このことは、心的な生活においては一般的で本質的なことである。彼は自身の作品のなかで我に返ることはない。

(C1, 1009-1010)

心神喪失者は、自身の感覚の主観的な産物を主観的であると認識できない人である。彼はその主観的な産物を客観的な対象とするべく、それを正当化するための事実、たとえば「誰かが私の悪口を言っている」といった外的な原因を作り出す。こうした事実の産出は、原因と結果の結びつけそれじたいは心的な生活の本質であり、この意味で心神喪失者は心の正常な働きを失っているというよりはそれが過剰に働いていると言うこともできるが、しかし感覚に対して誤った解釈をしている以上、そのつながりにおいて病的である。主観的な産物は、それを目や耳といった局部的な感覚器官内部の出来事として理解するかぎり病的なものとはならないが、それを他のものと結びつけようとするや、精神的な病の兆候となるのである。

主観的な産物は、局部的な感覚器官の産物である。このことは、飛蚊症についての断章の最後でヴァレリーが語っていたこと、すなわち「病理学と付随的なことが、認識すること、行動することとの分割可能性を見せてくれる」ことと関係する。補色の現象にしろ、飛蚊症にしろ、幻聴にしろ、ヴァレリーは自身の感性論、ひいては芸術論を深めるために、ややもすると病的な傾向につながる現象にヒントを得ようとしている。なぜそのような「病理学的なこと」が「認識すること」「行動すること」の分析に役立つのか。それは、その産物が感覚器官の局部的な働きによるものであるからだ。『フランス百科事典』の断章で、ヴァレリーは網膜を「孤立しうる生産者」と呼んでいた。通常、つまりそれが有用な目的のために働いているかぎり、私たちの感覚器官は「孤立」することができない。先に見たように、有用な実用的秩序において目的は外部にあり、感覚器官は「転移的」な器官として、他の器官と接続することによって初めてその役割をはたすからである。しかし病理的な現象においては、器官が他の器官と連動せず、それ単体で孤立して働いている。それゆえ、その器官の隠されていた能力が現れていると考えられるのである(19)。

自らの機能を知覚する器官

補色の現象をはじめとする「主観的」な知覚は、病的な傾向を示すことさえある擾乱《じょうらん》的な感覚であるにもかかわらず、認識や行動をめぐる分析にとって役に立つものである、とヴァレリーは主張する。この点についてさらに詳しく見ていこう。

次に引用するのは、「静寂」の知覚についての分析である。「静寂」を「知覚」するというのは、静寂が情報量の無さを意味していることを考えると、矛盾した表現である。とはいえ、私たちの耳が「静寂を知覚する」のは事実であり、ときにそれは高音の耳鳴りのような「主観的な産物」を生み出す場合さえあるだろう。いずれにせよヴァレリーはそこに、これまで検討してきたような主観的な知覚と同様の、隠れていた能力のあらわれを見る。


静寂は——聴取機能（fonction auditive）の継続を表現する言葉である。聴取＝ゼロだが、聴取性（audibilité）は存在し、知覚される——期待という形で。純粋な聞く能力の知覚——応答がない。感じないということを感じる。

感覚する個々の器官は自分の意志によって動かされる調整器官と結びつけられている。聞くこと＝聞きたいと思うこと＝聞くように強制されていること。見ること＝見たいと思うこと。嗅ぐこと＝感じたいと思うこと。

静寂＝聞きたいと思うことの連続。

これらの器官は興奮の領域にある欠如や障害を乗り越え、制し、それを打ち抜き、ゼロをしかじかの刺激で置き換えたり、逆にゼロにもかかわらずしかじかの刺激を保持したりすることを可能にする。


このことは、調整の装置から機能として切り離されたなまの感覚を考察することになる。

(CI, 1155)

ここで、「聴取性」「機能」「能力」は同じ意味で用いられているとみなすことができよう。すでにみたように、私たちの日常的つまり実用的な秩序において、聴覚は意志的器官の「道具」として、聞こうとするもののみを聞いている。事情は視覚にしろ嗅覚にしろ同様であって、感覚器官は外界に対して開かれながら身体の内部ではその他の器官と結びつき、他の器官という「外部」からの調整を受けて活動している。こうした結びつきのあり方、調整のあり方は、すでに第Ⅱ部で見たように、一瞬一瞬の「予期」と連動しながら、私たちの現在のあり方をそのつど構造化しているものである。諸器官のあいだに適切な連動が起こり、相互に結びつけられることによって、身体ははじめて「行為の機械」となる。予期はこうして私たちの身体をおのずと組み立て、そのことを通じて私たちの外界との出会い方を決めるのであった。この結びつきこそ、有用な感覚の特徴である。

一方、ここであげられている静寂の聴取においては、感覚器官から入ってくる情報がゼロであるため、感覚器官は器官相互の組み立てから自由になっている。つまりそれだけで「孤立」し、調節をうけない「なまの」状態になっている。静寂を聞くとは、このように聴覚がそれのみで孤立した状態を感じるということである。このとき私たちはまさに「聞く能力」を聞いているのだとヴァレリーは言う。私たちの耳は、「聞くという機能そのもの」を聞いているのであり、それはいわば耳が自らを聞いているような状態である。
耳が自らの機能を聞くというこの体験が逆照射的に意味しているのは、有用な知覚においてはある抑圧が働いている、という事実である。有用な知覚からは、器官それじたいの能力や機能についての情報は排除されているのである。

精神の身体

（……）

《事物の自然な流れ》は、この《身体》に、特有の無感覚を要求する――これは正常な行為の大部分における無感覚と比較しうる。この無感覚は、行為のある部分を、行為がそれに適合し従っている思考や感覚と混同し、別のある部分は、私たちが触れているものと混同することを可能にしているものである。

（……）

要するに、すべての認識に要求される感性とは、通常無感覚である。生きる器官が認識されず、その働きが、感覚や知覚や思考や（たいした努力も特別な調節も必要としないような）単純な運動行為の産物のうちにさえ吸収されるような仕方で。

そういうわけで、目は、通常の視覚のうちに自身を感じさせない。見られたものは、目について語らない。同様に、精神的なやりとりも、その対象である組み合わせや置換がそのまま精神であるかのようである。機能が、その産物と即座に混同されるということがある。認識すること、考えること等は、機能作用であり、その結果については、――部分的にはこの組織に依存しなければならない。(C1, 1093-1094)

「事物の自然な流れ」に従った「正常」な知覚では、感覚器官はみずからを感じさせない。感覚器官の機能はその産物と混同されて、それじたいは感覚の対象とならない。ヴァレリーはそのように諸器官の機能が感じられないものとなっている身体をここで「精神の身体」と呼び、私たちの思考や認識といった働きもすべて「機能作用」に一元化して論じながら、身体が「精神の身体」となることのうえに、私たちの正常な生の営みが成り立っているのだと主張する。

確かに、私たちにとって視覚といえば「対象を見ること」であり、聴覚といえば「対象を聞くこと」であり、思考といえば「対象について考えること」である。目や耳、あるいは脳といった諸器官はあくまで知覚や思考が成立するための「媒体」ないし「条件」であって、そうである以上いわば「透明」でなければならない。それは決して「わたしの身体」として感じられてはならない。目や耳、脳の機能作用の結果に、機能じたいについての知覚が混入してはならないのである。もちろん、より厳密にいえば、「見る」ことひとつとっても、それを成立させるために関わる機能は必ずしも目という器官のそれのみには限定されないだろう。たとえば物体の運動を知覚する際には、私たちの運動に関わる機能が目の機能に参与する必要がある。[20] こうした補足的な働きをふくめ、自身の身体の透明化、無感覚こそ、私たちの正常な活動の秩序を成立させているものである。もし「疲れているために視野が白くぼやけて見える」としたら、そのとき見えるものは視覚の完全な産物とはいえないだろう。「視覚のもたらす完全な産物とは条件の感覚がゼロになっていることであると言えるだろう。目は排除される」(C1, 1095)。

ヴァレリーが私たちにうながすのは、このように「透明」と思われている私たちの身体的諸器官が、実は「不透明」であることへの気づきである。「隠れているもの、あらわにならないものが、知られていることを《作り》、《産出し》、《条件づけている》のである」(C1, 1102)。ここに、病的な傾向にもつながる「主観的な」感覚にヴァレリーが注目する意図がある。私たちの正常な知覚や思考は、それが基づき、それを条件づけてもいる私たちの身体の諸器官を「無感覚なもの」として処理することのうえに成立している。しかしそれは単なる「混同」であって、本当は「透明」なものではない。補色の現象や静寂の聴取といった「主観的な」感覚が明らかにするのは、知覚や思考の条件そのもの、諸器官の機能の、「透明にできなさ」である。主観的な感覚において機能は、むしろそれじたいがはっきりとした産物として感覚される。「目は人が見入るものには不在である――思考しているものは彼が思考することには不在である。そしてそれらが自身を感じさせるとき、介入してくるのは事物の別の次元である。《目》がそのとき視覚に干渉する感覚になるのである」(Cl, 1100)。すでに見たように、こうした主観的感覚においては、正常で有用な秩序においては成立しているはずの身体諸器官の連動がやぶれ、個々の器官がばらばらに孤立している。外部からの調節機構からはずれたとき、器官ははじめておのれについて語りはじめるのである。[21]

このようにヴァレリーの身体論は、身体の正常な働きが破れるような事態において、器官がいわば不透明化し、器官の機能それじたいが知覚の対象となる、そのさまに注目するものである。補色の現象をひきおこす最初の焼け付くような強い〈青〉の知覚は、病的なものではないが、知覚の正常な作用が乱れる特殊な事態を人工的に作り出す実験である。この現象はヴァレリーによって芸術が作品を通じて受容者に与えるべき感覚の事例としてあげられていたが、それは同時に、身体について知ろうとする者にとって、器官の機能それじたいを知覚するというひとつの実体験でもある。この意味において、本章で分析した補色の現象において、まさにヴァレリーの作品論と身体論が交差しているといえる。

知覚されないと思われていたみずからの機能を知覚するという発見的な実践が、われわれの芸術哲学の鍵である。ところで、ヴァレリーはみずからの詩を「詩として表現された(……)生理学的生命(la vie physiologique (...) exprimée *poétiquement*)」(Cl, 285)と呼んでいた。確かに補色の現象への注目は、身体の正常な働きが破れるような事態に注目するという点において、まさに生理学らしいアプローチである、といえるかもしれない。しかし詩と生理学というかけ離れた二つのものが、いったいどのようにして接点を持ちうるのか。作品論と身体論の結び目をときほぐすためにつぎに注目したいのが、この「生理学」という視点である。身体を生理学的に分析するとは、身体に関してどのようなイメージを持つことなのか。

第二章　生理学

生理学的な視点で身体をとらえることに関して、本章でまず注目したいのは、すでに第II部のリズム論との関連で簡単に触れた、〈D―R〉という人間の活動を分節するためにヴァレリーが導入したモデルである。〈D―R〉とは、〈要求―応答（Demande-Réponse)〉の略であり、一言でいえば、「要求」に対して即座に「応答」を返すという「反射」の関係を表している。このモデルはヴァレリーが他の思想家の影響をうけつつも独自に考案したものであり、かなり早い時期から晩年に至るまで『カイエ』に非常に頻繁に登場する。また〈D―R〉という言葉が明示的に使われていなくても、ヴァレリーの思考がこのモデルにそって進んでいるような場面に私たちはしばしば出会う。ヴァレリーは生涯にわたってさまざまな概念装置を考案したが、身体をめぐるヴァレリーの思考を明らかにしようとするわれわれにとって、〈D―R〉はそうした概念装置のなかでもっとも基本的かつ根本的なものであるといえる。

まずは、ヴァレリーがどのようにして〈D―R〉という図式を考案し、洗練させていったのか、その過程を先行研究を参考にしながら確認する。ただし、あらかじめ断っておきたいのは、本章にとって重要なのは、このモデルの「起源」ではなく、むしろ単一の起源の忘却、すなわちこのモデルがのちに獲得することになる領域横断的な性格である。〈D―R〉は確かに生理学的な発想から生まれたモデルである。しかしまさに思考の「モデル」として、それは一見生理学的とは思われない領域においても、陰に陽にヴァレリーの思考を駆動する原動力として働いているのである。本章が〈D―R〉というモデルに注目することによって確認したいのは、まさにこの点、すなわちヴァレリーの理論のなかで、いかに生理学的な思考が他のさまざまな領域、とりわけ芸術に関わる議論の領域に、決して単なる比喩ではない仕方で接続され、援用されているか、という点である。

図式〈D―R〉

繰り返しになるが、〈D―R〉とは、〈要求―応答（Demande-Réponse）〉の頭文字をとったものである。ジャニン・ジャラは、『カイエ』の日付を追いながら、ヴァレリーがいかにしてこのモデルを見出したのか、その「発明」の過程を明らかにしている。それによれば、この反射型のモデルにヴァレリーが注目するのは、「注意についての仕事にとりかかっている頃」であったという。そして一九〇二年に「要求（demande）」と「応答（réponse）」がペアとなった形で論じられ、一九〇五年には「DR」という短縮記号があらわれ、一九〇六年七月には《システムDR》という表現が登場するという。[22] ただし、モデルが「ＤＲ」という形に落ち着くまでには、さらにいくらかの試行錯誤の段階があった。「応答」については比較的早い時期に確定したが、対となる概念は当初「刺激（excitation）」や「挑発（provocation）」などいくつかの語のあいだで揺れ動いていたという。

ジャラは深く立ち入っていないが、この頃「刺激」に関してヴァレリーが行っている定式は、のちの〈Ｄ—Ｒ〉を考えるうえでも重要であるように思われる。その定式とは《Ｅ＋Ｒ＝０》というものである。この定式が意味する関係、すなわち「刺激」と「応答」の合計がゼロであるという関係は、換言すれば、「応答」とは常に「刺激」を打ち消すようなものとして産出される、ということである。たとえば「網膜に映る色斑」という刺激に対して「概念」を産出することは、それ以上対象を見ないですむようにするため（さもなければ色斑が目に焼き付いてしまう）の「応答」であり、あるいは「鼓膜をふるわせる音」という刺激に対して「意味」を産出することは、音に対して意味を置き換え、理解することによって、その音が持っていた響きや音程といったさまざまな情報を無にすることを意味する。

こうした「打ち消し」の発想の背後には、「平衡（équilibre）」の概念がある。「平衡」はヴァレリーが強い興味を抱いていた物理学者カルノーの熱力学から借りたと考えられる概念だが、ヴァレリーはこれを生体の自己保存という意味での自己同一性の問題と結びつけ、さらにはこの自己同一性の問題を心理学的な意味にまで拡張する。「平衡」概念を前提とするならば、外界からの「刺激」によって与えられる感性の興奮は、平衡に対する「擾乱」に他ならない。生体は、乱された平衡を刺激以前の興奮ゼロの状態に戻すために、補完物として「応答」を産出するのであり、こうして応答が産出されるおかげで、生体は刺激に浸食されず、平衡を回復し、その同一性を維持することができるのである。また、生体は平衡を回復することによって、次の刺激を受けることも可能になる。そしてジャラも指摘しているように、ヴァレリーにとって「純粋自我」もまた、この応答を返す機能のひとつと規定される。[23]「純粋自我」とは、個々の人間としての歴史や個別性の厚みを持った自我ではなく、「反射行為」の一種、純粋な機能としての自我であるとヴァレリーは言う。「何であれそれを、〔対象、目に見えるもの〕つまり《わたしでないもの》にしようとする反射行為」（C2, 225）として生じるのである。

「応答」と対をなす概念として、試行錯誤段階の「刺激」や「挑発」ではなく「要求」が採用されたことは、このモデルを飛躍的にダイナミックなものにしたといえよう。なぜか。「刺激」「挑発」と「要求」は、いずれも外界の何らかの要素が生体に影響を及ぼすその出会いの瞬間に関わる用語である点は共通している。そのうえで両者の違いをひとことで言い表すならば、「刺激」「挑発」があくまで起源となった「外界の要素」を指し示すのに対し、後者は、出会いの結果として「生体の内部で起こった変化」を指し示している、という点にある。「平衡」という言葉を使うならば、「刺激」「挑発」は平衡に対する擾乱要因だが、「要求」は、その擾乱をもとに戻そうとする生体内部の動きであり、「平衡を回復せよ」という命令なのである。つまり生体の内部で起こった平衡の欠如が、そのものとして「要求」として働くのに他ならない。

こうして「刺激」「挑発」が「要求」として「内部化」されることによって、このモデルの可能性が大きく展開された。すなわち、生体に「要求」を生じさせる起源は、必ずしも物理的に生体の外部になくてもよいことになるのである。つまり、生体内部で起こる「応答」が次の「要求」の起源になる、というようなケースも、一般的な反射と同じくこのモデルで考えることが可能になるのである。「思考」はまさにこうした要求の起源が「内部」にあるケースに他ならない。ある観念が別の観念の登場を要求し、その観念がまた別の観念の登場を要求する。思考とはそのようにして展開されていくものである。「思考は、応答の領域に完全に位置づけられるが、そこで第二の要求が形成されるのである」(24)。要求に対する応答が次なる要求を生み出すとき、〈D—R〉はもはや一回きりの反射運動ではなくなっている。いわば〈D—R—D—R—D……〉という連鎖が形成されるのである。「要求D」と「応答R」は線で結ばれた対となる二つの項ではなく、時間的に展開しつつ、円環をなして相互に喚起しあうひとつのシステムとなる。

このように連鎖が形成されるとしても、〈D—R〉モデルのダイナミックな運動性は、あくまで「応答」ではなく「要求」によって担保されている。このことはヴァレリーが、眼球反射のようなものから複雑な思考にいたるまで、生体のさまざまな活動の起源を、中枢ではなく末端に、主体の意志というより主体にとって異物であるような対象との接触に、求めようとしていることを示している。主体の主体性・能動性は、あくまで受動性からの転換としてしか起こりえないのである。私たちの能力は、（基本的には外界からの）刺激によって「引き出され」るにすぎない。こうした傾向は、リズムにおける間隙の産出や、主観的感覚における「解毒剤」の産出、注意において現実に適応するために行う自己修正など、本書でこれまで扱ってきたさまざまな事例に一貫して見られるヴァレリーの基本的な発想である。のちに見るようにヴァレリーは後期に「錯綜体」というアイディアで私たちの存在論的なあり方を捉えようとするが、これはまさにこうした発想の集大成ということができる。錯綜体とは、「何らかの状況が私たちからひき出しうるものの全体」（C2, 329）なのだ。こうした発想にいたる過程で、〈D—R〉というモデルは、いかに主体の運動性を脱主体化して語るかというヴァレリーの問いのために要請された。ただしそれは、ひとつの概念モデルでありながら同時に、種類によっては観察可能であるような現象の名として、心理学的かつ生理学的なタームとして、領域横断的に使用されていく。[25]「「反射」は生理学的な観察にとっても、心理学的な観察にとっても、共通の主要な概念である」（C1, 806）。

ただし、このように〈D—R〉という反射型のモデルによって人間の活動を捉えるとはいえ、ヴァレリーは単純な機械論者でも唯物論者でもない。というのも、ジャラが指摘しているように、ヴァレリーは当初から「要求」と「応答」が対応しえない場合にも着目しているからである。[26] その一つが、たとえばすでに分析した「不意打ち」である。不意打ちとは、「要求」に対して適切かつ即座の「応答」ができないという円滑な〈D—R〉システムの破れであった。あるいは、ヴァレリーにとっては意識もまた「応答における遅れ」に他ならない。ヴァレリーにとって意識とは、いわゆる反射であったならただちに実行に移されていたはずの「応答」を、ただ表象するだけにとどめ、実際の行為に移さないようにする作用である。意識とは、〈D—R〉の回路に介入し、唯一可能な応答であったものを選択肢のひとつに格下げすること、「同等の解決力をもつ他の行動の表象」（C1, 737）と並置することなのであり、ここにこそ機械的な反射が成立しない可能性、つまり私たちの自由があるとヴァレリーは言う。

　もっとも、意識が〈D—R〉という反射的なシステムへの介入であるということは、私たちにとっては行為が困難になることを意味する。歩行を意識することが歩行を困難にするように、意識は、外界に対する私たちの円滑な「同期」（C1, 1271）を奪う。しかしヴァレリーにとって、この困難さこそが自由である。「人間を機械的なシステムから区別するように見えるのは、《内的な》紛争」（C1, 558）なのである。人は「ためらい、当惑、苦しみにおいてしか《自由》に触れることができない」（C2, 757）。それは、予期にしたがっておのずと準備されていた器官の連動、つまり「行為の機械」が無効になることを意味する。そして同期からはずれることによって、人間は単に異質なもののなすがままになっている状態から一時的に脱し、異質なものを他者として感じることができる。それは「ある他者との接触に際して、その他者との交換を保持するように、みずからを変容させよと《存在》に（……）強いるもの——しかもその変容を感じながら変化することを強いるもの」（CI, 180）としてその他者に接することである。「他者、それは私の変形である」（ibid.）。そしてこのような、自らの変容を感じながら変容すること、行為の機械を組み立てながら行う行為こそ、「本物の行為」（ibid.）であるとヴァレリーは言う。

自分の機能を所有する方法

このようにヴァレリーは外界のなかで生きる人間の諸活動を、相互に組み合わされたり遅れを伴ったりする〈D—R〉という反射型のシステムの働きとしてとらえる。人間が行う諸活動の活動性は、〈D—R〉というシステムそれじたいがもつ運動性によって説明されるのであり、したがって活動の起源は、中枢ではなくむしろ外界に求められるのであった。〈D—R〉のモデルは、いかに私たちの活動が外界によって「引き出され」るものであるかを説明する。

ところで、このように要求に対して応答を組み立てることとは、私たちの「機能（fonction）」（ないし「機能作用（fonctionnement）」）であるとヴァレリーは言う。機能という何気ない言葉は『カイエ』等において頻繁に用いられ、本書においても何度となくこの語を含むテクストを引用してきた。ヴァレリーが「機能」という言葉を用いるとき、それは多くの場合「能力」と同じ意味で用いられ、実際に並置されることもある。しかし、あえて「能力」ではなく「機能」という言葉を好んで用いるとき、そこには人間の活動を〈D—R〉へと還元してとらえるからこその独特のニュアンスが含まれている。そしてヴァレリーの身体論は、人間の「能力」と言わずに「機能」と言うからこそ、哲学よりも生理学に接近している。本節ではこの「機能」という凡庸きわまりない言葉に光をあてながら、ヴァレリーがそこに込めたニュアンスを明らかにしていきたい。

第一に、これはヴァレリーに限った用法ではないが、機能という語は「器質」ないし「実体」とは反対の概念を指し示す語として用いられている。「心的な生の実体は機能作用であり、それについて私たちが観察しているものは――見せかけなのである」(C1, 1057)。たとえば「純粋自我」も、ヴァレリーにとっては反射的な機能が作用した効果にすぎないのであった。

第二に、機能という語は、ヴァレリーにおいては、これ以上分解しえない「最小単位」を指し示す語として用いられている。ヴァレリーの立場は還元主義である。「私は生きものをどのように見るだろうか？（……）私は生きものを諸機能――多かれ少なかれ独立した諸機能――のシステムと見る」(C1, 926)。「私は機能作用を考える。そして私にとって本質的だと思われる概念に立ち返るとき常に、――それは感覚能力でも精神でもなくて――むしろ私が定義したものとしての「反射」の型なのである。——反射の型は、分化とは逆のものとしての——すべての組みたてられた活動のうちにあらわれている。概して、すべて心的なものは、要求と応答のあいだに位置づけられなければならない」[27]（CI, 1088）。〈D—R〉という「機能」は、それがさまざまな人間的活動の分解可能な最小単位であるがゆえに、感覚能力や精神よりも本質的だとされる。人間のあらゆる活動は、「機能」の組み合わせによって行われているのだ。この最小単位であるという点の強調および組み合わせのニュアンスが、「機能」と「能力」という互いに似た概念のあいだのもっとも顕著な違いだろう。「能力」はほとんどの場合「わたしの能力」と言われるが、「機能」はむしろ「ある器官の機能」を指す。

機能が「最小単位」であるとはどういうことか。それは一言でいえば「繰り返しが可能」(CI, 825) であるということである。しかし繰り返しが可能であるということは、裏を返せば、「いかなる刺激に対してもその唯一の反応によってしか応答しない」（CI, 863）ということに他ならない。機能の働きの反復可能性を保証するのは、この応答の斉一性である。したがって機能とは、つねに同じ応答を返す働き、つまりそれじたいは「不変項」（CI, 826）である、ということになる。そして機能が不変項であるということは、人間の活動を分解し、分類した結果得られる働きのそれぞれが「機能」であるということである。つまり機能は相互に異なっているのであり、このことは、別の見方をすれば、諸機能とは人間が見せる相互に相容れない多様性である、ということになろう。「個人はこのような単純であったり組み立てられていたりする諸機能から成る、そして互いに相容れないものの全多様性は機能である」(CI, 908)。こうして諸機能は、「それじたいは不変」な「多様性」として、組み合わされ組織されることによってさまざまな活動を生み出す。そして、このような還元主義の立場に立つヴァレリーにとって、人間の活動をめぐる問いは、いかに個々の機能を組織するか、という問題に収斂する。第Ⅱ部で論じた行為をするための機械組み立てをめぐる議論も、こうした還元主義に根ざした発想に他ならない。

言うまでもなく、それじたい分解可能な最小単位であるからこそ、機能は、私たちが「主観的感覚」の意義として確認したように、組み合わせから自由になったとき、つまりそれ単体で孤立したときにめでたく「解放」される、と考えることができるのである。「事物の自然な流れ」、つまり私たちの日常的で散文的だが「うまくいっている」状態に他ならない身体のあり方は、ある目的に向かって諸器官が組織されている状態である。そこでは個々の器官が持つ機能は必ずしも発揮されているとはいえない。私たちの身体がもつ機能を部分的に抑圧することによって、身体は初めて目的に向かってひとつに組織されることができるのである。機能を孤立させ、それじたいを発現させることは、それを目的から解放させることに等しい。「それぞれの機能は――すなわちそれぞれの要求―応答のシステムは――切り離されて――そしてそれ自身にゆだねられると――《目的を通り越す》傾向がある。それは自然の盲目性である」(CI, 907)。

私たちの散文的な生が、機能それじたいの発現を抑圧することによって成立しているということは、裏を返せば、私たち自身が知らない機能を、私たちは身体のうちに持っている、ということになろう。私たちは私たち自身のもつ多様性のすべてを発揮しているわけでも、それについて知っているわけでもない。したがって、機能は経験を通した「発見」の対象となりうる。あるいはその作用を実感するという意味でヴァレリーがしばしば使う言い方でいえば、「所有」の対象となる。ヴァレリーが機能という生理学的な言葉を好むのは、この「発見」や「所有」の次元について語るためである。機能という言葉は、「わたしのものであるがわたしの意志の及ばない活動」までをも指し示すことができるのだ。「私たちの神経的存在のうちには、正常な平均的状況が引き出し利用する以上の可能性がある」(OE2, 703)。わたしのうちにはわたしの知性を逃れる働き、通常のわたしが知り得ない働きがある。わたしにとって可能なことは、「わたしが知っていることよりも多く(pouvoir > savoir)」(CI, 703)、わたしの知っている限りでのわたしからずれる可能性をも、わたしは抱えている。「わたしと異なるものになること(……)それもまたわたしの機能作用」(OE2, 703)なのである。

一九三八年に外科医学会で行った演説のなかでヴァレリーが最初に強調したのもこの点である。唐突に「私たちの機能作用をめぐる私たちの無知(notre fonctionnelle ignorance de nous-même）という自然な流れ」（Œl, 915）という言葉を口にしたあとでヴァレリーは次のように述べる。「機能作用をめぐる（*Fonctionnelle*）――わたしは私たち自身の自分の身体に関する無知について話すのに、機能作用をめぐると言いました」（ibid.）。機能のなかには、知性の追跡を逃れて働くものがある。「結局、光よりも陰を好む機能作用があるのである。少なくとも暗がりを、――すなわちそれらの活動が実現するための準備をしたり、開始したりするのに必要かつ十分な最低限の精神の現存を好む機能作用が」（Œl, 916）。

この外科医学会の演説でヴァレリーが念頭においている「機能作用をめぐる無知」とは、まず第一義的には、視覚調節や消化排泄といった内臓の動き、あるいは筋肉の不随意運動のような、もともと意志の届かない諸機能に対する私たちの知り得なさである。だがこうした生得的な無知に加えて、習慣による順応が私たちの無知を後天的に増大させることもヴァレリーは見逃していない。習慣とは「組み立てられた諸機能」（CI, 906）すなわち相当程度固定化された機能と機能の結びつきとしての「連動」であり、確かにそれは私たちが行為を失敗なくかつ容易に行うための「道具」（CI, 962）として役立つ。しかしこの行為の容易化は、機能の結びつきそれじたいが意識されなくなること、言い換えれば無数にある別様の結びつけの可能性を無視することによって成り立っている。もっとも「存在の真の下絵（dessin）は各瞬間に無限に発展しうるゆえに追うことは不可能」（ibid.）ではある。しかしこうした道具化によって人は「歩くことを忘れ、一瞬一瞬生きていることを忘れる」(ibid.)。そしていつしか「存在の真の下絵は見逃されてしまう」(ibid.)。「人間は、自らの植物的肉体に似せて自分の自由な肉体をつくるようである」(CI, 900)。植物的生と動物的生のあいだにビシャが設けた有名な区別を借りてヴァレリーがこう言うように、習慣は、人が学習によって身につけた機能の連動した動きを、いわば内臓の生得的動きのようなものに変えるのである。個人的偏差を含みつつ習慣が次第に増大するのに比例して、私たち自身の機能についての無知も増大する。そしてそのような機能は、わたしの中にありながら「発見」や「所有」の対象になるのである。

そして、もはや改めて付け加えるまでもないことかもしれないが、装置としての詩が関わるのは、こうした自分の中の機能の「発見」や「所有」に他ならない。機能の「発見」であり「所有」であるから、詩は、生理学と言いうるのである。次節、次々節では、機能とも関わりのあるヴァレリーが晩年に考案した概念、すなわち「錯綜体」について概観する。そして最終節において詩と生理学の関係について整理し、本章のまとめとしたい。

人間の可能性

「錯綜体(Implexe)」というアイディアがヴァレリーの思考のなかで本格的に展開されるようになったのは一九三〇年頃である。[28] そしてこの概念は、一九三二年に発表された対話篇

『《固定観念》あるいは海辺の二人』（以下『固定観念』と略称）のなかで公にされ、現在ではフランスの国語辞典に載る程度にまで人口に膾炙し、我が国でも市川浩の著作によってヴァレリー専門家以外にも知られるところとなった(29)。

錯綜体をめぐってヴァレリーはさまざまな定義を試みているが(30)、もっとも簡潔なそれは「わたしのうちにある潜在的なものの総体」というものである。『固定観念』の対話者のひとり、「わたし」は言う。「わたしはこの潜在的なものの総体を（……）**錯綜体**と呼びます」（Œ2, 234）。この「潜在的なものの総体」は、それじたいは超（非）時間的なものだが、そのつど「現在」において現動化され、わたしという人間を構成する。「多くのありそうな観念の要素や行為の要素が《私たちのうちに》存在し（潜在的な状態で――つまり……思いもよらない状態で）、――そしてその継起的な組み合わせ、絶えざる現動への移行が、――私たちを構成しているのです！」（Œ2, 241）。対話者の「わたし」は、「歩く（marcher）」という動詞を活用せよというささか奇妙な「実験」によって、時制次第で、つまり現在の位置によって、錯綜体が「変動」することを対話の相手である「医者」に納得させようと試みる。「**〈わたし〉**　その歩くという動詞をすべての時と法に活用させてみてください。（……）**〈医者〉**　わたしは歩く（*Je marche*）。わたしは歩いていた（*Je marchais*）。わたしは歩いた（*Je marchai*）。わたしは歩いた（*J'ai marché*）。わたしは歩くだろう（*Je marcherai*）。**〈わたし〉**　わかったでしょう？　**〈医者〉**　わかりませんよ……わたしは歩いていないんですよ。〈わたし〉なんだって！　あなたは「錯綜体」の変動がわからないんですか？……わたしは歩く（*Je marche*）。わたしは歩くだろう（*Je marcherai*）。状態の変化を感じませんか？」（ŒE2, 235）。

こうした「そのつどの現在において現動化される潜在的なもの」という錯綜体の規定は、本論の第Ⅱ部で確認した、現在をめぐるヴァレリーの議論と符合するものである。各瞬間の予期にしたがって、私たちは行為に向けて身体を準備し、それは「離隔」をつくりだすが、その準備の仕方が、「私」と世界の出会い方を決定するのであった。だがヴァレリーが「錯綜体」という語を用いることで強調するのは、先に〈D―R〉との関連で確認したように、「いかに私たちの行為が外界によって引き出されているか」、逆にいえば二つ前の引用にもあったように「いかに思いもよらない可能性が、私たち自身のうちに隠れているか」という点である。つまり「錯綜体」というヴァレリーが一九三〇年代にこだわった概念は、「わたし」という存在の他動性と偶然性を強調することによって、世界の構成者としての位置から主体をずらすことを狙って作られた概念なのである。「現動化されるもの（*l'actuel*）とは、つねに偶然の出来事である」（CI, 1081）。錯綜体が「一般的に、行動する能力」（ibid.）と規定されるとしても、それは必ずしも能動的な自己決定にもとづく行動というわけではなく、外界からの刺激に対するリアクションとして、私たちはいわば行為させられているのである。「私たちとは結局のところ、起こりうる諸々のことに取り囲まれ、支えられている一つの可能性の感情、感覚でしかない」(C1, 1100)。錯綜体とはつまり、「どんなものであれ何らかの状況が私たちからひき出しうるものの総体」(C2, 329) なのである。

わたしという存在の偶然性は、行為の準備という次元を超えて、わたしの個別性にまで拡張される。『固定観念』の「わたし」は、私たちの偶発性を強調して次のように言う。「わたしが「錯綜体」ということで言おうとしているのは、それにおいて、またそれによって私たちが偶発的であるところのものです」(Œ2, 236)。たとえばコーヒーが大好きでトリップ〔もつの煮込み〕を毛嫌いしていた人が、たった数年後にトリップに目がなくなりコーヒーが大嫌いになる可能性がゼロではないように (Œ2, 242)、私たちがこれこそ自分だと思っているものは不変の実体のようなものでは決してなく、時間とともにまったく違うものに変化する可能性を秘めている。各人の個性など、錯綜体のさまざまなあらわれ、多分に偶発的なあらわれにすぎない。「各人のうちには、その人物がそうであるところのものの可能的な拒絶がある」(C1, 305) のである。

わたしの同一性を相対化しようとするこうしたまなざしは、第I部で見たような、伝達の構図への嫌悪ともつながっていよう。自分の唯一性に価値を置いたり、ましてやそれについて「告白」することはヴァレリーにとって全くの無意味である。『カイエ』でさえ、個人的な日記のようなものでは決してありえなかった。「わたしはこのカイエには私の快楽であるものについては決して書かないつもりだ (……)。むしろ、わたしにとって、わたしの変形する能力——結合によって変容するそれ——わたしの錯綜体——を高めると思われるものを書く」(C1, 10)。

こうして「わたし」の個別性を相対化しつつ、詩を生理学と結びつけながらヴァレリーが向かうのは、科学がその対象とするような普遍的な人間の可能性である。そしてこうした発想の転換は、「錯綜体」という概念に興味を持つずっと前から、ヴァレリーにとりついていたものである。たとえば『ムッシュー・テストと劇場で』のなかでムッシュー・テストが話者に繰り返し投げかける問い、すなわち「ひとりの人間に何ができるか?」(Œ2, 25) もそのあらわれのひとつと考えることができよう。この問いのポイントは主語が「わたし(Je)」ではなく不特定の「ひとりの人間 (un homme)」であることである。「普遍的な人間」にとって、何が「可能である」か、という問いを問うための概念として、「錯綜体」は構想されたと考えることができる。

能力としての錯綜体

ところで、このように「わたし」のうちに「わたしにとって思いがけないもの」を見出し、「未知なるものによって行為を供給されている」という主体のあり方を強調することは、一九二〇—三〇年代のフランスの知的風土を席巻したある思想との関係を想起させるものである。その思想とは、いうまでもなくフロイトの精神分析である。ヴァレリー自身も、その近さは意識していた。というより、錯綜体という概念は、最初からフロイトを批判する意図をもって構想されたものであるというほうが正しい。なぜなら「錯綜体（Implexe）」という命名は、明らかに「コンプレックス（Complexe）」を意識しているからである。普遍的な人間がもつ可能性への関心はヴァレリーが以前から持っていたものだが、それがこの精神分析由来の概念との比較によって明確な形をとったところに、錯綜体という概念の特異性がある。錯綜体は、ヴァレリーが無意識や下意識についての考えを修正する目的で提出した概念なのである。「私が「錯綜体」と名付けるものを、人々が「無意識」ないし「下意識」と名付けているものと混同してはならない」(CI, 1080)。

　なぜヴァレリーはフロイトを意識せざるを得なかったのか。ヴァレリーとフロイトの関係についてはすでにデリダの有名な論文があるが、[31] ひとつには、そこでデリダが論じたように、ヴァレリーがフロイトと共通の「源泉」から思想を組み立てていたことがある。その「源泉」とは、たとえば、デリダ論文を受けつつ山田広昭がより実証的に示しているように、[32] 夢やヒステリーへの強い関心である。夢に関しては、初期の『カイエ』から多くの言及があるし、ヒステリーに関しても、一八九四年にヴァレリー自身が「雄のヒステリー患者」として医者の診断を受けたことをジッド宛の書簡において興奮した口調で語り、さらに同じ年にモンペリエの精神病院を見学に訪れている。この体験は、四十年経った後の『カイエ』にもその記述が見られるほど、ヴァレリーにとっては印象深いものだったようである。そしてヴァレリーはフロイトを知らないまま独自にヒステリーや夢をめぐる理論を構築する。ヴァレリーの理論とフロイトのそれとの決定的な違いは、夢の分析方法にはっきりとあらわれている。デリダが指摘しているように、ヴァレリーにおいてはその分析は徹底的に「形式的」なものである。ヴァレリーはフロイトのように、夢を象徴体系としてはとらえない。あくまでイメージの組み合わせや継起、変換がいかにして起こるかという形式的な問題こそがヴァレリーの関心であった。個別ではなく普遍、普遍からさらに可能性を、ここでもヴァレリーは指向するのである。すでに十分フロイトを意識するようになってから、ヴァレリーは『カイエ』に書いている。「夢についての私の諸理論は、現在流行のものとは対極にある。私の理論はすべて《形式的》であるのに対し、現在流行の理論の方は、総じて《意味的》である。私の理論は夢の可能性をつかむことに――そして《疑似現象》がそこで生み出され、展開していく――《空間》――というよりむしろ《多様体》を定義することに向けられている」(C2, 163)。

では「錯綜体」という概念を通して、ヴァレリーはフロイトの理論についてどのようなコメントをしているのだろうか。『固定観念』の「わたし」はあちこちで、精神分析に対してなかば感情的な反応を示す。「医者」がうっかり口にした「あなたの「錯綜体」は俗人、死すべきものの大多数、大衆、哲学者、心理学者が(……)率直かつ単純に「無意識」ないし「下意識」と呼んでいるものに還元されるのではないですか?」(Œ2, 234)という質問に対して、「わたし」は激昂して答える。「海に投げ込まれたいんですか？……そういう粗雑な言葉をわたしが大嫌いなことは知っているでしょう」（ibid.）。あるいは別の箇所でも「わたし」は言う。「ある人たちは、存在のもっとも原初的な層まで到達したと信じている……彼らはだいたいそこで猥褻な化石を探すのだ」（Œ2, 214）。とはいえ、ヴァレリー自身のフロイトへの反応が必ずしも感情的なものであったわけではない。ヴァレリーは「わたし」の口を借りて、あくまで理論的に、両者の区別をはっきりと整理してみせる。「そもそも、それは決して同じものではありませんよ。彼らはそうした語で何かよくわからない隠されたバネのようなものを意味している――そしてときには、私たちよりずる賢くて、非常に偉大な芸術家で、なぞなぞが大得意で、未来を読み、壁越しにものが見え、私たちの地下室ですばらしい働きをする、そんな小さな人間を意味している……。わたしはいま彼らを攻撃するつもりはないですけれど……いや、「錯綜体」とは「活動」ではありません。まったく正反対です」（Œ2, 234）。つまりヴァレリーの理解によれば、「無意識」や「下意識」とは、「壁越し」や「地下室」、つまり意識のおよばないところで働いているひとつの「活動」である。それはさまざまな謎、私たちの行為や失調についての謎を説明してくれるものであり、それというのも、無意識や下意識の活動は「隠されたバネ」として、私たちの目に見える活動の背後にあってそれに推進力を与えているからである。

無意識や下意識が一種の「活動」であるとすれば、それと「正反対」とされる錯綜体はいったい何なのか。「わたし」は続けて言う。「「錯綜体」とは能力です。感じたり、反応したり、作ったり、理解したりする私たちの能力です――それは個人的で変化しやすく、多かれ少なかれ私たちによって知覚される――いつも不完全で、間接的な仕方で（疲労の感覚のようなもの）――そしてしばしば偽りの仕方で、知覚されます」(ibid.)。

ヴァレリーにとって、無意識や下意識に関して批判すべきは、現れている活動の背後に、より深いところに、それを操る別の潜在的な活動を設定するという、この二段構えの構造、すなわち「抑圧」の構造である。ヴァレリーにとって活動は、意識のおよばないところと意識のおよぶところに二つあるのではない。潜在的なものは、構造化されることによって、感じたり、反応したり、作ったり、理解したりする私たちの行為のために使用可能になるのである。ヴァレリーが錯綜体を「活動」ではなく「能力」であるというのは、それが行為を「操る」からではなく、構造化されることによって行為のために「使用可能」となるからである。この現動化には、「抑圧」の契機はまったくない。ヴァレリーの錯綜体が、間接的で偽りの仕方でしか知覚されず、そのものとしてその総体を認識できないのは、無意識や下意識のように、それが意識のおよばないところにあるからではない。それはたんに、錯綜体が「ひとりの人間の潜在的な可能性の総体」という超（非）時間的な概念だからである。

このようにヴァレリーは、科学がその対象とするような普遍的な人間を指向し、さらには「錯綜体」という独自の概念を通じてそのような普遍的な人間の可能性の総体を問題にしようとした。もちろん、経験的な存在である私たちにとって、人間のすべての可能性を把握すること、錯綜体そのものを把握することは不可能である。錯綜体という概念は、それとの関係で私たちの存在の他動性・偶発性が位置づけられ、またそれに向かって私たちの自己について知る度合いが拡大していくような、理論上の虚焦点として考えるべきだろう。この意味で錯綜体は、市川浩が言うように、「「現実の身体」と呼んでも、「想像上の身体」と呼んでも、どちらでも差しつかえないもの」（Œ1, 930）としてヴァレリーが定義した「第四の身体」と重なる部分が大きい[33]。それは「わたしの身体」としての第一の身体、「鏡が見せる外形」としての第二の身体、「科学が対象とする、顕微鏡や解剖によって接近可能になる身体」としての第三の身体、これらいずれとも異なる「空虚な記号」（ibid.）としての身体である。それは、「認識不可能な対象」であり、「それを認識してしまえば、諸問題がすべて一瞬にして解決されるだろう」（Œ1, 931）身体である。

詩が生理学として位置づけられるのは、まさにこの虚焦点としての錯綜体に接近していくひとつの方法としてである。詩は、私たちが、他動性・偶発性と出会うことを通じて自己についての知を深めていく、その行為に他ならない。最後にこの点について整理して、本論のまとめとしよう。

第I部で参照した断章をここでふたたび引用するならば、「《純粋な》様式は（……）私たちの感性のそれぞれの力の価値を開拓し、組織し、組み立てる」のであった。先にヴァレリーの議論にそって確認したように、「機能」は、「わたしにとって可能なこと」のうち「わたしの知っていること」を超え出る部分をも含む概念であるために、「発見」や「所有」の対象となりうる。わたしがそれに対して無知であるような機能を「発見」し「所有」するためには、補色の知覚において最初の〈青〉の強烈さがまさにそうした効力をもっていたように、外的な力の介入をきっかけにしてそれを作動させなければならない。ただし、外的な力の介入は、必ずしも〈青い色面〉のような外的対象を必要とするわけではない。散歩中に不意にやってきたリズムがヴァレリーの身体を利用してさらに複雑なリズムをつくらせたように、ただ力が外的と感じられるだけで対象を持たない場合もある。あるいは、偶然にたよらずに、意図的に身体を拘束状態に置くことによっても、こうした機能の発見や所有は可能である。

意図的に身体を拘束状態におく場合の例として、たとえば「行と垂直に読む（つまり縦読みする）」といった行為をヴァレリーはあげる。「行の軸に垂直に読む、そして通常の読みを取り戻し、横方向に読む能力を保存する」（C1, 991）。これはヴァレリーが出会ったある患者が実際に行っていた行為であるが、病にかかっていない人がこのような行為をした場合、縦方向に読むことは、通常の読み方とは異なる不慣れな行為であるが故に負荷がかかる。だがそうした拘束状態をあえていったん経ることによって、普段何気なく行っている「読む」という行為がいかなるものか、その複雑さを実感できるのである。第Ⅱ部で分析したような、予期に任せるだけで可能になる行為であったなら、こうした困難さはなかっただろう。その場合、行為の機械はおのずと組み上がるために、文字列を読むことは、ただ「読む」という一つの行為でしかない。しかし、この縦読みの実験は教えてくれる。「読書のような行為に、いかに多くの独立した諸条件があることか！」(ibid.)。眼球を動かす、アルファベットを把握する、いくつかのアルファベットを単語として認識する、単語の意味を特定する、論旨を追う……など数多くの諸条件が連動しながら働くことが、「読む」という行為には必要である。「所有の感覚」とは、意識されていなかった空白の領域にさまざまなこうした諸条件の連結、すなわち「わたしが《機能》と呼ぶ単純な条件のピラミッド」(ibid.)を見出すことに他ならない。「《空間》が、たとえばその再―結合が容易ではないにしてもさまざまな方法で可能である諸機能に、分割される」(ibid.)。この分割可能性を見出すこと、習慣によって連動していた機能を分離することこそ、不分明であったものの「発見」であり、すでに私のものであるものの「所有」なのである。

このように、偶然にせよ意図的にせよ、身体が拘束される状態は、諸条件の「相互制限」(C1, 787)、すなわち複数の機能を同時に働かせることの難しさを通じて、単純に見える行為の複雑さ、分割可能性を見出させることを可能にする。先の引用にあった《空間》という表現はいささか分かりにくいかもしれない。しかし私たちが自身の行為の組み立てを必要とするとき、つまり身体が「道具」にならず、思い通りにいかないとき、調整すべき身体内部の二つの点はまさにそのあいだにある「距離」として私たちに感じられ、つまりは身体内部がある「空間」として立ちあらわれてくるのではないだろうか。みずからの身体を異物として感じるということは、それを空間として感じるということである。そして機能の発見＝所有とは、この空間のなかで機能を組み立てること、操作の対象とすることに他ならない。ヴァレリーにとって「機能作用の理論」とは、まさにこうした発見を通じて、「《諸機能》、すなわち多かれ少なかれ複雑な多様性を形作っている目につかない諸要素の登録簿を調べること」（C1, 815）なのである。

そしてヴァレリーにとって真に生理学的な問題の所在とは、他でもなくこうした複雑に連動する諸機能の関係を探究することにあった。ヴァレリーは生理学者を批判して次のように言う。「奇妙なこと――ではないだろうか？――生理学者がだれひとりとして、あらゆる機能が同時に活動することや、いかにそれらがお互いに依存しあったり独立したりしているか、それらの《相関性》、相互の拘束、および接合等について考えることに専念しなかったとは」（C1, 823）。実際、ヴァレリーはその『カイエ』のあちこちで、生理学的に注目すべきだとヴァレリーがここで主張しているさまざまな現象、すなわち機能の連動に関わる現象を記録している。「私たちが歩きながら話したり考えたりすることができるとすれば、この小さな事実は我らが生理学者たちのみなの心を打つことはなかったが、わたしにとってはこれほど考えさせることはなかった」[34]（CI, 1097）。このように連動して意識できないものになっている諸機能を分解し、個々の機能の働きを発見＝所有すること、それはこのヴァレリー流生理学にとって「解剖」に他ならない。「しかじかの限界のあいだで独立した機能作用の複数性――これが示すのは組み合わされていた諸機能じたいのいわば解剖である――それぞれの機能が、他の機能と離れて、そのサイクルを完遂する」（ibid.）。それは、一般的な解剖が、観察する主体と観察される対象＝身体という最低でも二人の人間を必要とするのとは異なり、観察する主体がみずからの身体を対象として実践し実感するような、生きたまま行われる解剖である。そう、あのルネ・ド・シャロンの死骸像（一二頁参照）が、生きたままみずからの死を味わっていたように。

そして「未知の機能の発見＝所有」という点において、ヴァレリーが「生理学の見取り図」と呼んだ「生体の全機能作用の直観的表象」（CI, 784）を獲得したいという願望と、詩を通じた「純粋性」の追究は軌を一にする。「わたしが言うところの純粋性とは、独立したわたしの諸部分に対するますます鮮明な感覚、はっきりと区別された私の諸機能の所有に他ならない」（CI, 340）。詩が与えるのは、機能の所有としての身体の直観的表象、「直接的に、視像を介さないで――知覚された《身体》である」（CI, 1138）。第I部でいくつかのレベルに分けて分析したように、装置としての詩は、そのさまざまな仕掛けによって読者を拘束しつつ、ひとつの擬似的な「世界」と相対しているかのような感じをあたえ、より完全な「行為」に向かわせる。つまり事物の「自然」で「散文的」な流れにさからって、みずからの諸機能を組み合わさせるのである。それは読者にとっては困難を伴うだろう。しかしまさにそのことが読者に自身の機能を「開拓」させ、あらたな連繫の可能性を教え、みずからの身体の「解剖」を、ひとつの生理学を実践させるのである。

さらにヴァレリーは、それが機能を発見＝所有させるのであれば、文字どおりの詩、つまり言語によるそれでなくても「詩」と呼んだ。たとえば「マッチを擦って火がつく」のは詩ではないが、「マッチを擦って火がつかない」のはひとつの詩になる、とヴァレリーは言う。「それはひとつの――詩になる。不―成功は強く感じられるものになる。だが成功したもの、予想され――実現したものは、存在しないものになっていただろう」(CI, 1103)。一般に、「生の機能作用の大部分が成功し、沈黙している」(CI, 1104)。もちろん、「正常と健康は、道具的な特性」(CI, 999) であって、この成功による沈黙が身体の道具化であることは言うまでもない。言語によるそれにせよ、それ以外のものにせよ、詩があらわれるのは、「事物の自然な流れ」が断ち切られるところである。そしてこの断ち切りによってのみ、「私たちが持つ潜在的なものの総体」としての錯綜体への接近は可能になる。「成功していたら行為のなかで存在しないままにされていたであろうさまざまな錯綜体を燃え上がらせる」のは「抵抗」「失敗」「我慢できなさ」(CI, 1103-1104) といったものなのである。

結

これまでの議論をまとめよう。われわれの問いは、ヴァレリーの創造後の創造、すなわち作者の手を離れ、読者のもとにとどけられた作品の働きの諸相を解明することであった。伝達の媒体とは異なる、「装置」としての詩とはどのようなものか。ヴァレリーにとって詩とは、私たちの行為の散文的な運行がやぶれるような事態である。「散文的な」とは、「正常」で「健康的」な、ひとことでいえば「うまくいっている」状態である。それは外界の刺激に対して私たちが遅れなくついていっている円滑な状態だが、反面、身体は習慣的で自動的な働きしかしておらず、道具化している。他方、詩が関わるのはむしろ「うまくいかない」という不成功の状態である。身体は応答をただちに組み立てることができず、拘束される。詩のもつ修辞、たとえば倒置や脚韻などは、ヴァレリーにとって、読者の身体を拘束する不成功とその解消が連続する持続を作り出すことを目的とした、さまざまな「仕掛け」に他ならない。このような仕掛けが多層的に組み合わされることによって、詩はひとつの装置として働きだす。こうして詩人は、詩を通じて読者を拘束的な状態に置くのである。ただし、この拘束は「真の行為」を促すような拘束である。自動的な応答ができない状態において、読者は道具化していた自身の諸機能を新たに組み立てなおす。真の行為とは逆説的にも行為の失敗のうちにあるのであり、この機能の組み立てなおしの過程で、読者はみずからのうちにありながら知らなかった機能に出会う。ここに、ヴァレリーが詩を通して果たそうとする「大きな目的」がある。ヴァレリーにとって詩とは、読者にみずからの諸機能の「開拓」と「所有」を促す装置なのである。

諸機能についての知に関わるということが、詩と生理学を結びつける。たしかに、詩がその可能性をひらくヴァレリー流の生理学は、実験と観察にもとづく既存の学問体系としての生理学とは異なる。しかし詩がもたらす機能についての知が、言語的な表象を介さない直接的な「所有」であるという点で、むしろヴァレリー流の生理学こそ、実践＝実験と不可分な生理学であるといえよう。それは一種の「解剖」である。伝達の媒体であるかぎり、文学は作者の個人的で恣意的な体験にしか関わることができない。しかしヴァレリーの生理学としての詩は、主観的でありながら人間の機能に根ざすがゆえに、普遍的な実践＝実験に関わるのである。視覚の役割が肥大化し、人々がみずからの身体を忘れつつある時代にあって、ヴァレリーの芸術哲学が作品に見出した役割は、人々がみずからの身体を「解剖」し、そうすることによって身体をふたたび「所有」できるようにすることだったのである。

そして、この実践＝実験としての側面が強まるとき、第Ⅰ部の冒頭で、また第Ⅲ部の末尾でみたように、詩ないし詩的な体験は、必ずしも言語的構築物としての狭義の詩である必要がなくなる。ヴァレリーは音楽や建築といった他の芸術ジャンルにも「詩」を見出すし、「マッチの火がつかない」ような日常的な経験もまたひとつの詩になると言う。もちろん、そう主張することでヴァレリーは詩という概念を単純に拡張しようとしたわけではない。詩は、言語という日常的な素材を使用するがゆえにその装置としての性質が際立つのである。し、その複雑さや持続の長さをかんがみても、一群の詩的なもののなかで詩はあくまで中心的で本来的な位置を占めている。重要なのは、詩を散文から区別するという局所的な問題にこだわることが、芸術のジャンル論を超え出る可能性につながっているというヴァレリーの議論の構造である。ヴァレリーは、詩と散文の区別を形式主義的に押し進めはしなかった。区別じたいはたしかに形式主義的だが、それぞれのジャンルの本質をつきつめると、ジャンル論どころか芸術論を超え出る可能性に向かってひらけてしまうのである。ヴァレリーの詩論の可能性は、まさにそれが詩論を超え出るところにある。もちろん、身体や時間についてのヴァレリーの思考は、すでに研究がなされている。しかしこの超え出た部分をたんなる哲学的な思考の集成としてではなく、詩論の可能性として分析すること、それがこの芸術哲学の目論見であったといえるだろう。

注

序

（1）Serge Bourjea, *Paul Valéry: Le Sujet de l'écriture*, l'Harmattan, 1997, p. 122.

I　作品

（1）Pierre Tranchesse, "À propos de poésie pure," *Conscience et Création dans l'œuvre de Paul Valéry*, Publications de l'Université de Pau, 1997, pp. 109-122.

（2）Clement Greenberg, "Towards a Newer Laocoon," *Perceptions and Judgments 1934-1944*, University of Chicago Press, 1986, pp. 32-33. ただし、グリーンバーグがここで念頭におく「純粋」詩の実践者は、ヴァレリーを含むがヴァレリーのみに限定されるわけではない。グリーンバーグは、「純粋」詩に実践の不変の根拠を置いたという意味でマラルメをその始まりとする。さらに、そのルーツとして、呪文、催眠、あるいは麻薬としての詩の理論を構築したポー、詩の喜びを空想や想像に置いたコールリッジとエドマンド・バークもこれに含めている。

（3）André Breton, "Manifeste du Surréalisme," *Œuvres Complètes*, Gallimard,《Bibliothèque de la Pléiade》, 1988, p. 314.

（4）*Ibid.*, p. 314.

（5）*Ibid.*, p. 314.

（6）*Ibid.*, p. 313.

（7）ジャック・ランシエール『イメージの運命』堀潤之訳、平凡社、二〇一〇年、二一―三五頁。

（8）田口紀子「カタログ的身体から記号的身体へ――小説における登場人物のポルトレをめぐって」、吉田城・田口紀子編『身体のフランス文学——ラブレーからプルーストまで』、京都大学学術出版会、二〇〇六年、三二七—三四五頁。

(9) André Breton, "Avant-dire (dépêche retardée)," *Œuvres Complètes*, Gallimard, 《Bibliothèque de la Pléiade》, 1988, p. 645.

(10) もっとも、シュルレアリスムの運動が見出した写真の意義は、現実との結びつきという点にかぎってみても、それほど単純なものではない。たとえば極端なクローズアップやコラージュの効果によって、現実の対象を異化し、別の見え方を発見するための装置としても写真は用いられている。

(11) Paul Valéry, "Centenaire de la photographie," *Vues*, La Table ronde, 1948, p. 368.

(12) *Ibid.*, p. 368.

(13) *Ibid.*, p. 369.

(14) *Ibid.*, p. 371.

(15) たとえば『海辺の墓地』についてもヴァレリーは同様の事情を語っている。「今あるような『海辺の墓地』は、私にとってはある偶発事によって内的な労働が切断された結果である。一九二〇年のある午後、われらが非常に懐かしき友ジャック・リヴィエールが、私を訪ねてきたときに、私が『海辺の墓地』のある《状態》にあるのを発見したのである」(ŒI, 1500)。

(16) 経済的な意味でも、ヴァレリーは文筆業に頼った生活を送っていなかった。五一歳(一九二二)までは通信社の役員であるエドゥアール・ルベイの個人秘書をつとめ、ルベイ亡き後はあちこちに講演旅行に出かけたりアカデミーで授業をすることによって、収入を得ていた。

(17) 新聞小説が小説に与えた影響に関しては、山田登世子『メディア都市パリ』、青土社、一九九一年、第四—五章に詳しい。「ラシーヌやモリエールたち古典派作家は「王室御用達」の職人であり、そこでは王の趣味が絶対の掟であった。この規範からフリーになった近代の芸術家は、その自由とひきかえに、読者という顔の見えない不特定多数の趣味に支配されることになる。自由なスタイルは、皮肉なことに、トレンドというメディアの掟に服することになるのである。小説の文体とは、つまりは〈市場のスタイル〉にほかならない」(二五二頁)。

(18) ウンベルト・エーコ『開かれた作品』篠原資明・和田忠彦共訳、青土社、一九八四年、一四―一五頁。

(19) じじつ、『カイエ』には、詩と楽譜をパラフレーズさせた記述がみつかる。そのなかでヴァレリーは、下線やダッシュやギュメ(《 》)を、読み方を指定するための記号と捉え、しかし「なぜ音楽におけるような記号がないのか」(C1, 474)と、「ヴィヴァーチェ(快活に)」やスタッカート等に対応する記号を欠いた、言語の表記体系としての不完全さを嘆いている。

(20) 「装置」の語は、詩と機械のイメージを接近させようとする意図があったのではないか、という読み込みをさそうものである。ヴァレリーはたびたび、現代、すなわちヴァレリーの活動した十九世紀末から二十世紀初頭という時代においては、人が作ったものではなく、機械によって工業的に作られたもののほうが「詩」的である、という認識を表明している。たとえば一九三七年の講演「詩の必要」において、技術の急速な発達によって、人々の感覚的体験にもたらされた急激な変化、さらには感覚そのものにもたらされた変化が概観される。この一世紀半のあいだに、人々は「速度の陶酔」(Œl, 1385)を知り、「摩天楼という強大な建築物」(Œl, 1386)を知った。「現代の諸手段は工業的な規模で(まさにそう言うべきだ)、はなはだしい強度で、一種の詩を製造しているが(……)この詩の形式は、多かれ少なかれ強い感覚に還元される」(Œl, 1385)。ヴァレリーによれば、一世紀半まえの民衆の言葉にみちていた知的・感情的興奮は、技術的発達のもたらした強い感覚体験という「詩」によって駆逐された。そのような時代に言葉で詩を作ろうとするならば、これら工業的な「詩」によって変質した人間にどう介入するか、という課題から目をそむけることはできない。「装置」といういかにもこの時代らしい言葉の選択には、まさに同時代の読者とどう対峙するかというヴァレリーの問題意識がたしかに見え隠れしている。

(21)　この時期のヴァレリーに見られる文明の危機をめぐる発言やそのイデオロギー性については、森本淳生「「危機」のディスクール――ヴァレリーと「ヨーロッパ精神」の隘路」、『仏文研究』第三〇号、京都大学フランス語学フランス文学研究会、一九九九年、一六五―一八四頁および、その姉妹論文である同「ポール・ヴァレリーと表象＝代理の「危機」」、『人文学報』第八三号、京都大学人文科学研究所、二〇〇〇年、三一五―三三六頁に詳しい。

(22)　森本淳生「ポール・ヴァレリーと表象＝代理の「危機」」、前掲書、三二八頁。

(23)　松田浩則「ヴァレリーあるいは《文化のコメディアン》の肖像」、『一橋論叢』第一一七巻三号、一九九七年、四七四―四七五頁。

(24)　このいきさつに関しては、浜野トキ「Bajazet の「朗読法」をめぐって――ヴァレリーの見たラシーヌ」、『エイコス――十七世紀フランス演劇研究』第六号、十七世紀フランス演劇研究会、一九九〇年、二四―四七頁に詳しい。

(25)　ロラン・バルトは、その『ラシーヌ論』のなかで、ヴァレリーをどこまで参照したかどうかは不明だが、ラシーヌの登場人物に関してヴァレリーとかなり近い内容の分析をしている。バルトもまた「登場人物(personnages)」と「役(acteurs)」の語義的な違いに注目している。「役」とは、「仮面」であり、「その身分によってではなく、彼らを閉じ込めている全般的な力の配置のなかで占める位置によって、差異を獲得する人物」(Roland Barthes, *Sur Racine*, Éditions du Seuil, 1963, p. 21) である。また本章でのちに述べる「身体の欠如」にも注目している。

(26)　*Ibid.*, p. 65.

(27)　『ユリイカをめぐって』参照。このテクストにおいてヴァレリーは「一貫性」をもっぱら詩の原理というより宇宙論的な視点から論じているが、「発見の方法であると同時に発見そのものである」(Œ1, 857) というその特徴は、『カイエ』の諸断章において、おのずと延びていくように連続していく詩の運動と関係づけられて論じられる。

(28) たとえば、「もっとも美しい詩は、理想的な女性の声を持っている」が、詩句がばらばらで細部が膨大であるユゴーの作品の声は「滑稽な弁士」(C2, 1076) とされる。したがって「ユゴーは語はもつが——声はもたない」(ibid.) とさえ言える。声はヴァレリーの詩の理想にとって不可欠なものである。「声が、純粋詩を定義する」(C2, 1077) のである。もちろんこれは作者の声でも朗読者の声でもない。「語り手も雄弁家もおらず、この声は何らかの話す人間を想像させてはならない」(ibid.)。

(29) 詩以外にもヴァレリーは対話篇で神話上の人物や古代の哲学者を登場させる。ただしこの場合は神話上ないし歴史・伝説上の属性と発言の内容が関連を持つ場合が多く、パロディ的な要素がつよい。

(30) 筆者が確認したかぎり、名前についての具体的な考察は『カイエ』等には見られない。むしろ、のちに述べるような、「名前へのこだわりのなさ」が、「仮の名」としての本論の議論を裏付ける記述といえるだろう。

(31) ヴァレリーの詩を翻訳した鈴木信太郎は、解説のなかで、このエピソードについて触れながら、パルク等は結局「ヴァレリーその人の生命の化現 (incarnation)」(『ヴァレリー詩集』鈴木信太郎訳、岩波文庫、一九六八年、二九八頁) と述べている。ヴァレリーは「『若きパルク』に於いても、「ナルシス断章」に於いても、「蛇の素描」に於いても、ギリシャ神話やキリスト教伝説を、甚だ自由に、自己の意のままに歪曲して使用した」(二七九頁) のである。

(32) 清水徹『ヴァレリーの肖像』、筑摩書房、二〇〇四年、二七八―二七九頁。

(33) ここで分析した動詞中心主義的な立場は、別の見方をすれば、個々の「語」ではなく、むしろ「語のつながり」を重視するという立場でもある。つまりここでヴァレリーは、「主語がもともと持っている意味」よりも「それが動詞との関係で持つ意味」にこそ、注目しているのである。詩を「装置」としてとらえるとは、語の組み立ての効果を重視するということであり、その根本に、こうした個々の語を個別的に扱わないという発想があるのは当然のことであろう。ヴァレリーにとって「孤立させうる語などない」(CI, 454) のである。こうした言語観は、たとえばヴァレリーが師と仰いだマラルメが、個々の語とその語義の結びつきに強い関心を示したのとは対照的である。ヴァレリーにとって、語と語義のあいだに自然的で必然的な結びつきはなく、それらの関係は「慣習」による「恣意的」で「非合理的」なものにすぎない。二種類の心的つながりがみられる。「ひとつは、非合理的なもの、つまりAが生み出されると、Bがおのずと生まれるが、BのうちにAのいかなるものも見出されないもの」(Œ2, 1465)。たとえばAを〈家〉という語、Bをその意味とした場合がこれである。それに対し「他方は合理的なもの、つまりA′が与えられると、常にともにB′を作り出しうるもの」(ibid.) である。A′を〈温かい鍋の感触〉、B′を〈女の尻〉とした場合、つまり隠喩がこちらに当てはまる。ジェラール・ジュネットは、ヴァレリーのこうした言語観を「反クラテュロス的」な考えとして分析している。ただしジュネットは、詩に関してとなると「音と意味の不分離性」という一見クラテュロス的な主張をするヴァレリーの立場に、解決不可能な矛盾を見出している。ジュネットの診断によれば、ヴァレリーにあるのは、語と語、詩句と詩句、動きとリズムの緊密な関係が感じさせる「純粋に形式に内在する必然性」を、「何らかの内容を表現するものとして、必然的で動機づけのあるもの」とみなす「錯覚」である。「私たちはまたこっそりと、ある形式の（音楽的な）内的必然性から、その意味産出機能の必然性に移行するだろう」(Gerard Genette, *Mimologique*, Éditions du Seuil, 1976, p. 294)。詩を装置としてとらえる本論の立場は、この「錯覚」をむしろヴァレリーの芸術哲学の特徴として取り出そうとする試みである。「詩の完全性」は「装置の完全性」であり、そうであるからこそ「完全な産出機能」をもつ。装置として完全であるためには、リズム等音楽的な側面と意味が形成される仕方は、読者のうちで、互いに共働しなければならない。

(34) バンヴェニストは、「わたし／あなた」という人称代名詞を、三人称の「彼」とはまったく性質の異なるものとして区別しながら、つぎのように述べている。一般的に名詞は「恒常的」かつ《客観的》なある観念を指向する。ところが、「わたしのような名詞は、それに対していつも同じように用例を送り返すことができるような定義しうる《対象》は存在せず」、「おのおののわたしは、それぞれに固有の指示対象をもち、そのつどわたしとして設定されるただひとつの存在者に対応する」(Émile Benveniste, *Problèmes de linguistique générale*, vol.1, Gallimard, 1966, p. 252)。「わたし／あなた」という名詞のもつ、こうした「話（discours）の現実」を指向する性質のまわりに、バンヴェニストはさらに、「これ／そこ／いま／昨日」といった語が共働するのを見る。「この指向性から、指示子は、つねに一回かぎりかつ特定のものをさすというその性格をひき出しているのであって、これが、それが指向している話の事例の単一性なのである」(*Ibid.*, p. 253)。

(35) 幾何学に関連しては、『ムッシュー・テストと劇場で』の末尾で、テスト氏が自身の身体的苦痛を「幾何学」とのアナロジーで語っていたことが想起される（「私の苦痛の幾何学（géometrie de ma souffrance)」(E2, 24)。テスト氏は、オペラ座で音楽の与える抽象的感覚に酔ったその夜に、ベッドに横たわって眠りに半ば落ちながら、身体の広がりのあちこちに苦痛の環、電極、放電する花火、霧のかかった場所、などの形象を見、それらの形象が拡散したり移動していくさまについて語るのである。苦痛という、自分の身体がまさに自分のものでなくなってしまう出来事は、ヴァレリーにとって身体を考察するための入り口であるが、それは身体の外的視覚的な描写に代わる、身体の内的な出来事の記述として、しばしばヴァレリーのテクストに登場する。本章で中心的に取り上げている作品である『若きパルク』でも、蛇に嚙まれた傷や毒の痛みをパルクが訴える。そうした痛みを説明するにあたって、『ムッシュー・テストと劇場で』のヴァレリーが幾何学というアナロジーを用いたのは、身体を空間的に意識させられる痛みと、抽象的な空間をイメージする幾何学とのあいだに、想像力の働き方の類似が見られるという事実以上に、イメージ空間にさまざまな領域や図形を思い描くという、まさに幾何学的な操作によって、読み手にみずからの身体を喚起させる効果を狙ったものと考えられる。

(36)　このようにアナロジーは、ヴァレリーがのちにしばしば用いる三分割にしたがえば、CEM（身体・精神・世界）という三つの領域を媒介する操作という性質をもつ。この点に関しては田上竜也「ヴァレリーと隠喩」、『慶應義塾大学日吉紀要　言語・文化・コミュニケーション』第二八巻、慶應義塾大学日吉紀要刊行委員会、二〇〇二年、五七―七〇頁を参照。

(37)　シンタクスのレベルでの〈わたし（Je）〉の意味は規定されているとしても、理解のレベルで読者がそこに自ら同一化するというこの事態に関連するのが、ヴァレリーの「擬態（simulation）」という概念である。擬態とは「私をその人物に置き入れる」（Œ2, 702）こと、擬似的に他者になることであり、読者はいわば「人工的な生」（Œ2, 703）を生きるのである。他者になるといっても、擬態は感情移入とは全く異なる。たとえば「眠る人に私を置き入れる」とは「私の身体をこの人物に合致させ、感覚しうる接触の一体系を実現する」（Œ2, 702）こととされ、あくまで身体の内的な同一化が問題であることがわかる。また、擬態においてはあくまで、「AはBという人物から取り出しうるものを自分自身から取り出す」（Œ2, 708）にすぎない。したがって擬態する人のうちには必ず「不一致」「渇き」（ibid.）がある。「真似ることにとって本質的な観念は、この第二の性質が不完全であるという観念なのである」（Œ2, 707）。

(38)　こうした目覚めの淵にある意識を描いた詩としては、他にたとえば『曙』（一九一七）、『セミラミスの歌』（一九二〇）、『雪』（一九三七）などがある。またこうした状況のなかでしばしば描かれる、強い光によって目を射られるまぶしさの体験も、視覚（目に見えるもの）ではなく身体感覚へと意識を向かわせる効果を持っていよう。

(39)　「相」という言葉は、物理学者ウィラード・ギブズの熱力学に登場する用語をヴァレリーが借りたものである。「相――（ギブズのターミノロジーから私が曖昧なアナロジーによって持って来た語）」（C1, 1083）。ギブズの用語法においてこの語が、気相／液相／固相という同じ物質の相容れない状態や同時に行なうことのできない二つの行為を指していたように、ヴァレリーにおいても、相とは一人の人間の互いに相容れない状態を指す言葉である。覚醒と夢見ること、思考することと苦痛、などが異なる相とされる。相とは、「存在全体の変形」であり、この変形が「存在にしかじかのことを為すことを可能にするあるいはいっそう可能にし、その他のことを不可能にするあるいはより少なく可能にする」(CI, 1104) のである。

(40) 興味深いことに、「転調」は『若きパルク』を書くうえでヴァレリーが探究しようとしたひとつの形式的なテーマでもあった。「『若きパルク』は、音楽において《転調》と呼ばれているものに類するもので、詩において扱いうるものについての、文字どおり際限のない探究であった」(ŒI, 1473)。つまり「詩においていかに調子を変化させるか」という形式的な探究と、「睡眠と目覚めのあわいにおける身体のさまざまな状態を記述する」という主題に関する探究とが、ヴァレリーにあっては同じ「転調」の問題として不可分なものになっているのである。

(41) もっとも、ヴァレリーは自由詩も手がけている。すなわち、『アガート』『アルファベ』、さらに『カイエ』のあちこちに書き込まれた「PPA」(Petits Poèmes Abstraits) と呼ばれる詩などである。これらは未完成だが、タイプ打ちされた草稿もある。

(42) 「配置 (disposition)」はもともと詩学の用語だが、ヴァレリーにおけるこの語の身体的意味合いについては、第Ⅱ部第一章で詳述する。

(43) 語の価値が時間的に変化していくことに関してひとつ補足をしておくなら、実際に草稿を見ると、ヴァレリーは詩の冒頭から末尾まで順々に語を置いていったわけではないことがわかる。最初に全体の構想があり、部分部分に語を置いて、それらを繋ぎ合わせていったようである。それゆえ、ここで言う「時間性」は必ずしも詩の展開に沿った線的な時間ではない。自我を唯一の源泉としない装置制作の作業であるからこそ、詩作の時間は行きつ戻りつする。草稿研究に関しては、たとえば、René Fromilhague, "La Jeune Parque et l'autobiographie dans la forme," *Paul Valéry contemporain*, Klincksieck, 1974, pp. 209-235. Florence de Lussy, *La genèse de* La Jeune Parque *de Paul Valéry*, Minard, 1975 などを参照。

(44) ジッドが日記に記しているところによれば、ヴァレリーは、一度口にしたことを再度繰り返してもらわねばならないほどの早口であり、しかもいったん話し出すと二時間や三時間は平気でしゃべりつづけるので、ヴァレリーと話すとジッドは「まったく荒らされてしまい」、「そうすると、精神の中にはもはやしっかりしているものは何もなくなってしまった」(André Gide, *Journal*, vol. 1, Gallimard,《Bibliothèque de la Pléiade》, 1948, p. 560) という。「彼は私の最もよき友人の一人である。もし彼が聾で唖だったら、それこそ願ったり叶ったりだったが」(p. 337)。

(45) 実際、ヴァレリーは推敲にかなり長い時間をかけ、また異稿も多い。異稿の多さに関しては、批判の的となることもあったようである。「私は同じ詩の異なるテクストを出版したことがあった。そのなかには相反するものもあり、人々はこの問題について私を非難せずにはおかなかった。しかし、なぜこうしたヴァリエーションをさしひかえるべきであるのかを言ってくれる人はいなかった」(Œ1, 1467)。

(46) すべての語を対等に扱うことに関連して、ヴァレリーのテクストにしばしば登場するのが「言語的状況の洗浄」(Œ1, 1316) という作業である。これは、個々の語が精神のうちになかば自動的に喚起する連想や価値に「考えさせられ」ないように、手術をする前の外科医にならって、言語を「消毒」することである。

(47) 語の定義にばかり努力を傾ける哲学への批判は、ヴァレリーのテクストの随所に見られる。たとえばŒ1, pp. 1316-1317 を参照。

Ⅱ　時間

(1) 森本淳生「ヴァレリーキーワード10　カント」、『現代詩手帖』二〇〇五年十月号、思潮社、一三四―一三五頁。

(2) 投稿された「注意論」は、「序文」につづいて「問題とその領域」を画定する第一節で終わっている。第二節以降で展開されるはずだった具体的な分析に入らないまま、「注意の問題に注意を向ける」というメタ的な視点から、議論に入るための手続き（というよりその困難さ）が示されるのみである。だがこれらの「導入部」を読むだけでもはっきりと伝わってくるのは、リボーの理論を更新したいという強い意識である。リボーは、『注意の心理学』の中で、注意を筋肉的な努力に還元しつつ、「自発的注意」と「意志的注意」を区別し、注意をめぐるさまざまな病理的現象を扱っている。具体的にヴァレリーがどのような点でリボー批判をしているのかについてはすでに森本淳生による先行研究があるのでそちらを参照されたいが（「ヴァレリー、あるいは生成の場——『マラルメ試論』と『注意論』の問題系」、『未完のヴァレリー』、平凡社、二〇〇四年、一八五—二七一頁）、特にヴァレリーが強調しているのは、「対象とシステムの分離不可能性」である。「注意のメカニズムは常にそれ自身と似ている〔＝同一で変わらない〕べきだが、しかしながら可能な注意の対象は無限に多様であり、私はいかにして同一の作用がこの多様なものに伝えられ、単一の方法で比較不可能な表象に働きかけるのか、理解しがたい」（C. int VI, p. 231）。つまりリボーが「現実ないし生まれつつある運動の筋肉的な要素」（Théodole Ribot, *La psychologie de l'attention*, Félix Alcan, 1889, p. 73）が関係するという一点においてすべての注意のシステムを一元化して論じるのに対して、ヴァレリーは注意の対象と注意のシステム、言い換えれば注意の質料とその形式がいかに切り離し得ず、相互に作用しあうか、という点を論じるべきだと主張しているのである。

（3）　注意において行為の組み立てが意志によって支えられているという事実は、かならずしも、注意がそのはじまりにおいて意志を伴っていることを意味しはしない。そのはじまりがとくに意識されないままでも、注意は始まりうる。「こうした試み〔注意の試み〕は、自然発生的に起こることもあれば——引き起こされることもある——つまり、その始まりの点が分かることもあるし、分からないこともある」（C2, 262）。

（4）　このように注意は「身体的な自由の抑圧」という契機を持つがゆえに、継続しうる時間には限界がある。デッサンにしろ、針の糸通しにしろ、あるいはただ対象を注意深く観察するだけにせよ、とくにその仕事が慣れないものである場合、私たちはその仕事に必要な身体の制御を、それほど長い時間にわたって行い続けることはできない。限界を超えて注意を継続しつづけると、やがて「不服従が起こる」(C2, 263)。たとえば、指先の痙攣やこめかみの痛みといった兆候が見られはじめるだろう。「人は、長いことひとつの対象に従属したり、長いことおよそひとつの体勢にとどまることはできない」(ibid.) のである。

(5) 視線を固定することは、注意というより放心の状態に私たちを導く。「固定された目は、夢を見させはじめる」(C2, 134)。この事実は、注意は強まりすぎるとそれとは正反対の状態へと私たちを導きうる、ということを示している。注意を極端に強め、固定してしまうまでになると、覚醒と睡眠の「混合の相」(C2, 262) が生じる。注意こそ覚醒の徴であるはずなのにもかかわらず、それはもはや「寝入りばな」(ibid.) の状態に近い。

(6) デッサンとは「アーティストの見方とやり方が正確な再現に被らせる独特のゆがみ」(Œ2, 1224) であるとするヴァレリーにとって、デッサンにおける変形、つまりデフォルメは注意深いまなざしの必然の結果である。そしてデッサンに関してヴァレリーがドガを評価するのも、まさにこの「変形」の具合においてである。ドガがデッサンした身体は、「生物の機械的なシステムはすべて、顔と同様にしかめつらをすることができるのだ、と思わせる」(Œ2, 1202)。その「こわばった身体」(Œ2, 1175) がもつ独特の硬さや歪みは、「身体の見え方を刷新する」(Œ2, 1202) ものであったが、ドガはダンサーを描くにしても、「それを描いたというより、まさに操り人形として組み立て、連節した」(Œ2, 1175) のである。デフォルメは、モチーフを一つにまとめる「プロポーション」への抵抗でもある。「プロポーションにおける絶えざるためらい」(Œ2, 1214) という言葉は、ある批評家の非難の言葉をドガがむしろ褒め言葉だと逆手にとって好んだものだが、これほどデッサンする画家の意志を的確に表したものはない、とヴァレリーはドガにならって言う。プロポーションに対する懐疑を、ドガはデッサン派の画家アングルの実践から学んだ。ドガによればアングルの功績は「形のアラベスクによって、当時ダヴィッド派で行われていたもっぱらプロポーションのみのデッサンに反抗した」(ibid.) 点にある。

（7） Ludwig Klages, *Vom Wesen des Rhythmus*, Gropengiesser, 1944, p. 102.
（8） *Ibid.*, pp. 100-102.
（9） *Ibid.*, p. 51.
（10） *Ibid.*, p. 75.
（11） *Ibid.*, p. 75.
（12） *Ibid.*, p. 52.
（13） ヴァレリーはリズムについて論じる際には「私たちは（nous）」「人は（on）」という言葉を使うのが常であり、「主体」という言葉はほとんど使わない。じっさい、後に整理するように現象との一体化が起こるリズムにおいて、「対象」という対概念の存在を前提とする「主体」という言い方を採用することは不自然である。しかし本論では、このような不自然さをみとめつつ、前後の章との用語の統一をはかるため、「主体」という言葉を用いて議論をすすめていく。
（14） ここでは、継起性から同時性への変換にしか触れなかったが、ヴァレリーはその逆の場合も分析している。すなわち、同時的、空間的なものが継起的な展開を喚起することによって、リズミカルだと感じられる場合である。具体例としてあげられているのは、「ぶつぶつと小穴のあいた表面」である。この表面がリズミカルだと感じられるのは、それが「表面に穴をあける動作」に「翻訳」されるからである。こうした表面には、「持続の現象が、同時的事象の内部に展開され、あるいは折りたたまれている」（CI, 1279）。
（15） もちろん、ヴァレリーの脚韻論にも、語と語の出会いという観点がないわけではない。形式的なつながりは、その意味を連鎖させずにはおかないだろう。ヴァレリーがとくに面白味を見出すのは、韻による語と語の重なりが音の結びつけでは終わらない点である。「決してひとつの命題のうちでは結びつけたことのないようなAとBという語」が、それらの踏む韻によって「引っ掛けられ（accroché）」、「それらの接近に意味を探る」（CI, 1229）ように仕向けられるのである。意味的には偶然によって引きあわされたとはいえ、そうした語と語の出会いは、「ひとつの思考の価値をなす」(C2, 1063)。

(16) こうした思いがけない思考の形成は、しなやかな頭脳の持ち主、つまり「エスプリのある人」の特徴である。ヴァレリーはそうした知性を、当時人気を博していた競走馬になぞらえて「グラディアトール(Gladiator)」と呼んだ。「彼にはエスプリがある、とはつまり、外部の刺激に対して、突然の予期せぬ適応によって応答するものを持っているということである」(C1, 914)。「エスプリのある人」とはいわば「不意打ちの少ない人」なのである。

(17) Ludwig Klages, *Vom Wesen des Rhythmus*, Gropengiesser, 1944, p. 94.

(18) *Ibid.*, pp. 93-94

(19) 「死すべきものについての試論」、『未完のヴァレリー』田上竜也・森本淳生編訳、平凡社、二〇〇四年、一八頁。

(20) 前掲書、一八頁。

(21) 前掲書、二〇頁。

Ⅲ　身体

(1) のちに引用する『フランス百科事典』のほかに、この事例がひかれている主な講演等を挙げておく。フランス哲学協会における講演「芸術についての考察」(一九三五)、美学および芸術学国際会議での演説「美学についての演説」(一九三七)、アカデミー・フランセーズでの講義「詩学講義(第三講、第八講)」(一九三七—三八)、コレージュ・ド・フランスでの講義「詩学講義概説」(一九三八)、雑誌に発表されたテクスト「《美的無限》」(一九三八)。

(2) 「sensibilité」という語の訳についてここで注釈を加えておきたい。本書ではこの語に対して、文脈に応じて「感性」と「感覚能力」という二つの訳語をあてている。「感性」という訳語を用いたのは、第Ⅱ部で論じたような、世界との出会い方を規定し、各瞬間において現在を構造化する私たちの諸力の様態を指す場合である。一方ここで使用している「感覚能力」という訳語は、外界からの刺激をうけとる五つの感覚器官の能力を指す場合に用いている。両者の違いは、「感性」において強調されるのが瞬間瞬間にそのあり方が変化していく変動性であるのに対し、「感覚能力」は不変の生得性が強調される、という点にある。もっとも、外界との出会い方を規定するものである「感性」は「感覚能力」の存在を前提としており、また補色の現象のような例外をのぞけば感覚器が受容した情報が純粋な感覚情報にとどまることはありえないがゆえに、両者を現象として截然と区別するのは難しい。区別はあくまで議論の水準と力点の差異に関するものである。

(3) ヴァレリーが直接影響をうけた形跡はないが、補色をめぐる哲学者の論考としては、ゲーテの『色彩論』(一八一〇)が有名である。ゲーテは、あらゆる色は親和力によってその補色と創造的に呼び求め合うのであり、目は常に全体性を求めると論じている。もっとも、ヴァレリーの議論にはこうした色彩論的な側面はない。また、ゲーテを継承したショーペンハウアーもまた、『視覚と色彩について』(一八一六)のなかで、「補色の両極性」について論じている。

(4) Maurice Denis, *Théories, 1890-1910 : du symbolisme et de Gauguin vers un nouvel ordre classique*, L. Rouart et J. Watelin, 1920, p. 1.

(5) Paul Valéry, "Réflexions sur Art," *Bulletin de la Société française de Philosophie*, Institut de bibliographie, mars-avril 1935, p. 68.

(6) *Ibid.*, p. 69.

(7) *Ibid.*, p. 69.

(8) *Ibid.*, p. 69.

(9) *Ibid.*, p. 67.

（10）*Ibid.*, p. 69.

（11）*Ibid.*, p. 74.

（12）*Ibid.*, p. 64.

（13）*Ibid.*, p. 65.

（14）「感覚学」とは、ヴァレリーが一九三七年に「美学および芸術学第二次国際会議」において行った演説「美学についての演説」のなかで提案した、美学の下位区分となるべき学問領域である。ヴァレリーによれば、美学は「感覚学（Esthésique）」と「制作学（Poïétique）」から構成される。「感覚学」は、「私たちの宝」だがあまり分析されていない「一様ではっきり定義される生理的役割を持たない感覚的興奮や反応」を対象とする学問であり、「制作学」は「完全な人間行動の一般概念」と関わる、創造の行為やその手段、道具などを対象とする学問（ŒI, 1311）である。

（15）ヴァレリーは十代の半ばころに、ヴィオレ＝ル＝デュク『建築事典』、オーウェン・ジョーンズ『装飾の文法』を愛読していた。それらからの影響等ヴァレリーの装飾論に関しては、Patricia Signorile, “L'ornement un processus de l'inférence?: ornementation et refus de l'ornementalisme ou 《l'expression d'une critique》 dans les Cahiers, *La Revue des lettres modernes. Paul Valéry 9*, Minard, 1999, pp. 71-92 および Jürgen Schmidt-Radefeldt, “La théorie de l'ornement et l'abstraction chez Valéry,” *La Revue des lettres modernes. Paul Valéry 12*, Minard, 2006, pp. 85-104 を参照。

（16）Paul Valéry, “Réflexions sur Art,” *Bulletin de la Société française de Philosophie*, Institut de bibliographie, mars-avril 1935, p. 71.

（17）*Ibid.*, p. 72.

（18）以降で分析するヴァレリーの「主観的」という言葉づかいに関しては、生理学者や物理学者たちの著作から借りたものである可能性が高い。具体的には、ドイツの生理学者、物理学者であるヘルマン・フォン・

ヘルムホルツからの影響が考えられる。というのも『カイエ』のなかに、「注意は心的な事柄のカオスを解きほぐす。感覚についてはヘルムホルツ、八三頁参照。それと主観的な補完物」(C. int., VIII, 130) という記述が見られるからである。この記述についての編集者の注によれば、ここでヴァレリーが参照している著作は、一八六五年に出版され、一八六八年に仏訳されたヘルムホルツの『聴感覚の研究に基づく音楽の生理学的理論』であるという。実際に該当箇所を見ると、ここは数ページ前にイタリックで導入された「主観的感覚 (sensations subjectives)」を分析するくだりであり、注意によって、私たちがほとんどの場合捨象しているそれを意識化することができる、とヘルムホルツは主張している。ヴァレリーのヘルムホルツへの言及は一八六八年の日付をもつ『カイエ』の断章にも見られ、出版された直後にこの本を読んだものと推察される。

またヴァレリーは、その名前がしばしば『カイエ』に登場するオーストリアの物理学者、哲学者であるエルンスト・マッハの『認識と誤謬』(一九〇五) を熟読しており、その影響も考えられる。またマッハからの影響については、スタロバンスキーがカンギレムやゴーシェの指摘をうけつつ指摘している。*Action et reaction — vie et aventures d'un couple*, Seuil, 1999, pp. 273-283 を参照。

(19) ジョナサン・クレーリーは、『知覚の宙吊り』のなかで、十九世紀において、観察者の身体それじたいが知覚の探究の対象になっていく過程について詳細に論じている。議論のなかでクレーリーは「主観的視覚」に注目し、それがこの過程において果たした役割の大きさを指摘している。「知覚の歴史においてもっとも重要な十九世紀的な展開のひとつは、主観的視覚のモデルが、一八一〇年から一八四〇年の時期に幅広い学問領域にわたって比較的突然あらわれたことである。その二、三十年のあいだに主流を占めた視覚の言説と実践は、視覚性の古典的な領域と実質的に袂を分かち、視覚の真実を身体の密度と物質性に基づかせた」(Jonathan Crary, *Suspensions of perception: Attention, spectacle and modern culture*, MIT Press, 2001, pp. 11-12)。「主観的視覚」が果たした役割とは、具体的には、次のようなものである。「主観的視覚という考え――私たちの知覚的感覚的な体験が外的な刺激というよりむしろ私たちの感覚器官の構成や機能作用に依存しているのだという見解――は、自律的な視覚の歴史的なあらわれ、つまり知覚的体験の外界との必要な関係からの分離（ないし解放）のための、ひとつの条件となった」(*Ibid*, p. 12)。これらの指摘の大部分は、主観的感覚をめぐるヴァレリーの分析と重なるものであり、ヴァレリーが十九世紀前半の視覚論のパラダイムから大きな影響を受けていたことを示しているといえる。ただし、いくつかの点で、ヴァレリーの見解にはクレーリーの整理から外れる点がある。まずヴァレリーにとって主観的感覚は、クレーリーのように「外界からの解放」を示すものではなく、「外界に促され規定されつつ産出力を発揮する」という「受動的かつ能動的」であるような事態を指す、という点。補色の現象における「無限性」の強調はこの事態をヴァレリーが重視していたことを示すものである。またクレーリーが、あるいは十九世紀前半の視覚理論が、感覚器官を探究の対象として捉え直したのに対して、ヴァレリーは、感覚器官を感覚の対象として捉え直したという点。ヴァレリーにとって重要だったのは、「自分の身体器官の機能を自分で感じる」ことであり、のちにみるように詩が生理学の「実践」だというのは、まさにこの「感じる」をもってしてである。

(20)　この点に関してヴァレリーは、おそらくベルクソンの影響をうけながら「運動的なイマージュ」、「動作の絵」という語を用いて説明している。「私が観察したことには、1．この見る、ということは、その出来事がある動作の要素――潜在的な（「能力＝できること」は「見ること」の相補物である）――に変換されないかぎり、指向された機能作用のなかに位置を占めることはできない。たとえば、距離や起伏――物体の運動の知覚、形などは、視覚的な色斑を解釈する潜在的な動作である。私たちが見ているもの（そして見ているとしか思っていないもの）は、要するに、半ば発音され、半ば運動的イマージュにより想像された、――そして発展しうる多様性を構成する――動作の絵である」(C1, 1073-1074)。つまりヴァレリーによれば、私たちが対象の表面の起伏、あるいは運動を認識することができるのは、私たちが受け取った情報をみずからに可能な動作の要素に変換するからである。たとえば「ぶつぶつ穴のあいた表面」を認識することは、「それに穴をあける動作」に潜在的に変換されることによって、「複雑な山の稜線」を認識することは、「その稜線を構成する線を描く動作」に潜在的に変換されることによって可能になっている。この意味で、私たちは実際に動作をしなくとも「動作の絵」を、運動に向かいうるイマージュを、対象のうちに知覚しているのである。このように見るという行為は、単に視覚的な能力だけによって成立しているわけではない。私たちのさまざまな行為に関わる機能が、目という器官の働きとともに密かに現勢化し身体化することによって、はじめて見ることは可能になっているのである。

(21) 諸器官相互の結びつきが失われるという否定的な状態を、むしろ抑圧されていた個々の器官の機能の解放として積極的にとらえる視点は、精神医学におけるジャクソニズムに通じるものであり、ヴァレリーは間接的にあるいは無自覚に影響を受けた可能性がある。ジャクソニズムとは、イギリスの神経学者ジョン・ヒューリングズ・ジャクソンが、十九世紀後半に進化論の影響を受けながら確立した、「進化」と「解体(退行)」という二つの契機によって神経の階層構造を理解しようとする考え方である。一八八四年のレクチャーでまとめられた「神経系統の進化と解体」によれば、その発想の骨子は、(1) 神経系統は進化の法則に従って形成された、より低次の単純なものからより複雑で随意的なものへの階層構造をなしているが、(2) 神経系統が損傷をこうむった場合、あるいは何らかの病的浸食をうけた場合、機能の減弱がみられ、それじたいは否定的な症状であるが、それによって損傷されなかった低次構造部分の統制を失った活動が積極的な症状として見えてくる、というものである(*Selected Writings of John Hughlings Jackson*, vol.2, Hodder and Stoughton, 1932)。ジャクソンのこうした発想は、その後アンリ・エーによるネオ・ジャクソニズムとして導入されたことで有名になったが、ジャン・ドレーが指摘するように、すでにリボーによってフランスに導入されており、一九〇二年にコレージュ・ド・フランス比較—実験心理学の講座の後任となったピエール・ジャネの思想の中核をなしている(Jean Delay, "Le Jacksonisme de Ribot", *L'encéphale*, 40,1951, pp. 185-219)。ヴァレリーは、ジャネやリボーの著作を読むなかで、間接的にジャクソニズム的な発想を知った可能性がある。ただし、ヴァレリーが自説として展開するのは神経の機能ではなく器官の機能の問題としてであり、影響があるとしてもあくまで器官相互の結びつきの欠如を解放として積極的にとらえる、その発想の構造に関してである。

(22) Jannine Jallat, "Effet d'imaginaire dans le système: le《système D R》," *La revue des lettres modernes : Paul Valéry 3: approche du* 〈*Système*〉, Minard, 1979, pp. 115.

(23) *Ibid.*, p. 126.

(24) C. int.12, p. 555.

(25) そもそも「反射」とは概念でありかつ同時に知覚の対象であるという二重の性質を持っている。カンギレムは、「反射」という考え方の歴史的な展開を詳細に分析しつつ、一八五〇年頃におこった反射に関する根本的な変化として、それまで概念であったこの語が、概念かつ知覚対象という両義性を獲得したことを指摘している。「一八五〇年には、反射概念は本や実験室の中に書き込まれ、探索や証明の器具がそれのために組み立てられた。もしその概念が存在しなかったならば、それらの装置も存在しなかっただろう。反射は単なる概念であることをやめて、知覚対象となったのである」(Gerges Canguilhem, *La formation du concept de réflexe aux XVIIe et XVIIIe siècles*, Presses Universitaires de France, 1955, p. 161)。

(26) Jannine Jallat, "Effet d'imaginaire dans le système: le《système D R》", *La revue des lettres modernes : Paul Valéry 3: approche du* 〈*Système*〉, Minard, 1979, pp. 116-118.

(27) この「分化」という進化論的な用語の使用にも、本章の注21で述べたジャクソニズム的な発想の影響が見てとれる。

(28) もっとも、錯綜体という語じたいは早くも一九〇八年の『カイエ』に登場している。しかしこの語がヴァレリーの思想のなかで展開され始めるのは『固定観念』が執筆・発表される一九三〇年以降のことである。

（29）市川浩『精神としての身体』、勁草書房、一九七五年。ちなみにフランスでの最も早い段階での言及例としては、五〇年代にメルロ＝ポンティがコレージュ・ド・フランス講義のなかで触れている（Maurice Merleau-Ponty, *Résumé de cours — Collège de France 1952-1960*, Gallimard, 1968, p. 27)。

（30）たとえば、『カイエ』のある断章でヴァレリーは、錯綜体を「記憶」という概念に代わるものとして定義している。「錯綜体など」というタイトルを冠されたその断章で、ヴァレリーは次のように述べる。「（記憶という語の他に）それぞれのうちに潜在的な状態で存在し、――さまざまな刺激に対して応答として現動化され供給されるものを指し示す語がない、ということは不思議だ！」（CI, 1072）。ヴァレリーは記憶として、「生のままの記憶」つまり「思い出」としての記憶と、「もはや再認できない記憶」（CI, 1252）の二種類を区別するが、このうち錯綜体と関係するのは後者である。それは「器官として――現在の生、現前性そのものに併合された」（ibid.）記憶であり、特定の時代や状況から解き放たれて潜在化しているが、現在そのものの一部となって、器官として現動化する。たしかに現在を構造化するのが予期であり、予期が多かれ少なかれ過去の経験に依存するものである以上、私たちがそのつど過去の記憶を現動化しつつ世界と出会っていることは間違いない。たとえば視覚に関していえば、いわば「見られたものが視覚器官になる」（ibid.）のである。記憶についてのこうした理解は、ベルクソンの影響を受けながらのものであったと考えられる。C. int. 8, 886. には、記憶作用をあらわすベルクソンの有名な円錐型の図をちょうど逆さにしたような、ピラミッド形の図が見られる。

　また別の箇所では、ヴァレリーは錯綜体の要素は「言語」であるとも言う。「内的言語の状態では、言語的錯綜体が、他のさまざまな錯綜体――図形的、感情的錯綜体など――の前で親密かつ直接的に存在する」（CI, 459）。ただし錯綜体としての言語は、単なる言葉の集合ではなく、行為の準備やさまざまなイメージと結びつきながら、ディスクールへと生成していくような「活動的な混沌」（ibid.）の状態である。「イメージ、行為の図式、ディスクールの《単語》と《形式》――それはどうにか可能な仕方で完全になっていく

――のあいだで直接的な交換、構成がある」(ibid.)。また、みずからのうちに記憶としてあったもののみならず、そのとき知覚されたものも、言語的錯綜体の要素として働くだろう。連合のさまざまなタイプを分類したあとで、ヴァレリーは次のように言う。「それぞれの場合において、知覚された要素は発展に入る錯綜体の要素としてはたらく」(CI, 1076)。

　このようにヴァレリーは錯綜体の要素としてさまざまなものをあげる。ヴァレリーの議論はあちこちの断章において散発的になされるものであり、強引に整合性をとろうとすることに対しては慎重にならなければならないが、ここではそのときどきに要請された行為の種類によって、錯綜体の要素の種類もかわってくると理解するのが自然だろう。言葉を発しようとしているときには、記憶や感情をひきつれつつ潜在的なものが言語という形で要素化しているのだろうし、逆に物理的な行為を起こそうとしているときには、言語というより習慣化し身体化した記憶のほうが要素化して私たちの世界との出会い方を規定している。いずれにせよ、議論の煩雑さを避けるため、本論では、錯綜体のもっとも包括的な定義として「潜在的なものの総体」という言い方を採用した。

(31) Jacques Derrida, "Qual Quelle, Les sources de Valéry," *Marges de la philosophie*, Minuit, 1972.

(32) 山田広昭「抵抗の線――ヴァレリーとフランス精神分析」、『三点確保』、新曜社、二〇〇一年、二六六―二八七頁。

(33) 市川浩『精神としての身体』、勁草書房、一九七五年。ただしヴァレリー自身はある断章のなかで、「第一の身体」と錯綜体を結びつけて論じている。「第一の身体は、起源、起源の場所であり、感じられる能力、すなわち錯綜体である。わたしがそれを孤立させ、それを名指さねばならないとすれば、そしてそれがわたしに可能であるとすれば、――その存在ないし現前には離隔と変化があるからである」(CI, 1146)。とはいえ、「離隔」という考え方じたいが、認識不可能な潜在的なもの全体の存在を前提としており、第四の身体を想定して初めて成立する発想であるため、第四の身体と錯綜体の結びつきは本質的なものであると考えた。またここでヴァレリーが論じている身体のさまざまな位相は、場合によって四つに分類される場合（本文で引用した「身体に関する素朴な考察」）と三つに分類される場合があり、ヴァレリーのなかでも迷いがあったものと思われる。

(34) もっとも、ここでヴァレリーが提示している同時代の生理学者についての見解が、批判として妥当なものであるかどうかは検討の余地があるだろう。たとえばマルセル・ゴーシェは、その著作『脳の無意識』のなかで、反射概念に照準をあわせつつ、とりわけ神経生理学の領域で当時顕著に起こっていた還元主義から全体論へというパラダイムの変化について詳細に論じている（Marcel Gauchet, *L'inconscient cérébral*, Éditions du Seuil, 1992, pp. 153-170）。それまで「運動の最小単位」とみなされていた反射が、チャールズ・シェリントンの「統合的反作用」という概念に代表されるように、「私たちが特に意識しなくとも環境にうまく適応することを可能にするべく全身を統合させるもの」として捉え直されるようになったのである。したがって全身的な統合のあり方について問うというヴァレリーの問題設定は、批判というより、同時代の生理学研究の磁場のなかにいたことを示す証拠としてとらえるべきだろう。

おわりに――ひとつの夢を本気で見ること

いま、純粋主義について語ることにはどのような意味がありうるのだろうか。あるいは現代のアートの状況にとって、純粋主義はどのような意味を持ちうるのだろうか。

純粋主義とは、「詩」であれ「芸術」であれ、あるいは「日本人」であれ「女性」であれ、これだと摑むことのできる本質があるとみなし、それに向かって進んで行くやり方である。それはわれわれが第Ⅰ部第一章で実行したように、不要なものを取り除くという「排除」の論理に拠って立つ思想であり、その意味でときに「危険な」思想となる。多様なものの共存を許す寛容さはそこにはなく、ありやなしやの「本質」に価値を見出して直線的に突き進んで行く。

およそここ五〇年ほどの思想は、本質を絶対視して他なるものを排除するこうした姿勢を、徹底的に批判することに費やされてきたと言っても過言ではない。普遍的で絶対的な「本質」は解体され、われわれが本質だと思っているものは、実は歴史的に構築されていった幻想にすぎないことが人文科学のさまざまな領域において明らかにされた。また、一つの物差しで優劣を決めることは硬直した考えとみなされ、それぞれの対象に固有の価値を認める多元主義的な態度が、教育やポップソングを通じて今では小学生にまで浸透している。

アートの世界においても事態は同様である。かつて二〇世紀前半のアーティストたちにとって、競い合うようにしてマニフェストを発表し、イズムを語り、強いヴィジョンを打ち立てることは自然だった。彼らはしばしば強烈な個性を演出し、特権的な存在として振る舞った。作品は、彼らアーティストが定める絶対的な基準にもとづいて構成され、余人には動かせぬ必然性によって諸部分が緊密に結びついていた。つまり、作品は「完璧」でなければならなかった。しかし今日では、アーティストと観者の関係はもっと民主的である。アーティストは観客の存在をより意識するようになり、観客の参加によって完成するような、つまり観客もまた作り手と認められるような作品も、もはやめずらしいものではなくなった。絶対的な基準に基づく「完璧さ」に代わって、「偶然性」や「複数性」を含んだ、開かれた価値が重視されるようになった。二〇世紀前半のアーティストが、自らの信じる高い価値を目指して「垂直」方向に進んでいたとすれば、今日においては、民主的でオープンな「水平」性がむしろ重視されている。

むろん、現代社会のこうした多元主義的な傾向や、それと連動している現代アートの水平性それじたいを批判するつもりはない。しかし、多元主義や水平性の過剰な尊重が、垂直方向へと突出しようとする私たちの可能性を抑圧しているのだとしたら、それはやはり憂慮すべき事態だとわたしは思う。それは私たちの未来から生命力を奪うものだ。ヴァレリーは運動を主導する意志を持っていなかったが、「純粋詩」という強い価値を打ち立て、その理想に向かって進んでいった点で、やはり垂直型のアーティストである。これが詩の本質なのだと指し示すことは、今日の目からすると、不寛容で硬直した態度に見えるかもしれない。しかし、ヴァレリーは頑迷であったのではなく、ある種の信仰として、賭けとして、ひとつの価値を提示していたはずである。なぜならヴァレリーは、純粋詩が到達しえない理想であることを、単なる虚焦点であることを他方で自覚してもいたからである。到達できないユートピアであると知りながら、しかしだからこそ本気でそれを目指し、夢見たのである。純粋主義が教えてくれるのは、ある価値を信じ、それに賭けるとはどういうことか、ある夢を本気で夢見るとはどういうことかということである。

夢を見ることが本気であるとき、それはロマンチックな夢想ではなく、論理的な行為になる。夢を現実に近づけることができるのは、自らが見ているものの価値を説明し、他者に伝え、説得し、ついには同じ夢を見させようとする夢見る人間の論理だけだ。「信じがたいかもしれないが、詩を使って身体を解剖したり、機能を開拓することができるのだ……」。そんな「夢」を語ったところで、誰も最初は信じない。わたしも最初は信じなかった。だから夢見る詩人は、自分がいかに醒めているか、その夢がいかに現実かについて、さまざまな手を使って説明する。彼が作った作品や個人的な体験が証拠物件として言及され、関係を分かりやすく示す図式が提出され、あるいは自分の身体を使って実験をしてみるように勧められる……。

さまざまな証拠物件は、単体では信じがたいかもしれないが、相互に結びつき緊密な関係を結ぶことで、強固な内的一貫性と論理性を有するようになる。それは、一般的な哲学や美学が、典型的な事例や典型的な体験をベースにして普遍妥当性のある論理を組み立てるのとは異なり、特異な事例や特異な体験から生じた特異な夢が、にもかかわらず普遍妥当性を持ちうるのではないかというところに賭けられた論理である。そのように考えるならば、少なくともヴァレリーの純粋主義は、むしろきわめて多元主義的である。たしかに純粋主義は一つの価値を標榜する点で絶対主義的だ。しかし、その価値を論理的に説明し、他者に自らと同じ夢を見させようとするその説得の過程において、自らと異なる他者の存在に向き合わざるをえない。〈生産者〉―〈作品〉―〈消費者〉というあの三項図式における読者＝消費者と作者＝生産者の関係も、ヴァレリーなりの他者との向き合い方を反映したものと言うことができよう。それは他の価値を尊重して不干渉を守るような多元主義ではなく、堂々と自らの価値を主張し、他なる存在を認めつつもそれを誘惑しようとする多元主義である。ここにこそ、いま純粋主義について考える意義があるのではないか。本書は、時間論や身体論をも巻き込むヴァレリーの誘惑の論理を追うものである。この本を読むことで、最初は夢だったものが最後には現実になっていたらいいと思う。

＊

本書は、二〇一〇年に東京大学大学院人文社会系研究科に提出され受理された博士論文

「身体的諸機能を開発する装置としての詩――ヴァレリーにおける詩の位置づけと身体観」を元にして書かれている。わたしがヴァレリーと出会うきっかけとなったのは、大学三年生のときに参加した佐々木健一先生のゼミである。このゼミではヴァレリーの対話篇『ユーパリノス、あるいは建築家』を読んだ。一回に数行しか進まないこともある授業で、身が震えるほど厳しく、そして途轍もなく自由だった。考えるとはどういうことかということを、わたしはここで教えられた。佐々木先生はわたしの研究者としての基礎を作ってくださり、そのことについて感謝の気持ちを忘れたことはない。また博士論文の審査にあたっては、西村清和先生に主査をつとめていただき、小田部胤久先生、渡辺裕先生、安西信一先生、塚本昌則先生に加わっていただいた。審査員を引き受けてくださった先生方には、心よりお礼を申し上げたい。博士論文の出版に関しては、退官された西村先生に代わって小田部先生が力になってくださった。小田部先生は指導教官ではなかったが、学部時代から折りにふれてあっと驚くようなアドバイスをくださった。その他、ここに名前を記すことのできない多くの友人や家族との対話が、また会ったことのない思想家やアーティストがその著作や作品を通じて、わたしの思考を一歩も二歩も前に進めてくれた。

二〇一三年一月

伊藤亜紗

安西信一先生は、本書の原本が刊行された翌二〇一四年に急逝された。心からご冥福をお祈り申し上げる。

解説

細馬宏通

　二〇一五年の『目の見えない人は世界をどう見ているのか』以来、わずか数年のあいだに伊藤亜紗は重要な著作を立て続けに著してきた。『目の見えないアスリートの身体論』（二〇一六年）、『どもる体』（二〇一八年）、『記憶する体』（二〇一九年）、そして『手の倫理』（二〇二〇年）。いずれもわたしたちの世界と身体との関係を問い直す内容である。

　これらの著作によって著者を知り、二〇一三年に出版されこのたび文庫版となった本書『ヴァレリー　芸術と身体の哲学』をいま手に取り、いきなり解説から読み始めたあなたは、「芸術と身体の哲学」ということばに惹かれながらも、「ヴァレリー」という固有名詞に少しばかり腰が引けているのかもしれない。心配は無用である。たとえあなたがヴァレリーの詩を一篇も読んだことがなかったとしても、本書はあなたにさまざまな発見をもたらすだろう。ヴァレリーの専門家でないばかりか、ヴァレリーの詩にさほど親しんでこなかったにもかかわらず、本書を楽しみ、あまつさえこうして解説まで引き受けているわたしが書くのだから、間違いない。ただし、わたしは、門外漢なりに本書をわかりやすく嚙み砕こうとしているのではない。著者が「本書の構成はきわめてシンプルである」（二七頁）と書いている通り、本書の構成は実に明快であり、しかも各部の終わりには要所を押さえたまとめまでついている。それを改めてわかりやすくするのは屋上屋を架すふるまいだろう。

わたしがいま書いているのは、本書がいかに「読者の身体を動かす装置」であるかを明らかにするためである。

「身体を動かす」というのは、比喩ではない。たとえばわたしは一〇二頁を読んでいて、しばしテキストを置き、自分の手をまじまじと見ながら、閉じたり開いたりし始めていた。ありふれた動作だ。とりたてて違和感はない。次に、今度は慎重に、手がいつも持っている傾向性（一七二頁）に陥らないように、ゆっくり閉じたり開いたりしながら、「この手」（一〇一頁）というヴァレリーの詩のことばを、「声に出して」何度か唱えてみた。「詩を消費する行為とは、まずもって「詩を読む」こと、それも「声に出して読む」ということである」（六六頁）というヴァレリーのことばに、素直に従ったのである。すると、違和が生じる。まるでこの手が、自分の意志から離れて、ヒトデか何か、別の生き物のようにうごめき、何ものかを待っているように感じられてくるのである。もちろん、自分で自分の手のことを「この手」と指示語で表すこと自体、自分をいくぶんか客体化するふるまいではある。しかし、テキストをただじっと黙読するのではなく、手を動かし、実際にことばを声に発しながらその動く手を見ると、客体化は単なる抽象的な概念ではなくなる。はっきりと感覚として捉えうる違和になるのだ。

他者を招き入れることで、違和はもっとはっきりする。誰かに隣に座ってもらって、手を見せ、開いたり閉じたりしながら、「この手」と声に出してゆっくり何度か言ってみよう。もはや手の動きはわたしの意志から離れ、わたしはその人と二人で、まるで小動物の動きを観察しているような感覚に陥る。

わたしは、この簡単な体験を通して、「この手」という指示語を含むことばが強い力を持っていることを痛感した。指示語は、単にテキストの上でものを指示することばであるには留まらない。発達心理学で明らかにされているように、わたしたちは、わずか一歳に満たない赤ん坊の頃から、自分の腕や指を伸ばし、あるいは視線を向け、ものごとを指し示し、相手を見ることによって、相手との「共同注意」を確立する。やがてことばを学ぶと、今度は動作に加えて指示語を発することで、わたしと相手とものごととの三項関係を繰り返し生み出すようになる。自身の手を誰かと見ながら「この手」と声に出すことは、自身の手をものごとにして、幼い頃から繰り返し行ってきた三項関係をたったいま生み出すことだ。だからこそわたしは、自身の手を動かしながら「この手」と唱えるというごく簡単なふるまいによって、自身の手をまるで自身から離れて自律する生き物であるかのように感じ、それを相手と眺めることができる。わたしたちは知らず知らずの間に声を発することで三項関係を瞬時に作り上げる力を身につけてきた。その力は意外なほど大きいのだ。本書の第I部第二章で著者は、ヴァレリーによって論じられている詩の「装置」のはたらきを、代名詞、動詞といった「単語」レベルで検討している。おもしろいことに、身体を動かすと、この「装置」のありようが、黙読とは全く異なる形で表れてくるのである。

さらにわたしは、ことばの配置に合わせて手を動かすことによって、「装置」のはたらきを、「単語」よりももっと長い「修辞」のレベルで考えてみたくなる。「若きパルク」の冒頭の一節を、ゆっくり暗誦してみよう。「この手、わたしの顔に触れようと夢みながら Cette main, sur mes traits qu'elle rêve effleurer」(一〇一〜一〇二頁)。まず目を閉じよう。詩が与えるのは「直接的に、視像を介さないで——知覚された《身体》」(二六三頁)だから。目を閉じたまま、「この手」と言いながら手を構える。「わたしの顔に」と言いながらそっと顔にあててみる。指が顔に触れ、てのひらが、鼻や口の凹凸に沿う形になる。次に、「触れようと」で、その形を保ったまま、ゆっくり手を離し、「夢みながら」で、顔の前で止める。手は、触れたいはずの顔から引き剝がされ、一方で触れたい顔を模倣している。おもしろいことに、顔が手の側に幽体離脱し、手が顔になったような気がしてくる。目を閉じることで視覚が失われ、顔に成り代わって顔の形をした手が、世界を欲望する最前面となるのだ。

いや、手はあくまで顔に触れようと「夢み」ているのであり、実際に触れるわけではない、触れてから離すのでは、ことばに合わせたことにならないではないか、と思われるかもしれない。しかし、ヴァレリーの修辞を見ると、この反論は必ずしも当たっていない。ヴァレリーは「この手はわたしの顔に触れようと夢みている Cette main rêve effleurer mes traits」と書いているのではない。「この手 Cette main」と書いてから、ちょっとコンマの間をはさみ、それから「わたしの顔の上で sur mes traits」と続けているのだ。「この手 Cette main」の直後のコンマによって、名詞は冒頭で独立したことばとして切り離され、強拍になる。聞き手は切り離された「この手」がどうなるのかと注意を惹きつけられる。一方で、コンマによって語と語のあいだにほんのわずかの「間隙」が出来て、聞き手のその注意は持続させられたまま、「この手」のありかが明かされることを「欲望」する。その「欲望」にあてがうように「わたしの顔の上で sur mes traits」ということばが来る。聞き手はまんまと、手は顔に接しているのだとイメージする。ところが、すぐに「(その顔に手は)触れることを夢みる qu'elle rêve effleurer」と関係詞があとから修飾してくる。手は上 sur にありながら触れる effleurer ことはまだ夢みられている rêver に過ぎなかった。なんだ、顔の上にのっているのかと思ったら、触れているわけではなかったのか。聞き手の予期は失敗し、あとには中空で宙吊りになったような手のイメージが残る。

「この手」という主語は、修飾句によって一行目、二行目と宙に浮き続ける。述部は、述部はどこだ？　三行目でようやく「待っている Attend」が述部であること、ようやく「この手」は「待っている」のだということが明らかになる。このようにヴァレリーは修辞によって聞き手の欲望を開き、そして閉じる（二二一頁）。もし予期通りのことばが来ていたなら気づくこともなかったであろう何ものかが、詩の時間をたどることで明らかになる。詩は、声の聞き手の予期を裏切ることによって、「成功していたら行為のなかで存在しないままにされていたであろうさまざまな錯綜体を燃え上がらせる」（二六四頁）のである。

「予期」と「注意」は、詩を読むときだけに賦活するのではない。わたしたちは動作を行ったりことばを発するとき、漠然とした未来を予測するだけでなく、コンマ秒単位の次の動作、次のことばを予期し、実際の動作やことばと照らし合わせながら、予期のあり方を刻一刻と更新している。そしてこの絶えざる予期を行う手がかりを得るべく、環世界の中のさまざまなものごとに注意を移し、注意を絞り込んでいる。一方で、予期はしばしば意識することなく行われ、身体が失敗することによって初めて、過去に自分が意識せずにどのような予期を行っていたかが顕わになる。このような「予期」と「注意」の変化と更新は、人間の認知と行動の微細な調節を考える上で重要な問題であり、この点で本書の身体論は、旧来の生理学のみならず、最近の認知科学の知見とも通じている。

そう、本書で論じられる概念は、テキストとしての詩の問題を越え、わたしたちの身体の問題に関わっている。そのことを確かめるべく、わたしは本書を読みながら、馬鹿げたふるまいと見られかねない動作を、ついやってみたくなってしまう。なぜなのだろう。おそらくそれは、本書が読者を挑発し、読者が習い性となっている「要求―応答　D―R」の連鎖（二四三頁参照）にくさびを打ち込むからではないだろうか。

本書は「作品」を単なるテキストとして扱わない。著者はヴァレリーの唱えた三項関係の図式を次のように説明する。「作品とは、〈生産者〉と〈消費者〉を結びつけつつ、しかし両者のあいだに割り込んでそれぞれを別のシステムとして成立させる媒介＝切断項なのである」（六四頁）。ではいま手に取っているこの本という「作品」は、いったいどのように著者とわたしの間に割り込み、わたしを別のシステムとして成立させるのだろうか、と読者であるわたしは考えずにはいられない。〈消費者〉には「読み取る」という能動的な契機が含まれているのだ（八六頁）。わたしは、ツバメの雛のようにただ口を開けて餌がくるのを待っている読者ではいられなくなる。本書で語られている身体をよそごとでなくわがこととして読み、ことばで語られていることを自分の身体で模倣することによって、いわば「受け手による身体の貸し与え」（二一六頁）を行ってしまうのである。

しかも、本書は、身体を動かすときには予期せぬことが生じうること、そのときにこそわたしたちは身体の「機能」を発見＝所有できることを、さまざまな形で繰り返し示している。身体の「機能」は、知性の追跡を逃れて働く（二四九頁）。だからこそわたしは、散文のことばでは感知し難い身体の「機能」を、身体によって探り当てたくなってしまう。「機能」を発見させるものを、ヴァレリーは「詩」と呼ぶ。本書は読者に身体を動かすよう誘い、読者を「機能」の発見へと誘う。散文の体裁を装ってはいるけれど、実は分厚い「詩」の練習なのである。

（早稲田大学教授）

本書の原本は、二〇一三年に水声社より『ヴァレリーの芸術哲学、あるいは身体の解剖』として刊行されました。

伊藤亜紗（いとう　あさ）

東京工業大学科学技術創成研究院未来の人類研究センター長，リベラルアーツ研究教育院教授。専門は美学，現代アート。東京大学大学院人文社会系研究科美学芸術学専門分野博士課程修了（文学博士）。主な著書に『目の見えない人は世界をどう見ているのか』（光文社），『どもる体』（医学書院），『記憶する体』（春秋社），『手の倫理』（講談社）などがある。

講談社学術文庫

定価はカバーに表示してあります。

ヴァレリー　芸術《げいじゅつ》と身体《しんたい》の哲学《てつがく》

伊藤亜紗《いとうあさ》

2021年1月8日　第1刷発行
2023年6月9日　第6刷発行

発行者　鈴木章一
発行所　株式会社講談社
東京都文京区音羽2-12-21 〒112-8001
電話　編集（03）5395-3512
販売（03）5395-4415
業務（03）5395-3615

装　幀　蟹江征治
印　刷　株式会社ＫＰＳプロダクツ
製　本　株式会社国宝社
本文データ制作　講談社デジタル製作

ISBN978-4-06-522382-6

「講談社学術文庫」の刊行に当たって

これは、学術をポケットに入れることをモットーとして生まれた文庫である。学術は少年の心を養い、成年の心を満たす。その学術がポケットにはいる形で、万人のものになることは、生涯教育をうたう現代の理想である。

こうした考え方は、学術を巨大な城のように見る世間の常識に反するかもしれない。また、一部の人たちからは、学術の権威をおとすものと非難されるかもしれない。しかし、それはいずれも学術の新しい在り方を解しないものといわざるをえない。

学術は、まず魔術への挑戦から始まった。やがて、いわゆる常識をつぎつぎに改めていった。学術の権威は、幾百年、幾千年にわたる、苦しい戦いの成果である。こうしてきずきあげられた城が、一見して近づきがたいものにうつるのは、そのためである。しかし、学術の権威を、その形の上だけで判断してはならない。その生成のあとをかえりみれば、その根は常に人々の生活の中にあった。学術が大きな力たりうるのはそのためであって、生活をはなれた学術は、どこにもない。

開かれた社会といわれる現代にとって、これはまったく自明である。生活と学術との間に、もし距離があるとすれば、何をおいてもこれを埋めねばならない。もしこの距離が形の上の迷信からきているとすれば、その迷信をうち破らねばならぬ。

学術文庫は、内外の迷信を打破し、学術のために新しい天地をひらく意図をもって生まれた。文庫という小さい形と、学術という壮大な城とが、完全に両立するためには、なおいくらかの時を必要とするであろう。しかし、学術をポケットにした社会が、人間の生活にとってより豊かな社会であることは、たしかである。そうした社会の実現のために、文庫の世界に新しいジャンルを加えることができれば幸いである。

一九七六年六月　　野間省一

哲学・思想・心理

諸橋轍次著
孔子・老子・釈迦「三聖会談」
孔子・老子・釈迦の三聖が一堂に会し、自らの哲学を語り合うという奇想天外な空想鼎談。三聖の世界観や人間観、また根本思想や実際行動が、比較対照的に鮮やかに語られる。東洋思想のユニークな入門書。

574

今道友信《いまみちとものぶ》著
西洋哲学史
西洋思想の流れを人物中心に描いた哲学通史。古代ギリシアに始まり、中世・近世・近代・現代に至る西洋の哲人たちは、人間の魂の世話の仕方をいかに主張したか。初心者のために書き下ろした興味深い入門書。

787

河合隼雄《かわいはやお》著（解説・遠藤周作）
影の現象学
意識を裏切る無意識の深層をユング心理学の視点から掘り下げ、新しい光を投げかける。心の影の自覚は人間関係の問題を考える上でも重要である。心の影の世界を鋭く探究した、いま必読の深遠なる名著。

811

諸橋轍次《もろはしてつじ》著
荘子《そうじ》物語
五倫五常を重んじ、秩序・身分を固定する孔孟の教えに対し、自由・無差別・無為自然を根本とする老荘の哲学。昭和の大儒諸橋博士が、その老荘思想を縦横に語り尽くし、わかりやすく説いた必読の名著。

848

廣松《ひろまつ》　渉《わたる》著（解説・柄谷行人）
〈近代の超克《ちょうこく》〉論　昭和思想史への一視角
太平洋戦争中、各界知識人を糾合し企てられた一大座談会があった。題して「近代の超克」――。京都学派の哲学に焦点をあて、本書はその試みの歴史的意義と限界を剔抉する。我々は近代を〈超克〉しえたのか。

900

R・カイヨワ著／多田道太郎・塚崎幹夫訳
遊びと人間
超現実の魅惑の世界を創る遊び。その遊びのすべてに通じる不変の性質として、カイヨワは競争、運、模擬、眩暈を提示し、これを基点に文化の発達を解明した。遊びの純粋なイメージを描く遊戯論の名著である。

920

湯浅泰雄《ゆあさやすお》著（解説・T・P・カスリス）
身体論 東洋的心身論と現代

西洋近代の〈知〉の枠組を、東洋からの衝撃が揺るがしつつある。仏教、芸道の修行にみられる〝身心一如〟の実践哲学を、M＝ポンティらの身体観や生理心理学の新潮流が切り結ぶ地平で捉え直す意欲的論考。

927

柄谷行人著（解説・小森陽一）
マルクスその可能性の中心

あらゆる問題を考えるために必要な一つの問題として、柄谷行人は〈マルクス〉をとりあげた。価値形態論において「まだ思惟されていないもの」を読んだ話題の力作。文学と哲学を縦横に通底した至高の柄谷理論。

931

辻　直四郎著（解説・原　實）
ウパニシャッド

人類最古の偉大な哲学宗教遺産は何を語るのか。紀元前十五世紀に遡るインド古代文化の精華ヴェーダ。その極致であり後の人類文化の源泉ともいえるウパニシャッドの全体像と中核思想を平明に解説した名著。

934

今道友信著
エコエティカ 生圏倫理学入門

人類の生息圏規模で考える新倫理学の誕生。今日の高度技術社会の中で、生命倫理や医の倫理などすべての分野で倫理が問い直されている。今こそ人間の生き方に関わる倫理の復権が急務と説く注目の書き下ろし。

946

木田　元著
現代の哲学

現代哲学の基本的動向からさぐる人間存在。激動する二十世紀の知的状況の中で、フッサール、メルロ＝ポンティ、レヴィ＝ストロースら現代の哲学者達が負った共通の課題とは？　人間の存在を問う現代哲学の書。

968

金谷　治著（解説・楠山春樹）
淮南子《えなんじ》の思想 老荘的世界

無為自然を道徳の規範とする老荘の説を中心に、周末以来の儒家、兵家などの思想をとり入れ、処世や政治、天文地理から神話伝説まで集合した淮南子の人生哲学の書。諸子から戦国時代までを網羅した中国思想史。

1014

文学・芸術

高山 宏著
近代文化史入門　超英文学講義
ニュートンが新たな詩の形式を生み、王立協会がシェイクスピアを葬った。科学、歴史学、哲学、辞典、造園術、博物学……。あらゆる知の領域を繋ぎ合わせて紡ぎ出す、奇想天外にして正統な文化の読み方。

1827

清水 勲著
ビゴーが見た明治職業事情
激動の明治期、人々はどんな仕事をして生活していたのか。洋服屋、鹿鳴館職員など西洋化により登場した職業を始め、超富裕層から庶民まで、仏人画家ビゴーが描いた百点超の作品を紹介、その背景を解説する。

1933

皆川達夫著
中世・ルネサンスの音楽
グレゴリオ聖歌、ポリフォニー・ミサ曲、騎士世俗歌曲……。バロック以前の楽曲はいかに音楽史の底流を流れ続けたか。ヨーロッパ音楽の原点、多彩で豊かな中世・ルネサンス音楽の魅力を歴史にたどる決定版。

1937

石川忠久編
漢詩鑑賞事典
滔々たる大河、汲めども尽きぬ漢詩の魅力をいかに味わい、楽しむか。古代の『詩経』から現代の魯迅まで、中国の名詩二百五十編に現代語訳・語釈・解説を施し、日本人の漢詩二十四編、「漢詩入門」も収録する。

1940

V・グレンベック著／山室 静訳
北欧神話と伝説
キリスト教とは異なる独自の北方的世界観を有していたヨーロッパ周縁部の民＝ゲルマン人。荒涼にして寒貧な世界で育まれた峻厳偉大なる精神を描く伝説の魅力に迫る。北欧人の奥深い神話と信仰世界への入門書。

1963

糸賀きみ江全訳注
建礼門院右京大夫集
建礼門院徳子の女房として平家一門の栄華と崩壊を目の当たりにした女性・右京大夫が歌に託した涙の追憶。『平家物語』の叙事詩的世界を叙情詩で描き出した日記的家集の名品を情趣豊かな訳と注解で味わう。

1967